古典詩歌研究彙刊

第十輯

龔鵬程 主編

第 14 冊

金元稷山段氏二妙詞研究（下）

蔡 欣 容 著

國家圖書館出版品預行編目資料

金元稷山段氏二妙詞研究(下)／蔡欣容 著 — 初版 — 新北市：
花木蘭文化出版社，2011〔民100〕
目 2+238 面；17×24 公分
（古典詩歌研究彙刊 第十輯：第14冊）
ISBN 978-986-254-586-7（精裝）
1.（金）段克己 2.（金）段成己 3. 傳記 4. 詞論
820.91 100015355

ISBN-978-986-254-586-7

9 789862 545867

古典詩歌研究彙刊
第十輯 第十四冊 ISBN：978-986-254-586-7

金元稷山段氏二妙詞研究（下）

作　　者 蔡欣容
主　　編 龔鵬程
總 編 輯 杜潔祥
出　　版 花木蘭文化出版社
發 行 所 花木蘭文化出版社
發 行 人 高小娟
聯絡地址 新北市永和區中正路五九五號七樓
　　　　 電話：02-2923-1455／傳眞：02-2923-1452
網　　址 http://www.huamulan.tw 信箱 sut81518@gmail.com
印　　刷 普羅文化出版廣告事業
初　　版 2011 年 9 月
定　　價 第十輯 20 冊（精裝）新台幣 28,000 元

金元稷山段氏二妙詞研究（下）

蔡欣容　著

目次

第五章　〈二妙詞〉之藝術特色

　　本章爬梳〈二妙詞〉一百三十闋，據其整體風貌，對其藝術特色，進行研究。本章論述採造句、鍊字安排論述之。創作詞章修辭格或表現詞境之藝術手法諸多，〈二妙詞〉中兼而有之，然而使用頻繁，運用自如，形成詞之藝術特色，大抵不出三類：其一，設色鋪彩，形象鮮明；其二，善用疊字，和諧自然；其三，援古據典，活用故實。

　　以下就上述三類，探討〈二妙詞〉之藝術特色。

第一節　設色鋪彩，形象鮮明

　　寫作詞章目的在於抒情，亦在於引起讀者共鳴，創作時或直接或間接刺激讀者感覺，為引發讀者共鳴之主要方法之一。人生而有「感覺」本能，透過外在「感」官─眼、耳、鼻、唇、膚，產生於內心之「覺」。詞人寫作時，將對宇宙人生各種現象之感覺，透過各種修辭法，真實細膩摹寫之，而色彩之運用，使形象生動鮮明，讀者閱之感同身受，心有戚戚焉。

　　劉勰《文心雕龍・情采》：

　　　故立文之道，其理有三：一曰形文，五色是也；二曰聲文，
　　　五音是也；三曰情文，五性是也。五色雜而成黼黻，五音

比而成韶夏，五性發而爲詞章。〔註1〕

由上之引文知，劉勰將五色形文視爲立文之首要條件，足見設色鋪彩於詞章創作上，可謂舉足輕重。將色彩運用於詩詞創作，具有直觀性，且予人視覺享受，喚起人對色彩之想像、聯想，勾起內在情思之波瀾。二段兄弟詞作工於色彩摹寫，茲將〈二妙詞〉設色鋪彩之處，臚列於下：

一、段克己所作部分，共八十九個顏色字：

1、水面金波灩灩，簾外玉繩低轉，河漢截天流。〈水調歌頭〉

（亂雲低薄暮）

2、云旌翠蕤摩蕩，遙指白雲鄉。〈水調歌頭〉（雙龍隱扶輦）

3、漸煙塵、飛度九重城，蒙金闕。〈水調歌頭〉（塞馬南來）

4、眯眼黃塵無避處，洗天風雨來何日。〈滿江紅〉（塵滿貂裘）

5、轉手黃金都散盡，酒酣彈鋏蛟龍吼。…紅未透，花枝瘦。

…翠壁崢空山玉立，長河瀉浪風雷走。挽山河、勝槩入金尊，

爲君壽。〈滿江紅〉（臘盡春來）

6、夢斷繁華無覓處，朱甍碧甃，空陳基。……條華橫陳供望眼，

水天上下涵空碧。〈滿江紅〉（古堞憑空。）

7、行樂處、軟紅香霧，未收燈火。楊柳梢頭黃尚淺，梅花萼底紅初

〔註1〕五色指青、赤、黃、白、黑，南朝宋劉勰著、王更生注譯：《文心雕龍讀本》（臺北：文史哲出版社1991年9月），頁77。

破。待東風、吹綠滿瀛洲，愁無那。……好對青山傾白墮，休嗟

事業違人些。〈滿江紅〉（春色三分）

8、欲把長繩，維白日、暫留春住。〈滿江紅〉（欲把長繩）

9、堂上客，頭空白。〈滿江紅〉（雨後荒園）

10、雙菊盈叢還可采，南山依舊橫空翠。〈滿江紅〉（五柳成蔭）

11、面目蒼浪，齒牙搖落，鬢髮三分白。〈大江東去〉（悲哉秋氣）

12、門外柳弄金絲，落花飛不起，東風無力。……致主無心，

蒼顏白髮，敢更希前席。〈大江東去〉（無堪老孏）

13、黃花紅葉，輪香泛灩，恰過重九。細撚金蕤，旋題新句，滿斟芳

酒。〈水龍吟〉（天高秋氣初清）

14、豪氣依然。黃金散盡落魄，誰識當年。世間底物，解挽回、鏡裏

朱顏。…詩書舊業，要他時、分付青氈。〈水龍吟〉（天高秋氣初清）

15、便銷金低唱，欲換應難。〈滿庭芳〉（萬籟收聲）

16、暮雲收盡，柳梢華月轉銀盤。東風輕扇春寒。玉輦通宵遊幸，

彩仗駕雙鸞。〈望月婆羅門引〉（暮雲收盡）

17、城春好，玉簫金管恣遊盤。……漸霓裳欲遍，翠斂春山。

〈望月婆羅門引〉（鳳城春好）

18、柳弄東風，恰吐黃金蕊。〈蝶戀花〉（二月山城春尚未）

19、早是殘紅枝上少。飛絮無情，更把人相惱。〈蝶戀花〉（鵜鴂聲春已曉）

20、百花飛盡彩雲空。牡丹叢。始潛紅。…翠帷重。瑞光融。燦燦紅燈，間錯綠蟠龍。〈江城子〉（花飛盡彩雲空）

21、鏡中看，失朱顏。顛倒囊貲，欲買青山。〈江城子〉（九衢塵土涴儒冠）

22、頭嬾舉。亂紅飛過秋千去。〈漁家傲〉（春去春來誰做主）

23、一片花飛春已暮，那堪萬點飄紅雨。常記解鞍沽酒處。而今綠暗旗亭路。〈漁家傲〉（一片花飛春已暮）

24、詩句一春渾漫與。紛紛紅紫俱塵土。〈漁家傲〉（詩句一春渾漫與）

25、檀板輕敲歌欲就。眉黛皺。翠鬟暗點金釵溜。〈漁家傲〉（斷送春光惟是酒。）

26、朱顏換，風雪俄驚歲杪。〈月上海棠〉（住山活計宜聞早）

27、纖手折黃花，步東籬爲一三嗅。〈月上海棠〉（小樓舞徹雙垂手。
　　　　　△

28、草色近還無，傍溪陡覺金沙軟。梅花蕾，風味朝來不淺。
　　　△　　　　　　　　　　△

　　十分瀲灩金蕉滿。
　　　　　△

29、□兩頰紅百憂散。〈月上海棠〉（閒人不愛春拘管）
　　　　△

30、綠醅輕泛紅萸好。黃菊羞簪白髮稠。〈鷓鴣天〉（點檢笙歌上小樓）
　　　△　　　△

31、酒滿金尊客滿樓。美人清唱眼波秋。〈鷓鴣天〉（酒滿金尊客滿樓）
　　　　　△

32、千尺長虹下飲溪。兩山環合翠屏圍。〈鷓鴣天〉（千尺長虹下飲溪）
　　　　　△　　　　　△

33、湍浪瀉，萬珠霏。風前天棘舞青絲。〈鷓鴣天〉（古木寒藤蔭小溪）
　　　　　　　　　　△

34、酣卻對青山笑，面目蒼然不入時。〈鷓鴣天〉（颭颭輕舟逆上溪）
　　　△　　　　　△

35、須君自製黃金鱠，醉我新蒭玉色醪。〈鷓鴣天〉（幼歲文章已自豪。）
　　　　　△△　　　　△

36、襯步金沙村路遙。歸來羞費楚詞招。〈鷓鴣天〉（襯步金沙村路遙）
　　　　△

37、白首老儒身連蹇，不隨時世紛華。〈臨江僊〉（白首老儒身連蹇）
　　　△

38、白髮相看老弟兄。閑身無辱亦無榮。……青山高臥待昇平。
　　　△　　　　　　　　　　△

　　〈浣溪沙〉（白髮相看老弟兄）

39、東風簾幕雨絲絲，梅子半黃時。……芭蕉新綻，徙倚湖山，

彩筆題詩。〈訴衷情〉（東風簾幕雨絲絲）

40、白髮青衫，是人所惡。金印碧幢，是人所慕。〈最高樓〉（貧而樂）

41、愛酒淵明，無錢休對黃花語。……屋上青山，山上行雲度。〈點

絳脣〉（愛酒淵明）

42、人與寒林共瘦，山和老眼俱青。〈西江月〉（人與寒林共瘦）

二、段成己所作部分，共五十一個顏色字：

1、青鏡裏、滿簪華髮，不堪憔悴。〈滿江紅〉（光景催人）

2、春去也、朱絲弦斷，鸞膠難續…對青山、一餉倚枯藤，灘聲急…

芳草綿綿隨意綠，平波渺渺傷心碧。〈滿江紅〉（點檢花枝）

3、歲月不貸閑人，君顏非少，我髮白如此。好把金杯休去手，

萬事惟消沉醉。〈大江東去〉（西風汾浦）

4、華燭紅搖勒，瑞煙翠惹吟袍。〈木蘭花慢〉（金吾不禁夜）

5、滿庭紅雨霏霏。獨倚繩床微歎，此意竟誰知。悵西園轉眼，翠幙

成圍。……人不覺、弦斷朱絲。〈望月婆羅門引〉（繁華夢斷）

6、愛青山屋上，面面屏圍。〈望月婆羅門引〉（長安倦客）
　　　　△

7、生怕紅塵，一點汙儒冠。便甚歸來嗟已晚，那更待，買青山。
　　　　　△　　　　　　　　　　　　　　　　　　　　　　　　　△

〈江城子〉（百年光景霎時間）

8、屋上青山，山鳥喜相呼。〈江城子〉（階前流水玉鳴渠）
　　　△

9、昔年兄弟共彈冠。轉頭看。各蒼顏。……晨霞翠柏尚堪餐。
　　　　　　　　　　　　　　△　　　　△

〈江城子〉（昔年兄弟共彈冠）

10、昂頭處，幾點青山屋杪。〈江城子〉（酒杯何似浮名好）
　　　　　　△

11、黃花未入淵明手。日攪空腸幾回九。〈月上海棠〉（黃花未入淵明手）
　　　△

12、纖手斫金虀，一嚼不妨時嗅。頹然醉，臥印蒼苔半袖。〈月上海
　　　　　△　　　　　　　　　　　　　　　△
棠〉（老來還我扶犁手）

13、黃柑旋拆金苞嫩，白酒新篘玉液稠。〈鷓鴣天〉（手段慚非五鳳樓）
　　△　　　　　△　　　　△

14、瀺瀺春江走怒雷。翠巖千丈立崔嵬。……傾綠酒，坐蒼苔。
　　　　　　△　　　　　　　　　　　　△　　　　△

〈鷓鴣天〉（瀺瀺春江走怒雷）

15、婆娑醉舞拂青絲。昔時心賞今猶在，但恐風流異昔時。
　　　　　△

〈鷓鴣天〉（行徧南溪到北溪。）

16、歌殘白雪雲猶佇，舞落烏紗鳥忽飛。〈鷓鴣天〉（瀑布岩前水滿溪）
　　△　　　　　　△

17、五更門外霜風惡，千尺青松傲歲寒。〈鷓鴣天〉（誰伴閒人閑處閑）
　　　　　　　　　　△

18、頭從白後彈冠懶，腳自頑來應俗難。〈鷓鴣天〉（那得茅齋一餉閑）
　　　　△

19、青山隔岸迎人笑，舊有盟言且莫寒。〈鷓鴣天〉（堂上幽人睡正閑）
　　△

20、四十六年彈指過，蒼顏換卻春華。〈臨江僊〉（四十六年彈指過）
　　　　　　　　　△

21、東風歸路穩，十里暮山青。〈臨江僊〉（管領韶華成老醜）
　　　　　　　　△

22、莞然成獨笑，白鷺起滄洲。〈臨江僊〉（濁酒一杯歌一曲）
　　　　　△

23、杏花半吐，花底香風度。楊柳嫋金絲。〈驀山溪〉（杏花半吐）
　　　　　　　　　　△

24、白日長繩誰可繫。老去情懷，事事都無味。〈蝶戀花〉（燕子歸來
　△
　　寒食未。）

25、蘭玉衛諸郎。我見白眉子最良。〈南鄉子〉蘭玉衛諸郎）
　　　　　　　△

26、不才自合收身早。一座青山成潦倒。〈木蘭花〉（不才自合收身早）
　　　　　　　　　　△

27、故人落落晨星少。紅葉黃花依舊好。〈木蘭花〉（篝鑪江上秋風早）
　　　　　　△　　△

28、醉中昨夜歸來早。應怕蒼苔嗔健倒。〈木蘭花〉（醉中昨夜歸來早）
　　　　　　　　　△

29、黃花一尊芳酒，萬事覺俱非。〈訴衷情〉（芹溪清淺舞漣漪）
　　△

30、昨日青青雙鬢，今日星星滿鏡。……欲語幽情誰可，賴有白鷗
　　　　△△　　　　　　△△　　　　　　　　　　　　　△
知我。〈水調歌頭〉（人生等行旅）

　　《二妙詞》中有七十二闋使用設色鋪彩之法，共用一百四十個顏色詞彙，其比例之高，足見二段兄弟填詞創作時於色彩運用方面有所偏好。《二妙詞》以色彩描摹景物，形象益加立體鮮明，讀者閱之，腦中自會浮現一幅丹青圖畫。

　　段氏兄弟寫水波「水面金波灔灔」、「平波渺渺傷心碧」；描述月日「柳梢華月轉銀盤」；寫年輕容貌曰：「朱顏」、「青青雙鬢」，述老者貌，曰：「面目蒼然」、「白首老儒身」、「白髮相看老弟兄」、「青鏡裏、滿簪華髮。」、「我髮白如此」、「各蒼顏」、「頭從白後彈冠懶」、「蒼顏換卻春華」；言柳曰「楊柳梢頭黃尚淺」、「門外柳弄金絲」、「柳弄東風，恰吐黃金蕊。」、「婆娑醉舞拂青絲」、「楊柳嫋金絲」；言花初開曰：「紅未透」、「梅花萼底紅初破」、「牡丹叢。始潛紅。」；寫落花曰：「早是殘紅枝上少」、「亂紅飛過秋千去」、「那堪萬點飄紅雨。」、「滿庭紅雨霏霏」，描寫山色蒼翠欲滴曰：「欲買青山」、「翠壁崢空山玉立」、「南山依舊橫空翠」、「翠斂春山」、「酒酣卻對青山笑」、「青山高臥待昇平」、「屋上青山」、「山和老眼俱青」、「翠帷重」、「翠幬成圍」、「幾點青山屋杪」、「翠巖千丈立崔嵬」、「青山隔岸迎人笑」、「十裏暮山青」、「一座青山成潦倒」。

　　上述多以單色描摹景物，使詞更形生動，增強視覺效果。此外，二段兄弟亦以色彩對比，以凸顯效果。隔句設色對比者，譬如：「云旌翠蕤摩盪，遙指白雲鄉。」雲般旌旗上翠綠色裝飾品搖動，遙指天，此處以「翠蕤」、「白雲鄉」對比使畫面更鮮豔；「楊柳梢頭黃尚淺，梅花萼底紅初破。」以黃柳紅梅相對，極言春之燦爛繽紛；「好對青山傾白墮」以青山、白墮對比，描寫一幅山中垂瀑初春圖；「燦燦紅燈，間錯綠蟠龍」，以紅燈比牡丹花，綠蟠龍作葉子，以紅花綠葉相襯，色彩更形鮮豔；「千尺長虹下飲溪。兩山環合翠屏圍。」，長虹七彩斑斕，

青山蒼翠欲滴，以虹之七彩對比翠屏，更顯春色絢麗；「酒酣卻對青山笑，面目蒼然不入時」，酒醉對青山笑，以青山對面目之蒼然，更突顯面容之蒼老。「華燭紅搖勒，瑞煙翠惹吟袍」，燭紅對比翠煙，借紅、綠對比，呈現一片意象豐富，色彩鮮豔之景；「黃柑旋拆金苞嫩」藉金、黃對比，使柑橘之色澤更艷；「傾綠酒，坐蒼苔。」綠、蒼為深淺不一之青色，段成己以綠、蒼相對，營造詞色彩之層次感。

「眉黛皺。翠鬟暗點金釵溜」，以眉黛皺形容歌者眉宇之間，翠鬟及金釵乃指歌者之髮型頭飾，以黛、翠、金三色，呈現女子姣好容貌與華麗髮式。克己以鮮豔色彩塑造富麗形象。「青鏡裏、滿簪華髮」，自青鏡中照見之華髮，更覺白髮之滄桑。描述老者容貌曰：「面目蒼浪，齒牙搖落，鬢髮三分白」以蒼、白，極寫面目蒼老，髮鬢華白之態。當句設色對比者，譬如：「黃花紅葉」以黃、紅二色描繪秋景，更顯蕭條；「朱甍碧」，應指「朱甍碧甃」，以紅色屋脊，青綠色井壁，以色彩斑斕直指富貴人家宅第之奢華；「蒼顏白髮」，以窮垂垂老者之態；「白髮青衫」，以白、青色對比，則見鬢色更白；「紛紛紅紫俱塵土」，紅、紫借代落花，以紅、紫相對，使暮春落花之景益加鮮活；「綠醅輕泛紅萸好」，綠醅對比紅萸，色彩華麗，使形象更立體；而「黃菊羞簪白髮稠」，以黃、白色之對，更襯「羞」字，使老者髮愈白，菊之色益艷；「白髮青衫」，以髮之蒼對比青衣，更顯年華老去之惆悵。

克己填詞偏愛用金、黃色，例如：「水面金波灩灩」、「漸煙塵、飛度九重城，蒙金闕。」、「眯眼黃塵無避處」、「轉手黃金都散盡」、「挽山河、勝槃入金尊」、「楊柳梢頭黃尚淺」、「門外柳弄金絲」、「細撚金蕤」、「便銷金低唱」、「玉簫金管恣遊盤」、「柳弄東風，恰吐黃金蕊」、「翠鬟暗點金釵溜」、「纖手折黃花」、「傍溪陡覺金沙軟」、「十分激灩金蕉滿」、「黃菊羞簪白髮稠」、「酒滿金尊客滿樓」、「須君自製黃金鱠」、「襯步金沙村路遙」、「梅子半黃時」、「金印碧幢」、「無錢休對黃花語」。

黃色相對於青、紫，屬於暖色系，波徑長與強度最強，為色譜中明度最高者。黃色明亮、輕柔，是以黃色表現歡樂、明快、輕鬆、樂

觀之情緒。金色則比黃色更耀眼，對應情感為積極、活潑，為富麗堂皇之色彩。而段克己填長短句，喜用金、黃色，許是歸隱山林，甘於淡漠閒適生活，與詩社好友相熟，有妻有子，自是滿足，故以歡樂情緒之金黃色倚聲填詞。

　　而成己獨鍾青色，譬如：「芳草綿綿隨意綠，平波渺渺傷心碧。」、「瑞煙翠惹吟袍」、「翠幄成圍」、「愛青山屋上」、「買青山」、「晨霞翠柏尚堪餐」、「幾點青山屋杪」、「臥印蒼苔半袖」、「翠巖千丈立崔嵬」、「傾綠酒」、「婆娑醉舞拂青絲」、「千尺青松傲歲寒」、「青山隔岸迎人笑」、「十裏暮山青」、「一座青山成潦倒」、「應怕蒼苔嗔健倒」、「昨日青青雙鬢」。翠、碧、青、綠為深淺不一之青色，使其詞呈現層次感，圖景摹象更有渲染力。

　　色彩與感情息息相關，就色彩心理學而言，青色在波徑、強度上遠不及黃、赤色等暖色系，青色屬於寒色，所代表之情感，為冷、靜、安慰或寂寞，屬於消極情緒。青所展現之感情關乎人內心消極之一面，所呈現者，或哀，或沉靜。簡而言之，青之色相，代表意志消沉。〔註2〕以青之色相所蘊含之情感連繫段成己生平，似乎色彩心理學所言不差。成己及進士第，授宜陽主簿，未實現理想抱負，家國已破，遂與其兄歸隱龍門，躬耕以終。段成己長短句大都作於金亡以後，成己不仕異朝，功名無望，以致於意志消沉，後浸於青山白水之間，賞四時美景，心態趨於沉靜，無怪乎其詞，喜以青色鍊字構句。

第二節　善用疊字，和諧自然

　　疊字，又稱「雙字」、「重言」、「複字」等。將兩個以上形、音、意完全一樣之字緊密相連使用，使形式整齊，加強形象之摹擬，此種修辭法是謂疊字。疊字之作用在於使音節和諧自然，組織簡單清楚，

〔註2〕關於色彩與情感之關係，詳參文史哲編輯部編：《修辭類說·平淡絢爛》（臺北：文史哲出版社。1980 年 9 月）253～263。

易理解。〔註3〕疊字富描繪性與豐富情感，用以描摹景物、人物或環境氣氛，因其音節重複，強調音感，增加音韻美。故自《詩經》以降，文學作品多用疊字。《文心雕龍物色》：

> 是以詩人感物，聯類不窮。流連萬象之際，沈吟視聽之區；寫氣圖貌，既隨物以宛轉；屬采附聲，亦與心而徘徊。故「灼灼」狀桃花之鮮「依依」盡楊柳之貌，「杲杲」爲出日之容，「瀌瀌」擬雨雪之狀，「喈喈」逐黃鳥之聲，『喓喓』學草蟲之韻；皎日嘒星，一言窮理，「參差」「沃若」，兩字窮形：並以少總多，情貌無遺矣。雖復思經千載，將何易奪。〔註4〕

劉氏云《詩經》之所以動人，乃因其作者運用疊字，〔註5〕以視覺、聽覺等想像，訴諸於讀者感官領受。劉勰肯定於詞章使用疊字法，可收聲采瞻麗之效。

　　本文研究對象〈二妙詞〉亦多用疊字，以下就景象描繪、人物寫眞、詞意概括、聲音摹擬四方面進行論述，以見疊字置於詞中之功效。

一、景象描繪

　　二段兄弟於〈二妙詞〉於景物描繪方面，借視覺之想像狀物寫景，借疊字使聲情合諧，並強調語意，以寫實傳神，臻於巧奪天工之境。

　　譬如：

1、水面金波灩灩，簾外玉繩低轉，河漢截天流。〈水調歌頭〉（亂雲
　　　　　　△△
低薄暮）

2、颯颯西風吹雨，仙仗儼長廊。〈水調歌頭〉（清秋好天氣）
　　△△

〔註3〕關於疊字之長處，詳參文史哲編輯部編：《修辭類說》（臺北：文史哲出版社。1980年9月。）頁173。

〔註4〕南朝宋劉勰著、王更生注譯：《文心雕龍讀本》（臺北：文史哲出版社），1991年9月，頁302。

〔註5〕劉勰稱疊字爲「重遝複語」。同上註。

3、風馭飄飄高舉，雲駕攀留無處，煙霧杳茫茫。〈水調歌頭〉（雙龍
　　　△△　　　　　　　　　　　　　　　　△△
　隱扶輦）

4、東風嫋嫋，飛花一片點征衣。〈望月婆羅門引〉（東風嫋嫋）
　　　△△

5、風外紛紛飛亂，柳邊湛湛長江去。〈滿江紅〉（欲把長繩）
　　　　△△　　　　　△△

6、颯颯涼風吹汝急，汝身孤立應難立。〈滿江紅〉（雨後荒園）
　△△

7、紛紛紅紫俱塵土。〈漁家傲〉（詩句一春渾漫與）
　△△

8、脈脈向人嬌不語，晨露重，洗芳容。…爍爍紅燈，間錯綠蟠龍，
　△△　　　　　　　　　　　　　　　　△△
　〈江城子〉（百花飛盡彩雲空）

9、脈脈桃花，微露胭脂蘂。〈蝶戀花〉（燕子歸來寒食未）
　　△△

10、山歷歷，水悠悠。〈鷓鴣天〉（酒滿金尊客滿樓）
　　　△△　　△△

11、花藹藹，絮霏霏。〈鷓鴣天〉（千尺長虹下飲溪）
　　△△　　△△

12、波間容與雙鷗淨，空外飄飄一鷺飛。〈鷓鴣天〉（古木寒藤蔭小溪）
　　　　　　　　　　　△△

13、颭颭輕舟逆上溪。何時柳樹已成圍。〈鷓鴣天〉（颭颭輕舟逆上溪）
　　△△

14、紛紛落絮隨風舞，泛泛輕鷗逐水漂。〈鷓鴣天〉（當日元龍氣最豪）
　　△△

15、芳草綿綿隨意綠，平波渺渺傷心碧。〈滿江紅〉（點檢花枝）
　　　　△△　　　　△△

16、塵土外、鮮鮮元有，可人容質。〈滿江紅〉（誰把秋香）
　　　　　　△△

17、滿庭紅雨霏霏。〈望月婆羅門引〉（繁華夢斷）
　　　　　　△△

18、東風簾幕雨絲絲，梅子半黃時。〈訴衷情〉（東風簾幕雨絲絲）
　　　　　　△△

19、愛青山屋上，面面屏圍。〈望月婆羅門引〉（長安倦客）
　　　　　　△△

20、梅花枝上月團團。〈鷓鴣天〉（誰伴閑人閑處閑）
　　　　　　△△

21、鵬翼翩翩去路遙。〈鷓鴣天〉（鵬翼翩翩去路遙）
　　　　　△△

22、楊柳嫋金絲，拂晴波垂垂萬縷。〈驀山溪〉（杏花半吐）
　　　　　　　　△△

23、蝶繞芳叢，馥馥香浮蘂。〈蝶戀花〉（點檢東園花發未）
　　　　　△△

　　二段兄弟情感豐富，四時美景遞嬗，巍峨山峰，潺潺流水，百
花競妍，一切外在事物之變幻，皆能引詩人內心之感，故其模山範
水，發為詞章。山川自然、光色景貌，二段兄弟摹狀之，其運用疊
字，使形象立體鮮明。「瀲瀲」言靜夜月映水波，閃閃耀眼之貌，「颯
颯」形容狂風，「飄飄」狀清風，「嫋嫋」狀輕盈之春風，「杳茫茫」
述煙霧瀰漫，無邊無際貌，「紛紛」言柳絮或落花飄落時之多而連
續狀，「脈脈」將牡丹、桃花擬人化，言其含情相望，「爍爍」形容
有綠葉陪襯之牡丹，花紅在綠葉中彷彿閃爍光芒。「歷歷」言青山
重重，分明可數，「悠悠」狀水流，言江水流逝眇遠無盡之貌。「靄
靄」形容花開茂盛之貌，「霏霏」言柳絮紛飛似雨雪煙雲盛密，以
「霏霏」狀殘英，言其多似雨雪飄散空中。以「霏霏」、「絲絲」狀
雨，「霏霏」如同濛濛小雨，煙霧瀰漫，「絲絲」則似廉纖雨，雨勢

極小，雨絲分明可見。

　　「空外飄飄一鴉飛」之「飄飄」使遨翔之鴉鳥愈加輕盈。「颭颭」為因風吹而飄動、搖曳貌，以颭颭狀輕舟，使輕舟益加輕巧，彷彿全無重量漂浮於溪流之上。「泛泛」狀輕鷗，極言其輕靈於水上飄浮。芳草「綿綿」，言其茂盛連續不絕之貌，以「渺渺」狀水波，言其遼闊而蒼茫之貌。寫菊花以「鮮鮮」，言其清新，且色彩明豔。寫青山以「面面」，增加畫面之立體感，寫月以「團團」，極言其圓滿。寫楊柳拂水波以「垂垂」，其言多而密。「馥馥」寫香氣非常濃鬱。

二、人物寫真

　　〈二妙詞〉中以疊字狀人之情態，刻畫細膩，形象栩栩如生，如躍然紙上，鍊字工夫，爐火純青，譬如：

1、巫覡傳神語，出戶舞倀倀。〈水調歌頭〉（清秋好天氣）
　　　　　　　　　△△

2、行李匆匆人欲去，一夜征鞍催發。〈大江東去〉（悲哉秋氣）
　　　△△

3、斷送春光惟是酒。玉杯重捧纖纖手。〈漁家傲〉（斷送春光惟是酒）
　　　　　　　　　△△

4、醉袖翩翩隨所寓。泠然便以風為馭。〈漁家傲〉（燈火蕭條春日暮）
　　　△△

5、兒女聚嬉嬉。〈生查子〉（貧而樂）
　　　　△△

6、寂寂水邊行。〈臨江僊〉（管領韶華成老醜）
　　△△

7、抱看玉骨亭亭。〈清平樂〉（東君調護）
　　　　　△△

8、昨日青青雙鬢，今日星星滿鏡。〈水調歌頭〉（人生等行旅）
　　　△△　　　　　　△△

9、星星鬢髮牟刁騷。〈鷓鴣天〉（七字驪珠句法豪）
　　　　△△

　　段克己兄弟對人物之觀察，可謂細膩，其以疊字狀人物情態，曲
盡其妙，寫眞亦傳神。巫師舞「悵悵」，指巫師作法實舞姿瘋狂；征
鞍催發，行人「匆匆」，「匆匆」二字盡行人神色匆忙之態。玉杯重捧
「纖纖手」，捧杯纖手，由手推測人之體型，擁有纖手者，應纖瘦而
清秀，以手見人，則人體態纖細之形象立現。「翩翩」本是鳥輕飛之
貌，此處以「翩翩」狀醉袖，使人聯想衣袂飄飄，其人飲酒過度，腳
步輕浮，醉態可掬。嬉爲遊戲、玩耍之意，以「嬉嬉」形容小兒女聚
在一起嬉鬧之情形，疊字「嬉嬉」刺激讀者想像，兒童相聚或嬉戲或
嬉笑，兼有視覺與聽覺之效果。以「寂寂」狀水邊之行人，則見其人
一人踽踽獨行，冷清落寞之神情。以「亭亭」狀嬰兒玉骨，則見嬰孩
骨架纖細，體態秀美之貌。以「青青」雙鬢，以狀少時髮鬢烏黑富光
澤，以「星星」狀老者髮，不僅言其斑白，亦直指髮稀疏。二句今昔
對比，髮色由青而蒼，老態畢現，令人不勝唏噓。

三、詞意概括

　　疊字借重疊形、音、義皆同之字，以簡潔形式，涵括語意，復有
強調意義之功能，使全詞情味亦濃厚。舉例言之：

1、花底一杯須健倒。醉中聽喚卿卿小。〈蝶戀花〉（巖菊開時霜信杳）
　　　　　　　　　　　　　　　△△

2、月自於人無意，人被月明催老，今古共悠悠。〈水調歌頭〉（亂雲
　　　　　　　　　　　　　　　　　　　　　△△
低薄暮）

3、擾擾膠膠塵世事，不如人意十常九。〈滿江紅〉（欲把長繩）
　　△△△△

4、底事中心嘗悄悄，不足一人之毀。〈大江東去〉（道人活計）
　　　　　　　　　△△

－178－

5、歸去來兮，漁歌樵唱，覓愁愁在那邊。〈滿庭芳〉（歸去來兮）
　　　　　　△△

6、遮眼文書，隨分有些些。〈江城子〉（數椽茆舍大如蝸）
　　　　　△△

7、今古恨，去悠悠。〈鷓鴣天〉（點檢笙歌上小樓）
　　　△△

8、紛紛世態浮云變，草草生涯斷梗漂。〈鷓鴣天〉（釃酒槌牛詫裏豪）
△△　　　　　　△△

9、紛紛四海正兵騷。〈鷓鴣天〉（把酒簪花強自豪）
　△△

10、溪山好在恨眼中、渺渺故人稀。〈望月婆羅門引〉（東風嫋嫋）
　　　　　　　　△△

11、故人落落晨星少。〈木蘭花〉（篝鱸江上秋風早）
　　　△△

12、哀哀愁來何處。〈望月婆羅門引〉（小窗睡起）
　　　△△

13、紛紛身外事，渺渺眼中花。〈臨江僊〉（四十六年彈指過）
　　△△　　　　　△△

14、悠悠身外事。〈臨江僊〉（管領韶華成老醜）
　　△△

15、身外事，付悠悠。〈鷓鴣天〉（手段慚非五鳳樓）
　　　　　△△

16、世間萬事悠悠。〈臨江僊〉（濁酒一杯歌一曲）
　　　　△△

17、百年光景悠悠。浮生擾擾笑何樓。〈臨江僊〉（轉眼榮枯驚一夢）
　　　△△　　　　　△△

18、走遍人間無一事，十年歸夢悠悠。〈臨江僊〉（走遍人間無一事）
　　　　　　△△

19、自笑荒才非世用，功名都付悠悠。〈臨江僊〉（自笑荒才非世用）
　　　　　　　　　　　　　△△

20、塵世盡悠悠。〈水調歌頭〉（人生等行旅）
　　　　　△△

21、老去情懷，事事都無味。〈蝶戀花〉（燕子歸來寒食未）
　　　　　　　　△△

22、年年人月似今年。〈浣溪沙〉（莫說長安行路難）
　　　△△

23、年年種菊待花開，不道看花人漸老。〈木蘭花〉（不才自合收身早）
　　　△△

　　「卿卿」爲古人對妻子或密友之暱稱，直接將其名諱引入詩詞，似乎不妥，喚「卿卿」便讓人備感親切、窩心，既概括詞意，情味亦濃。塵世事「膠膠擾擾」，「膠膠」取其黏稠，不易釐清之意；「擾擾」取其紛擾，多而淩亂之意，兩組疊字連用，使「塵世事」多雜而難以理清之意更加鮮明。以「悄悄」狀心中憂悶不已，以「愁愁」狀萌生去意之詞人，以疊字「愁愁」，強調愁緒之濃度。以「悠悠」形容今古恨，強調其多，邈遠無盡，以「紛紛」狀世態、四海，強調其多而雜，難以理清，使人心煩意亂。以「渺渺」狀故人之稀，取其遼闊蒼茫不復見之意，以「落落」狀故人，言其如星子殞落，「渺渺」故人稀、「落落故人」，皆以疊字凸顯故人凋零之悲，。「袞袞」愁來何處，以「袞袞」形容愁緒似江水滾滾，澎湃而不絕。「紛紛」狀身外事，言其多而紛雜，不易處理之意。「悠悠」狀世間萬事，言其眾多，不可勝數。「悠悠」百年，言其邈遠滄茫而無盡，「擾擾」浮生，強調浮生人事紛雜，多而亂，「悠悠」歸夢，則指歸夢渺渺無際，心願難圓。年老心懶，覺「事事」都無味，以「事事」強調多，等同一切事。「年年」人月似今年、「年年」種菊，「年年」重複指每一年皆如此，概括時間之持續性。

四、聲音摹擬

　　傾耳凝聽，便覺世上聲音千奇百怪，諸如此類客觀耳聞之聲，透過詞人主觀之心靈感受，加以摹寫，稱之「摹聲」或「摹聽」。〈二妙詞〉亦有以疊字「摹聲」者，譬如：

1、小立西風外，似聽珮鏘鏘。〈水調歌頭〉（雙龍隱扶輦）
　　　　　　　　　　　△△

2、空咄咄，漫悠悠。〈鷓鴣天〉（不是秋來懶上樓）
　　　△△

3、休咄咄，盡悠悠。〈鷓鴣天〉（那得工夫上酒樓）
　　　△△

4、欹枕瀟瀟聽雪聲，落葉閑階滿。〈生查子〉（澹月晃書窗）
　　　　　△△

5、風外淵淵簫鼓，醉飽滿城黎庶，健倒臥康莊。〈水調歌頭〉（清秋
　　　　△△
好天氣）

　　珮「鏘鏘」，「鏘鏘」狀玉石相撞之聲，音質清脆而響亮，「咄咄」為感嘆聲，咄為入聲字，音節短而急促，發無可奈何之感慨。雪聲「瀟瀟」，「瀟瀟」原指狂風驟雨之聲，段成己用以形容紛紛落雪聲，即言雪勢甚大，此句以聲寫景，借「瀟瀟」雪聲，襯托冷寂之景。「淵淵」則狀鼓聲。以疊字狀聲音，使詞情更為豐富。

　　〈二妙詞〉中有六十闋使用疊字，其將疊字運用於景象描繪、人物寫眞、詞意概括、聲音摹擬，二妙善用疊字，使景色鮮活，人物形象栩栩如生，用以概括詞意，則收加強語氣之效，而以疊字模擬聲音，如聞其聲，使詞更為豐富。

第三節　援古據典，活用故實

　　用典，為徵引史例之法，亦是充實作品內容，修辭法之一種，劉

勰謂之曰:「事類」,劉氏云:

　　事類者,蓋文章之外,據事以類義,援古證今者也。〔註6〕

善於用典,可使詞章意蘊深遠,亦可收言簡意賅之效。詞文若能適當取用事義,擇取成語、詩詞,典故,用之而無跡,方可稱善用典故。《隨園詩話》於「用典有分際」條下道:

　　用典,如水中著鹽,但知鹽味,未知鹽質。〔註7〕

鹽融於水,雖有味而無跡,鹽如典故,水似詞章,惟有詞文與故實巧妙結合,方能使辭采富麗,意涵深刻。

　　段克己兄弟才博覽五車,以豐富才學塡長短句,用典頻繁,引用故實含括經、史、子、集,以下就事典:先人史事,徵引爲詞;語典:古語詩詞,化入詞句兩方面,探討〈二妙詞〉之用典情形。

一、先人史事,徵引爲詞

(一)先　人

1、屈　原

(1)〈滿江紅〉(雨後荒園):「盈把足娛陶令意,夕餐誰似三閭潔。」
　　按:其中「三閭」指屈原。三閭:三閭大夫,職官名。春秋時楚
　　　　國所置,職掌王族昭、屈、景三氏。屈原曾任此職。或稱爲
　　　　三閭。

(2)〈鷓鴣天〉(釃酒槌牛詫裏豪):「廣陵散曲屈平騷。」
　　按:其中「屈平」指屈原,「騷」指離騷。

(3)〈鷓鴣天〉(殢酒償春笑二豪):「一杯聊慰楚人騷。」
　　按:其中「楚人」當指屈原。

〔註6〕南朝宋劉勰著、王更生注譯:《文心雕龍讀本》(臺北:文史哲出版
　　　社,1991年9月),頁168。
〔註7〕清袁枚:《足本隨園詩話及補遺》(臺北:長安出版社1978年6月),
　　　頁126。

（4）〈臨江僊〉（濁酒一杯歌一曲）：「自古興亡天不管，屈原枉葬江
流。」

按：首次引屈原姓名入詞。

2、袁 安

（1）〈滿庭芳〉（萬籟收聲）：「勳業何須看鏡，蓬窗底、空臥袁安。」

按：其中「臥袁安。」漢時袁安未達時，洛陽大雪，人多出乞食，
安獨僵臥不起，洛陽令按行至安門，見而賢之，舉為孝廉，
除陰平長、任城令。袁安高臥：指身處困窮但仍堅守節操之
行為。典出《後漢書・袁張韓周列傳》：「袁安字邵公，汝南
汝陽人也。祖父良，習孟氏易，平帝時舉明經，為太子舍人。
建武初，至成武令。安少傳良學。……至袁安門，無有行路。
謂安已死，令人除雪入戶，見安僵臥。問何以不出。安曰：『大
雪人皆餓，不宜干人。』令以為賢，舉為孝廉也。」〔註8〕

3、陳 登

（1）〈鷓鴣天〉（當日元龍氣最豪）：「當日元龍氣最豪。」

按：其中「元龍」指東漢陳登，字元龍，有豪氣。許汜見登，登
久不相與言，自上大床臥，使汜臥下床。〔註9〕

4、子珍國

（1）〈滿江紅〉（欲把長繩）：「活國手，談天口。」

按：其中「活國手」典出自《南史・王廣之／子珍國傳》：「子珍國
字德重，仕齊為南譙太守，有能名。時郡境苦饑，乃發米散財
以振窮乏。帝手敕云：『卿愛人活國，甚副吾意。』」〔註10〕

〔註8〕 〔劉宋〕範曄撰、〔唐〕李賢等注、〔晉〕司馬彪補志、楊家駱主編：
《新校本後漢書》（臺北：鼎文書局，1981年），頁1517～1518。

〔註9〕 其事詳見〔晉〕陳壽撰、〔宋〕裴松之注、楊家駱主編：《新校本三
國志・魏書》（臺北：鼎文書局，1980年），頁279～280。

〔註10〕 〔唐〕李延壽撰、楊家駱主編：《新校本南史》（臺北：鼎文書局，
1976年），頁1160。

5、陶　潛

（1）〈滿江紅〉（雨後荒園）：「盈把足娛陶令意，夕餐誰似三閭潔。」

　　按：其中「陶令」乃指東晉陶潛，一名淵明，字元亮，曾作彭澤
　　　　令八十八天，故稱陶令。

（2）〈滿江紅〉（五柳成陰）：「步東籬遐想，昔人高致。」

　　按：陶潛〈飲酒詩〉二十首之五：「采菊東籬下，悠然見南山。」，
　　　　由「東籬」推斷「昔人」爲陶潛。

（3）〈水龍吟〉（天高秋氣初清）：「休說山中宰相，也不效、斜川五
　　柳。」

　　按：其中「五柳」指陶潛。陶淵明棄彭澤縣令而歸隱家園，於門
　　　　前栽種五株柳樹，並自號五柳先生。見晉陶淵明〈五柳先生
　　　　傳〉。

（4）〈滿江紅〉（誰把秋香）：「愛此花不負，淵明清節。」

　　按：其中「淵明」指陶潛（西元365～427）東晉潯陽柴桑人，陶
　　　　侃曾孫，一名淵明，字元亮，安貧樂道，嘗作五柳先生傳以
　　　　自比，世稱靖節先生，詩名尤高，堪稱古今隱逸詩人的宗師。

（5）〈點絳唇〉（愛酒淵明）：「愛酒淵明，無錢休對黃花語。」

　　按：其中「淵明」乃指東晉陶潛。

（6）〈月上海棠〉（黃花未入淵明手）：「黃花未入淵明手。」

　　按：其中「淵明」乃指東晉陶潛。

（7）〈鷓鴣天〉（誰伴閒人閑處閑）：「陶潛自愛吾廬好。」

　　按：首次直接引陶潛名字入詞。

6、陶弘景

（1）〈水龍吟〉（天高秋氣初清）：「休說山中宰相，也不效、斜川五柳。」

　　按：其中「山中宰相」指陶弘景。南朝梁陶弘景隱居句曲山，朝
　　　　廷禮聘不出，武帝遇有國家大事，常前往請教，時人稱之爲

山中宰相。典出《南史‧陶弘景傳》：「陶弘景…武帝既早與
之遊，及即位後，恩禮愈篤，書問不絕，冠蓋相望。…國家
每有吉凶征討大事，無不前以諮詢。月中常有數信，時人謂
爲山中宰相。」〔註11〕後稱空有宰相之才而不爲當世所用者。

7、壽陽公主

（1）〈望月婆羅門引〉（鳳城春好）：「梅妝猶怯輕寒。」

按：其中「梅粧」相傳南朝宋壽陽公主晝臥於含章殿下，梅花落於
公主額上，揮拂不去。後人效法於額上描畫梅花之形。〔註12〕

8、沈　約

（1）〈木蘭花慢〉（金吾不禁夜）：「思往事，今不見，對清尊、瘦損
沈郎腰。」

按：其中「沈郎」指沈約。沈郎：當指沈約（441～513）字休文，
南朝梁武康人（今浙江省武康縣）。篤志好學，博通群書，
撰四聲譜，分字爲平上去入四聲，爲聲韻學上一大變遷。累
官尚書僕射、尚書令，卒諡隱。著有晉書、宋書、齊紀、武
紀等，有文集百卷。晚唐詩人李商隱〈韓冬郎即席爲詩相送
一座盡驚他日余方追吟連宵侍坐裴回久之句有成之風因成
二絕寄酬兼呈畏之員外〉：「爲憑何遜休聯句，瘦盡東陽姓沈
人。」〔註13〕又〈有懷在蒙飛卿〉詩：「哀同庾府開，瘦極
沈尚書。」〔註14〕言沈約體型纖瘦。

（2）〈望月婆羅門引〉（東風嫋嫋）：「問沈郎何事，帶減腰圍。」

按：其中「沈郎」指沈約。

〔註11〕同上註，頁 1898～1899。
〔註12〕詳見〔宋〕李昉編：《見太平御覽‧果部七‧梅》（臺北：臺灣商務
　　　　印書館，1975 年），頁 4431。
〔註13〕清聖祖輯《全唐詩》（北京：中華書局，1960 年 4 月），冊 16，卷 540，
　　　　頁 6138。
〔註14〕同上註，冊 16，卷 541，頁 6248。

8、韓　愈

（1）〈滿庭芳〉（萬籟收聲）：「笑潮州刺史，匹馬藍關。」

　　按：其中「潮州刺史」指韓愈。《舊唐書・憲宗下・元和十四年》：
　　　　「刑部侍郎韓愈上疏極陳其弊。癸巳，貶愈爲潮州刺史。」
　　　　〔註15〕唐韓愈〈左遷至藍關示姪孫湘〉詩：「一封朝奏九重
　　　　天，夕貶潮州路八千。欲爲聖朝除弊事，肯將衰朽惜殘年。
　　　　雲橫秦嶺家何在，雪擁藍關馬不前。知汝遠來應有意，好收
　　　　吾骨瘴江邊。」〔註16〕

10、干　將

（1）〈鷓鴣天〉（古獄干將未遇雷）：「古獄干將未遇雷。」

　　按：干將爲人名。春秋楚國人，相傳善鑄劍。後多借指利劍。《搜
　　　　神記》載其事：楚人干將、莫邪夫婦爲楚王作劍，三年而成，
　　　　劍有雄雌，天下名器也。劍三年方成，干將以誤期，自斟獲
　　　　罪必死，故藏雄劍在南山之陰，北山之陽，松生石上，囑其
　　　　妻，若生男，告以劍之所在。干將果被殺，其子長，得客助，
　　　　爲父復仇。〔註17〕

11、張仲蔚

（1）〈臨江僊〉（仲蔚門牆蓬藋滿）：「仲蔚門牆蓬藋滿。」

　　按：其中「仲蔚」指張仲蔚。《高士傳》：「張仲蔚者，平陵人也，
　　　　與同郡魏景卿俱道德，隱身不仕。明天官博物，善屬文，好
　　　　詩賦，常居窮素，所處蓬蒿，沒人閉養性不治榮名，時人莫
　　　　識，唯劉龔知之。」〔註18〕

〔註15〕〔後晉〕劉昫撰、楊家駱主編：《新校本舊唐書》（臺北：鼎文書局，
　　　　1976 年），頁 466。
〔註16〕同註13，冊 10，卷 344，頁 3860。
〔註17〕其事詳見〔晉〕幹寶《新校搜神記》（臺北：世界書局，1979 年），
　　　　77～78。
〔註18〕〔明〕高濂編撰、王大淳校點：《遵生八箋・塵外遐舉箋・歷代高隱

12、孫　山

（1）〈大江東去〉（干戈蠻觸）：「孫郎如在，與君共枕流水。」

按：其中「孫郎」指孫山，相傳吳人孫山應試，考中最後一名，
　　與其同往之鄉人兒子落選。回鄉後，鄉人問兒子有考取，孫
　　山回答：「解名盡處是孫山，賢郎更在孫山外。」

13、蔣　詡

（1）〈望月婆羅門引〉（繁華夢斷）：「覺四十九年非。便好忙開蔣徑」

按：其中「蔣徑」，蔣指蔣詡，舍西漢末年，王莽篡漢奪權，兗
　　州刺史蔣詡告病辭官，隱居杜陵。居處荊棘塞門，蔣氏不出
　　門戶。舍中有三徑，唯羊仲，求仲二人與其往來。〔註19〕

14、王　維

（1）〈江城子〉（階前流水玉鳴渠）：「誰喚九原摩詰起，添畫我，輞
　　川圖。」

按：其中「摩詰」指王維，王維（西元 699～759）字摩詰，唐太
　　原人。開元進士，玄宗時官至尚書右丞，世稱爲王右丞。工詩，
　　善書畫，蘇東坡稱其「詩中有畫，畫中有詩」，所畫山水重渲
　　染，爲畫家南宗之祖。營別墅於輞川，著有《王右丞集》。

（二）史　事

1、《史記》

（1）〈滿江紅〉（有嬀之後）：「有嬀之後，國於陳、慶流苗裔」

按：其中「有嬀之後」二句，典出《史記・陳杞世家》。舜之後
　　代有嬀氏，受封於陳，幸以子息不斷。有嬀之後：虞舜之後
　　代。舜住在嬀水旁，其子孫便將地名作爲姓氏－姓嬀。國於
　　陳：舜禪位予禹，舜子孫作諸侯。夏朝時有嬀氏侯位斷斷續

姓氏・仲蔚》（成都：巴蜀書社，1988 年），1013。
〔註19〕其事詳見〔清〕趙歧：《三輔決錄》（北京：中華書局，1991 年），頁 15。

續，至周武王戰勝商紂，尋舜之後，封於陳地。〔註20〕

2、《漢書》

（1）〈鷓鴣天〉（鵬翼翩翩去路遙）：「讀書未免終投閣。」

> 按：其中「投閣」典出《漢書揚雄傳》，漢王莽由於符命之事殺
> 甄豐父子，並放逐劉歆之子劉棻。當時揚雄校書天祿閣，恐
> 被牽連，於是自閣上跳下，幾乎摔死。〔註21〕

3、《戰國策》

（1）〈滿江紅〉（臘盡春來）：「轉手黃金都散盡，酒酣彈鋏蛟龍吼。」

> 按：其中「彈鋏」用《戰國策・齊策》：「齊人有馮諼者，貧乏不能
> 自存，使人屬孟嘗君，願寄食門下，孟嘗君笑而受之。…居有
> 頃，倚柱彈其劍，高歌：「長鋏歸來乎！食無魚。」〔註22〕之
> 典。

4、《晉書》

（1）〈漢宮春〉（公子歸來）：「詩書舊業，要他時、分付青氈。」

> 按：其中「青氈」一語，典出《晉書・王羲之傳》。晉人王獻之晚
> 上臥睡，有偷入房盜物，偷盡所有物品，獻之對小偷云：「偷
> 兒，青氈我家舊物，可特置之。」小偷受驚逃走。〔註23〕青氈
> 後泛指祖先遺留之家業或舊東西。

（2）〈漢宮春〉（公子歸來）：「庭階照映，臥看玉樹芝蘭。」

〔註20〕 詳見〔漢〕司馬遷撰、〔劉宋〕裴駰集解、〔唐〕司馬貞索隱、〔唐〕
張守節正義、楊家駱主編《新校本史記三家注》（臺北：鼎文書局，
1981年），頁1578。

〔註21〕 〔漢〕班固撰、〔唐〕顏師古注、楊家駱主編：《新校本漢書》（臺北：
鼎文書局，1986年），頁3584。

〔註22〕 〔漢〕劉向集錄：《戰國策》（上海：上海古籍出版社，1978年），頁
393～394。

〔註23〕 〔唐〕房玄齡、楊家駱主編《新校本晉書》（臺北：鼎文書局，1976
年），頁2105。

按：其中「玉樹芝蘭」，典出《晉書‧謝安傳》：「玄字幼度。少
穎悟，與從兄朗俱爲叔父安所器重。安嘗戒約子姪，因曰：
『子弟亦何豫人事，而正欲使其佳？』諸人莫有言者，玄答
曰：『譬如芝蘭玉樹，欲使其生於庭階耳。』」〔註24〕

5、《宋書》

（1）〈滿江紅〉（誰把秋香）：「巾自漉，醅微白。」

按：其中「巾自漉」典出《宋書隱逸傳陶潛傳》：「值其酒熟，取
頭上葛巾漉酒，畢還復著之。」〔註25〕形容愛酒成癖、嗜酒
如命者，亦比喻其人率眞超脫。

6、《五代史》

（1）〈大江東去〉（干戈蠻觸）：「生穴藤床，磨穿鐵硯。」

按：其中「摩穿鐵硯」，晉桑維翰初考進士時，主司惡其姓，以
爲桑、喪同音。人勸其以他法求仕，維翰慨然，乃鑄鐵硯以
示人曰：「硯弊則改而他仕。」終及進士第。〔註26〕後比喻
勤學苦讀，終有所成。

7、《太平御覽》

（1）〈滿江紅〉（古堞憑空）：「儂本是，乘槎客。」

按：其中「乘槎」典出自於《太平御覽地部石引荊楚歲時記》乘
坐竹木編成的筏。傳說舊時天河與海相通，海邊之人每年八
月見木筏往來；人或帶糧食乘筏，至天河，見牛郎與織女。
或以爲漢張騫尋河源，而乘木筏至天河。〔註27〕後比喻登天。

〔註24〕同上註，頁 2080。

〔註25〕〔梁〕沈約撰、楊家駱主編：《新校本宋書》（臺北：鼎文書局，1987
年），頁 2288。

〔註26〕〔宋〕歐陽修撰、〔宋〕徐無黨注、楊家駱主編：《新校本新五代史》
（臺北：鼎文書局，1979 年），頁 319。

〔註27〕〔宋〕李昉編：《見太平御覽》（臺北：臺灣商務印書館，1975 年），
頁 417。

8、〈蘭亭集序〉

(1)〈鷓鴣天〉（古木寒藤蔭小溪）：「蘭亭豪逸今陳跡，不醉東風待
　　幾時。」

　　按：其中「蘭亭豪逸」指東晉穆帝永和九年（353）三月三日，
　　　　王羲之與謝安、孫綽等四十一人，會於會稽山陰的蘭亭，眾
　　　　人賦詩，羲之當場以繭紙、鼠鬚筆書寫詩序，即著名之〈蘭
　　　　亭集序〉。

二、古語詩詞，化入詞句

（一）古　語

1、成　語

(1)〈滿江紅〉（有嬌之後）：「看鳳麟、來應太平期，爲佳瑞。」

　　按：其中「鳳麟」同成語「鳳毛麟角」，比喻稀罕珍貴之人、物。
　　　　此處應指有才幹者。

2、《論語》

(1)〈大江東去〉（道人活計）：「篤敬忠誠，尙行蠻貊，豈不行州里。」

　　按：「篤敬三句」典出《論語・衛靈公》：「言忠信，行篤敬，雖蠻
　　　　貊之邦行矣。言不忠信，行不篤敬，雖州里行乎哉？」〔註28〕

(2)〈最高樓〉（貧而樂）：「貧而樂。」

　　按：此句應出自《論語・學而》：「子貢曰：貧而無諂，富而無驕，
　　　　何如？子曰：『可也。未若貧而樂道，富而好禮者也。』」

3、《孟子》

(1)〈鷓鴣天〉（七字驪珠句法豪）：「輿薪不見明何謂。」

　　按：此句典出《孟子・梁惠王上》：「明足以察秋毫之末，而不見

〔註28〕〔魏〕何晏集解、〔宋〕邢昺疏、〔清〕阮元校勘：《論語注疏》（臺
　　　北：藝文印書館，1955年），頁137。

輿薪。」

4、《莊子》

（1）〈大江東去〉（無堪老嬾）：「功名蠻觸，何須千里追北。」

（2）〈滿庭芳〉（歸去來兮）：「蠻觸政爭蝸角，榮枯事、不到尊前。」

（3）〈大江東去〉（歸去來兮）：「干戈蠻觸，問渠爭直有，幾何而已。」

按：以上三例，典出《莊子・雜篇・則陽》：「有國於蝸之左角者曰觸氏，有國於蝸之右角者曰蠻氏，時相與爭地而戰，伏屍數萬，逐北旬有五日而後反。」〔註29〕

（4）〈鷓鴣天〉（千尺長虹下飲溪）：「非魚定不知魚樂。」

按：此句典出《莊子・外篇・秋水》：「莊子與惠子遊於濠梁之上。莊子曰：『儵魚出遊從容，是魚之樂也。』惠子曰：『子非魚，安知魚之樂？』莊子曰：『子非我，安知我不知魚之樂？』惠子曰：『我非子，固不知子矣；子固非魚也，子之不知魚之樂，全矣。』」。〔註30〕

（5）〈臨江僊〉（仲蔚門牆蓬藋滿）：「鼻堊未除斤未運。」

按：此句典出出《莊子・徐无鬼》：「匠石運斤成風，聽而斲之，盡堊而鼻不傷。」〔註31〕

（6）〈行香子〉（自歎勞生）：「自歎勞生。」

按：其中「勞生」語本《莊子大宗師》：「夫大塊載我以形，勞我以生，佚我以老，息我以死。」〔註32〕

（7）〈行香子〉（自歎勞生）：「有坐忘篇，傳燈錄，洗心經。」

按：其中「坐忘篇」應指《莊子》。坐忘：語出《莊子大宗師》：

〔註29〕〔戰國〕莊周撰、〔清〕王先謙撰、沈嘯寰點校：《莊子集解》（臺北：文津出版社，1988 年），頁 228～229。

〔註30〕同上註，頁 148。

〔註31〕同上註，頁 215。

〔註32〕同上註，頁 59。

「墮肢體，黜聰明，離形去知，同於大通，此謂坐忘。」
〔註33〕

(8)〈臨江僊〉（轉眼榮枯驚一夢）：「浮生擾擾笑何樓。」

按：其中「浮生」語本《莊子刻意》：「其生若浮，其死若休。」
〔註34〕

5、《史記》

(1)〈滿江紅〉（塞馬南來）：「百二河山俱失險，將軍束手無籌策。」

按：其中「百二山河」乃用《史記‧高祖本紀》：「秦，形勝之國，帶河山之險，縣（懸）隔千里，持戟百萬，秦得百二焉。」
〔註35〕

6、《後漢書》

(1)〈江城子〉（雞棲行李短轅車）：「雞棲行李短轅車，馬如蛙。」

按：「雞棲」二句，典出《後漢書‧陳蕃傳》：三府諺曰：「車如雞棲馬如狗，疾惡如風朱伯厚。」

7、《晉書》

(1)〈滿江紅〉（欲把長繩）：「擾擾膠膠塵世事，不如人意十常九。」

(2)〈月上海棠〉（秋風鶴髮雙龜手）：「不如意事十常九。」

按：以上二例，典出自《晉書‧羊祜列傳》：「會秦涼屢敗，祜復表曰：『吳平則胡自定，但當速濟大功耳。』而議者多不同，祜歎曰：『天下不如意，恒十居七八，故有當斷不斷。天與不取，豈非更事者恨於後時哉！』」〔註36〕

〔註33〕同上註，頁69。

〔註34〕同上註，頁133。

〔註35〕〔漢〕司馬遷撰、〔劉宋〕裴駰集解、〔唐〕司馬貞索隱、〔唐〕張守節正義、楊家駱主編《新校本史記三家注》（臺北：鼎文書局，1981年），頁382。

〔註36〕〔唐〕房玄齡、楊家駱主編《新校本晉書》（臺北：鼎文書局，1976

（3）〈鷓鴣天〉（釃酒槌牛詫裏豪）：「廣陵散曲屈平騷。」

　　按：其中「廣陵散曲」典見《晉書・稽康傳》。三國魏稽康善彈
　　　　廣陵散曲，秘不授人，後因反對司馬氏專政而遭讒被害，臨
　　　　刑索琴彈曰：「廣陵散於今絕矣！」〔註37〕

（4）〈浣溪沙〉（馬上風吹醉帽偏）：「馬上風吹醉帽偏。」

　　按：「吹帽」典出《晉書》：「後爲征西桓溫參軍，溫甚重之。九
　　　　月九日，溫燕龍山，僚佐畢集。時佐吏並著戎服，風至，吹
　　　　嘉帽墮落，嘉不之覺。溫使左右勿言，欲觀其舉止。嘉良久
　　　　如廁，溫令取還之，命孫盛作文嘲嘉，著嘉坐處。嘉還見，
　　　　即答之，其文甚美，四坐嗟歎。」〔註38〕

（5）〈月上海棠〉（那得工夫上酒樓）：「誰能皮裏更陽秋。」

　　按：此句典出語本《晉書外戚傳褚裒傳》：「譙國桓彝見而目之曰：
　　　　『季野有皮裏春秋。言其外無臧否，而內有所褒貶也』。」
　　　　爲避晉簡文帝母后阿春的名諱，後改爲皮裏陽秋。〔註39〕

8、《三國志》

（1）〈滿江紅〉（光景催人）：「致主安民非我事，求田問舍。」

　　按：其中「求田問舍」典出《三國志魏書呂布傳》：「君有國士之
　　　　名，今天下大亂，帝主失所，望君憂國忘家，有救世之意；
　　　　而君求田問舍，言無可采。」

（2）〈鷓鴣天〉（釃酒槌牛詫裏豪）：「釃酒槌牛詫裏豪。」

　　按：其中「槌牛」典出《三國志・魏志・張遼傳》。張遼爲迎戰
　　　　孫吳大軍，情急之下「於是遼夜募敢從之士，得八百人，椎
　　　　牛饗將士，明日大戰。」

　　　年），頁 1019。
〔註37〕同上註，頁 1374。
〔註38〕同上註，頁 2581。
〔註39〕同上註，頁 2415。

9、《說苑》

(1)〈滿江紅〉(點檢花枝):「春去也、朱絲弦斷,鸞膠難續。」

按:其中「朱絲弦斷」典出:《說苑‧尊賢》:「伯牙子鼓琴,鍾子期聽之,方鼓而志在太山,鍾子期曰:『善哉乎鼓琴!巍巍乎若太山。』少選之間,而志在流水,鍾子期復曰:『善哉乎鼓琴!湯湯乎若流水。』鍾子期死,伯牙破琴絕弦,終身不復鼓琴,以爲世無足爲鼓琴者。」〔註40〕

(2)〈望月婆羅門引〉(繁華夢斷):「人不覺、弦斷朱絲。」

按:其中「弦斷朱絲」典出:《說苑‧尊賢》。

10、〈蘭亭集序〉

(1)〈滿江紅〉(古堞憑空):「向人間俯仰,已成今昔。」

按:「向人間俯仰,已成今昔」句實化自晉王羲之〈蘭亭集序〉:「向之所欣,俛仰之間,已爲陳跡,猶不能不以之興懷。」

(2)〈鷓鴣天〉(樓外殘云走怒雷):「一觴一詠風流在,牛背如倒載回。」

按:「一觴一詠」句,化自王羲之〈蘭亭集序〉:「雖無絲竹管絃之盛,一觴一詠,亦足以暢敘幽情。」

11、〈與子儼等書〉

(1)〈滿江紅〉(春色三分。:「怕他時、富貴逼人來,妨高臥。」

按:其中「高臥」之典,乃出自晉陶淵明〈與子儼等書〉:「常言五六月中,北窗下臥,遇涼風暫至,自謂是羲皇上人。」

12、〈歸去來兮辭〉

(1)〈滿江紅〉(五柳成陰):「五柳成陰,三徑晚、宦遊無味。…歸去來兮尊有酒,素琴解寫無弦趣。」

〔註40〕〔漢〕劉向撰、盧元駿註譯:《說苑》(臺北:臺灣商務印書館,1988年),頁241。

按：其中「三徑」典故出自晉陶淵明〈歸去來兮辭〉：「三徑就荒，松菊猶存」。〔註 41〕後遂用陶潛三徑比喻歸隱或厭官思歸。其中「歸去來兮」句取自陶淵明〈歸去來兮辭〉：「歸去來兮，田園將蕪，胡不歸？」〔註 42〕

（2）〈滿庭芳〉（歸去來兮。：「歸去來兮，吾家何在？」

（3）〈滿庭芳〉（歸去來兮）：「歸去來兮，漁歌樵唱。」

按：以上二例「歸去來兮」句皆取自陶淵明〈歸去來兮辭〉：「歸去來兮，田園將蕪，胡不歸？」〔註 43〕

（4）〈最高樓〉（貧而樂）：「貧而樂，天命復奚疑。」

按：其中「天命句」出自陶潛〈歸去來辭〉：「聊乘化以歸盡，樂夫天命復奚疑？」〔註 44〕

（5）〈大江東去〉（暮年懷抱）：「三徑松菊猶存，誅茅薙穢，時借鄰翁力。」

按：句取自晉陶淵明〈歸去來兮辭〉：「三徑就荒，松菊猶存」。

（6）〈月上海棠〉（黃花未入淵明手）：「三徑久荒涼。」

按：以上二例，「三徑」皆取自晉陶淵明〈歸去來兮辭〉：「三徑就荒，松菊猶存」。〔註 45〕

13、〈五柳先生傳〉

（1）〈大江東去〉（暮年懷抱）：「欣然忘食。」

按：此句應脫自晉陶潛〈五柳先生傳〉：「閒靜少言，不慕榮利，好讀書，不求甚解，每有會，便欣然忘食。」〔註 46〕

〔註41〕〔清〕嚴可均校輯：《全上古三代秦漢三國六朝文・全晉文・陶潛・歸去來兮辭》（臺北：中華書局，1958 年），頁 2097。

〔註42〕同上註。

〔註43〕同上註。

〔註44〕同上註。

〔註45〕同上註。

〔註46〕同上註，頁 2102。

14、〈北公移文〉

(1)〈鷓鴣天〉（瓦釜逢時亦轉雷）：「此翁來後更誰來。不須更待移
　　文遣。」

　　按：其中「移文」指北公移文，北公移文乃文章名。南朝齊孔稚
　　　　珪撰。敘述周顒和孔稚珪等初隱居鍾山，周顒後應詔出任海
　　　　鹽縣令，期滿回京，路過鍾山，孔稚珪遂撰此文，假託山神
　　　　之意，諷刺周顒違背前約，熱衷功名利祿。

15、《世說新語》

(1)〈鷓鴣天〉（颭颭輕舟逆上溪）：「何時柳樹已成圍。」

　　按：此句典出《世說新語・言語》：「桓公北征經金城，見前為琅
　　　　邪時種柳，皆已十圍，慨然曰：『木猶如此，人何以堪！』
　　　　攀枝執條，泫然流淚。」〔註47〕

(2)〈江城子〉（昔年兄弟共彈冠）：「千古功名，都待似東山。」

　　按：其中「東山」應指東山之志。晉謝安曾隱居東山不仕。典出
　　　　南朝宋劉義慶《世說新語・排調》。〔註48〕後用以指隱居不
　　　　仕的志願。

（二）詩　詞

壹、先秦漢詩歌

1、《詩經》

(1)〈水調歌頭〉（清秋好天氣）：「風外淵淵簫皷，醉飽滿城黎庶，
　　健倒臥康莊」。

〔註47〕余嘉錫撰、周祖謨、餘淑宜整理《世說新語箋疏》（臺北：華正書局，
　　　　1984年），頁114。
〔註48〕謝公在東山，朝命屢降而不動。後出為桓宣武司馬，將發新亭，朝
　　　　士咸出瞻送。高靈時為中丞，亦往相祖。先時，多少飲酒，因倚如
　　　　醉，戲曰：「卿屢違朝旨，高臥東山，諸人每相與言：『安石不肯出，
　　　　將如蒼生何？』今亦蒼生將如卿何？」謝笑而不答。同上註，頁801。

　　按：其中「風外淵淵簫皷」乃用〈詩經小雅采芑〉：「伐鼓淵淵，
　　　　振旅闐闐。」〔註49〕之典。

（2）〈大江東去〉（道人活計）：「底事中心嘗悁悁，不足一人之毀。」
　　按：其中「中心嘗悁悁」，出自《詩經・陳風・澤陂》：「寤寐無
　　　　爲，中心悁悁。」〔註50〕

（3）〈漢宮春〉（公子歸來）：「聞說夢熊初兆，喜一枝慰眼。」
　　按：其中「夢熊初兆」，生男孩預兆。同夢兆熊羆，語出《詩經・
　　　　小雅・斯干》：「大人占之，維熊維羆，男子之祥；維虺維蛇，
　　　　女子之祥。」〔註51〕

（4）〈月上海棠〉（閒人不愛春拘管）：「不醉且無歸」
　　按：此句應出自《詩經・湛露》：「厭厭夜飲，不醉無歸。」〔註52〕

　　2、《楚辭》

（1）〈大江東去〉（悲哉秋氣）：「悲哉秋氣，覺天高氣爽，澹然寥沉。」
　　按：其中「悲哉秋氣」三句，實脫自《楚辭・九辯》：「悲哉秋
　　　　之爲氣也！蕭瑟兮草木搖落，憭栗兮若在遠行，登山臨水
　　　　兮送將歸，泬寥兮天高而氣清，兮收潦而水，憯凄增欷兮。」
　　　　〔註53〕

（3）〈鷓鴣天〉（瓦釜逢時亦轉雷）：「瓦釜逢時亦轉雷。」
　　按：「瓦釜鳴雷」，典出屈原《楚辭・卜居》：「世溷濁而不清，蟬
　　　　翼爲重，千鈞爲輕，黃鐘毀棄，瓦釜雷鳴，讒人高張，賢士
　　　　無名。籲嗟默默兮，誰知吾之廉貞！」〔註54〕

〔註49〕〔漢〕毛亨傳、〔漢〕鄭玄箋、〔唐〕陸德明音義、〔唐〕孔穎達疏、〔清〕
　　　　阮元校勘：《毛詩正義》（臺北：藝文印書館，1955 年），頁 362。
〔註50〕同上註，頁 257。
〔註51〕同上註，頁 387。
〔註52〕同上註，頁 350。
〔註53〕洪興祖撰：《楚辭補注》（臺北：天工書局，1989 年），頁 182～183。
〔註54〕同上註，頁 178。

（4）〈大江東去〉（悲哉秋氣）：「暮雨也解留人，簷聲未斷，窗外還騷屑。」

按：其中「騷屑」一語，典出劉向《楚辭‧九歎‧思古》：「風騷屑以搖木兮，云吸吸以湫戾。」〔註55〕

（5）〈最高樓〉（貧而樂）：「山妻解煮胡麻飯，山音自製薜蘿衣。」

按：其中「薜蘿」語本《楚辭‧九歌》：「若有人兮山之阿，被薜荔兮帶女羅。」〔註56〕

3、漢樂府

（1）〈大江東去〉（無堪老孄）：「無堪老孄，喜春來蔬荀，勸加餐食。」

按：其中「加餐食」應化自〈飲馬長城窟行〉：「上有加餐食，下有長相憶。」〔註57〕

（2）〈水龍吟〉（天高秋氣初清）：「須富貴，何時有。」

按：「須富貴」二句實用漢楊惲〈歌詩〉詩：「人生行樂耳。須富貴何時。」〔註58〕詩意。

4、宋子侯詩

（1）〈月上海棠〉（小樓舞徹雙垂手）：「纖手折黃花。」

按：此句應脫自漢宋子侯〈董嬌嬈〉詩：「纖手折其枝，花落何飄揚。」〔註59〕

5、〈古詩十九首〉

（1）〈江城子〉（百花飛盡彩雲空）：「脈脈向人嬌不語，晨露重，洗芳容。」

〔註55〕同上註，頁306。
〔註56〕同上註，頁79。
〔註57〕〔梁〕蕭統編、〔唐〕李善注：《文選‧樂府上‧古樂府三首‧飲馬長城窟行》（臺北：文津出版社，1987年），頁1278。
〔註58〕逯欽立輯校《先秦漢魏晉南北朝詩》（北京：中華書局，1983。），頁113。
〔註59〕同上註，頁199。

按：其中「脈脈」句，實化自〈古詩十九首·迢迢牽牛星〉：「盈盈一水間，脈脈不得語。」〔註60〕

貳、魏晉隋詩

1、曹丕詩

（1）〈大江東去〉（暮年懷抱）：「人生如寄，一榻容安息。」

按：其中「人生如寄」實引魏曹丕〈善哉行〉詩：「人生如寄，多憂何為？」〔註61〕

2、阮籍詩

（1）〈滿江紅〉（欲把長繩）：「風外紛紛飛亂，柳邊湛湛長江去。」

按：其中「柳邊湛湛長江去」句，應化自阮籍〈詠懷〉詩八十二首之十一：「湛湛長江水，上有楓樹林。」〔註62〕

3、傅玄詩

（1）〈滿江紅〉（欲把長繩）：「欲把長繩，維白日、暫留春住。」

按：其中「欲把長繩，維白日」句實用傅玄〈九曲歌〉：「歲莫景邁。光絕。安得長繩繫白日。」〔註63〕

4、陶潛詩

（1）〈滿江紅〉（五柳成陰）：「雙菊盈叢還可采，南山依舊橫空翠。」

按：「雙菊」二句，應化自晉陶淵明〈雜詩〉二首之一：「采菊東籬下，悠然見南山。」〔註64〕

（2）〈鷓鴣天〉（誰伴閒人閑處閑）：「陶潛自愛吾廬好。」

按：其中「愛吾廬」應出自晉陶潛〈讀山海經十三首〉詩之一：「眾鳥欣有託，吾亦愛吾廬。」〔註65〕

〔註60〕《文選·雜詩上·古詩一十九首》，頁1347。
〔註61〕《文選·樂府上·魏文帝樂府二首·善哉行》，頁1258。
〔註62〕《先秦漢魏晉南北朝詩》，頁498。
〔註63〕同上註，頁567。
〔註64〕《文選·雜詩下·陶淵明雜詩二首》，頁1391。
〔註65〕《先秦漢魏晉南北朝詩》，頁1010。

5、孫萬壽詩

（1）〈滿江紅〉（雨後荒園）：「都無語，懷疇昔。」

按：其中「懷疇昔」應化自孫萬壽〈遠戍江南〉詩：「空懷疇昔時。昔時遊帝里。」〔註66〕

參、唐　詩

1、李白詩

（1）〈水調歌頭〉（清秋好天氣）：「颯颯西風吹雨，仙仗儼長廊。」

按：其中「颯颯西風吹雨」句化用李白〈酬殷明佐見贈五云裘歌〉詩：「我吟謝朓詩上語，朔風颯颯吹飛雨。」〔註67〕

（2）〈滿江紅〉（臘盡春來）：「轉手黃金都散盡，酒酣彈鋏蛟龍吼。」

按：其中「轉手黃金都散盡」應化於唐李白〈將進酒〉詩：「天生我材必有用，千金散盡還復來。」〔註68〕

（3）〈望月婆羅門引〉（暮雲收盡）：「回首處、不見長安。」

按：此句應化用唐李白〈與史中郎欽聽黃鶴樓上吹笛〉詩：「一為遷客去長沙，西望長安不見家。」〔註69〕

（4）〈滿庭芳〉（鏖戰文場）：「遁跡月蘿深處，風吹夢、不到長安。」

按：其中「風吹」句，蓋化自唐李白〈江夏贈韋南陵冰〉詩：「西憶故人不可見，東風吹夢到長安。」〔註70〕

（5）〈望月婆羅門引〉（長安倦客）：「蓋世虛名何用。」

按：此句應脫自唐李白〈月下獨酌四首〉詩之四：「當代不樂飲，虛名安用哉。」〔註71〕

〔註66〕同上註，頁2639。
〔註67〕〔清〕清聖祖輯：《全唐詩》（北京：中華書局，1960年4月），冊5，卷167，頁1728。
〔註68〕同上註，冊5，卷162，頁1682。
〔註69〕同上註，冊6，卷182，頁1857。
〔註70〕同上註，冊5，卷170，頁1755。
〔註71〕同上註，冊6，卷182，頁1853。

（6）〈月上海棠〉（手段慚非五鳳樓）：「不如且進杯中物，一酌能消
　　萬古愁。」

　　按：「一酌」句應化自唐李白〈將進酒〉詩：「呼兒將出換美酒，
　　　　與爾同銷萬古愁。」〔註72〕

　　2、杜甫詩

（1）〈水調歌頭〉（亂雲低薄暮）：「亂雲低薄暮，微雨洗清秋。」

　　按：其中「亂雲低薄暮」化用杜甫〈對雪〉詩：「亂雲低薄暮，
　　　　急雪舞回風。」〔註73〕

（2）〈滿江紅〉（欲把長繩）：「風外紛紛飛亂，柳邊湛湛長江去。」

　　按：其中「柳邊湛湛長江去」句，應化自唐杜甫〈梅雨〉詩：「湛
　　　　湛長江去，冥冥細雨來。」〔註74〕

（3）〈漁家傲〉（一片花飛春已暮）：「一片花飛春已暮，那堪萬點飄
　　紅雨。」

　　按：「一片」二句，實化自杜甫〈曲江二首〉詩之一：「一片花飛
　　　　減卻春，風飄萬點正愁人。」〔註75〕

（4）〈漁家傲〉（燈火蕭條春日暮）：「留不住。東將入海隨煙霧。」

　　按：其中「東將入海隨煙霧」句乃取自唐杜甫〈送孔巢父謝病歸
　　　　游江東兼呈李白〉詩：「巢父掉頭不肯住，東將入海隨煙霧」
　　　　〔註76〕

（5）〈漁家傲〉（龍尾溝邊飛柳絮）：「老去逢春能幾度。」

　　按：此句或化自唐杜甫〈絕句漫興九首〉詩之四：「二月已破三
　　　　月來，漸老逢春能幾回。」〔註77〕

〔註72〕同上註，冊1，卷17，頁170。
〔註73〕同上註，冊7，卷224，頁2403。
〔註74〕同上註，冊7，卷226，頁2431。
〔註75〕同上註，冊7，卷225，頁2410。
〔註76〕同上註，冊7，卷216，頁2259。
〔註77〕同上註，冊，7卷227，頁2451。

（6）〈月上海棠〉（時平無用經綸手）：「尋山鳥山花好朋友」

　　按：此句應出自唐杜甫〈岳麓山道林二寺行〉詩：「一重一掩吾
　　　　肺腑，山鳥山花吾友于。」〔註78〕

（7）〈鷓鴣天〉（千尺長虹下飲溪）：「百川尚有西流日。」

　　按：此句應脫自唐杜甫〈別贊上人〉詩：「百川日東流，客去亦
　　　　不息。」〔註79〕

（8）〈臨江僊〉（白首老儒身連蹇）：「薄軀何所事，問柳與尋花。」

　　按：其中「問柳與尋花」蓋化自唐杜甫〈嚴中丞枉駕見過〉：「元
　　　　戎小隊出郊坰，問柳尋花到野亭。」〔註80〕

（9）〈望月婆羅門引〉（東風嫋嫋）：「問沈郎何事，帶減腰圍。」

　　按：其中「帶減腰圍」句應脫自唐杜甫〈傷秋〉詩：「懶慢頭時
　　　　櫛，艱難帶減圍。」〔註81〕

（10）〈臨江僊〉（自笑荒才非世用）：「蕭蕭楓葉下，漠漠葦花秋。」

　　按：「蕭蕭」句應化自杜甫〈登高〉詩：「無邊落木蕭蕭下，不盡
　　　　長江衮衮來。」〔註82〕

　3、白居易詩

（1）〈大江東去〉（悲哉秋氣）：「面目蒼浪，齒牙搖落，鬢髮三分白。」

　　按：「面目」三句，應化自白居易二首詩。〈浩歌行〉詩：「鬢髮
　　　　蒼浪牙齒疏，不覺身年四十七。」〔註83〕與〈郢州贈王八使
　　　　君〉詩：「鬢髮三分白，交親一半無。」〔註84〕

（2）〈滿庭芳〉（歸去來兮）：「蒙頭睡，日高慵起。」

〔註78〕同上註，冊7，卷223，頁2380。
〔註79〕同上註，冊7，卷218，頁2294。
〔註80〕同上註，冊7，卷227，頁2450。
〔註81〕同上註，冊7，卷230，頁2525。
〔註82〕同上註，冊7，卷227，頁2468。
〔註83〕同上註，冊13，卷435，頁4811。
〔註84〕同上註，冊13，卷443，頁4951。

按：其中「日高慵起」應脫自白居易〈天寒晚起引酌詠懷寄許州
王尚書汝州李常侍〉詩：「葉覆冰池雪滿山，日高慵起未開
關。」〔註85〕

（3）〈漁家傲〉（龍尾溝邊飛柳絮）：「花上露，隨風散漫飄香霧。」

按：「隨風」句或脫自唐白居易〈秋池二首〉詩之一：「菱風香散
漫，桂露光參差。」〔註86〕

（4）〈月上海棠〉（小樓舞徹雙垂手）：「便倩鴈將書寄元九。」

按：此句實化自唐白居易〈蘇州李中丞以元日郡齋感懷詩寄微之
及予輒依來篇七言八韻走筆奉答兼呈微之〉詩：「憑鶯傳語
報李六，倩雁將書與元九。」〔註87〕

（5）〈木蘭花慢〉（金吾不禁夜）：「詩情漸減，酒興全消。」

按：此二句應出自唐白居易〈詠懷詩〉：「白髮滿頭歸得也，詩情
酒興漸闌珊。」〔註88〕

（6）〈臨江僊〉（轉眼榮枯驚一夢）：「轉眼榮枯驚一夢，百年光景悠
悠。」

按：其中「榮枯驚一夢」，蓋脫自白居易〈寄李相公崔侍郎錢舍
人寄李相公崔侍郎錢舍人〉詩：「榮枯事過都成夢，憂喜心
忘便是禪。」〔註89〕

（7）〈臨江僊〉（轉眼榮枯驚一夢）：「古往今來多少事，一時分付東
流。」

按：其中「古今」句，許化自白居易〈放言五首〉詩之一：「朝
眞暮僞何人辨，古往今來底事無。」〔註90〕

〔註85〕同上註，冊14，卷457，頁5194。
〔註86〕同受註，冊13，卷445，頁4991。
〔註87〕同上註，冊13，卷446，頁5002。
〔註88〕同上註，冊13，卷447，頁5301。
〔註89〕同上註，冊13，卷439，頁4887。
〔註90〕同上註，冊13，卷438，頁4875。

4、韓愈詩

(1)〈江城子〉（百花飛盡彩雲空）：「爍爍紅燈，間錯綠蟠龍。」

　　按：「爍爍」二句，應化自韓愈〈芍藥〉（元和中知制誥寓直禁中作）詩「浩態狂香昔未逢，紅燈爍爍綠盤籠。」〔註91〕

(2)〈漁家傲〉（斷送春光惟是酒）：「斷送春光惟是酒。」

　　按：此句應脫自唐韓愈〈游城南十六首・遣興〉詩之十六：「斷送一生惟有酒，尋思百計不如閑。」〔註92〕

(3)〈鷓鴣天〉（瓦釜逢時亦轉雷）：「春江得雨浪崔嵬。」

　　按：其中「浪崔嵬」，應化自唐韓愈〈詠雪贈張籍〉詩：「娥嬉華蕩瀁，胥怒浪崔嵬。」〔註93〕

(4)〈臨江僊〉（人道花開春爛熳）：「所期猶未至，何日倒吾瓶。」

　　按：「倒吾瓶」，蓋脫自唐韓愈〈獨酌四首〉詩之三：「所嗟無可召，不得倒吾餅。」〔註94〕

5、杜牧詩

(1)〈月上海棠〉（住山活計宜聞早）：「日月兩跳丸，迭送人間昏曉。」

　　按：其中「日月」句，應脫自杜牧〈寄浙東韓八評事〉詩：「一笑五云溪上舟，跳丸日月十經秋。」〔註95〕

(2)〈滿江紅〉（光景催人）：「一月幾逢開口笑，十年滴盡傷時淚。」

　　按：其中「一月」句蓋脫自唐杜牧〈九日齊安（一作齊山）登高〉詩：「塵世難逢開口笑，菊花須插滿頭歸。」〔註96〕

(3)〈大江東去〉（西風汾浦）：「西風汾浦，鴈初飛。」

〔註91〕同上註，冊10，卷343，頁3847。
〔註92〕同上註，冊10，卷343，頁3852。
〔註93〕同上註，冊10，卷343，頁3845。
〔註94〕同上註，冊10，卷343，頁3858。
〔註95〕同上註，冊16，卷523，頁5980。
〔註96〕同上註，冊16，卷522，頁5966。

按：其中「鴈初飛」蓋化自唐杜牧〈九日齊安（一作齊山）登高〉詩：「江涵秋影雁初飛，與客攜壺上翠微。」〔註97〕

（4）〈鷓鴣天〉（瀲瀲春江走怒雷）：「直將酩酊酬佳節，挽住春光不放回。」

（5）〈鷓鴣天〉（酒滿金尊客滿樓）：「直須爛醉酬佳節。」

按：以上二例，其中「酩酊酬佳節」應脫自唐杜牧〈九日齊安（一作齊山）登高〉詩：「但將酩酊酬佳節，不用登臨歎落暉。」

〔註98〕

6、元稹詩

（1）〈滿庭芳〉（鏖戰文場）：「百年都幾日，何須抵死，著意其間。」

按：其中「百年都幾日」，應脫自唐元稹〈悟禪三首寄胡杲三首〉詩之二：「百年都幾日，何事苦囂然。」〔註99〕

7、溫庭筠詩

（1）〈水調歌頭〉（亂雲低薄暮）：「一聲羌管誰弄，吹徹古梁州。」

按：其中「一聲羌管誰弄」，乃化用溫庭筠〈題柳〉詩：「羌管一聲何處曲，流鶯百囀最高枝。」〔註100〕

8、武元衡詩

（1）〈水調歌頭〉（雙龍隱扶輦）：「暮天長，秋水闊，遠山蒼。」

按：其中「秋水闊」，化自唐武元衡〈送嚴紳遊蘭溪〉詩：「暮雲秋水闊，寒雨夜猿啼。」〔註101〕

9、韋莊詩

（1）〈滿江紅〉（光景催人）：「一月幾逢開口笑，十年滴盡傷時淚。」

〔註97〕同上註。
〔註98〕同上註。
〔註99〕同上註，冊12，卷409，頁4545。
〔註100〕同上註，冊17，卷578，頁6722。
〔註101〕同上註，冊10，卷316，頁3550。

按：其中「傷時淚」，蓋化自韋莊〈和鄭拾遺秋日感事一百韻〉
詩：「話別心重結，傷時淚一滂。」〔註102〕

10、韋應物詩

(1)〈滿江紅〉（光景催人）：「今始覺，身如寄。」

按：其中「身如寄」應脫自韋應物〈出還〉詩：「咨嗟日復老，
錯莫身如寄。」〔註103〕

11、張籍詩

(1)〈鷓鴣天〉（酒滿金尊客滿樓）：「山歷歷，水悠悠。」

按：此二句實化自唐張籍〈別客〉詩：「青山歷歷水悠悠，今日
相逢明日秋。」〔註104〕

肆、宋　詩

1、歐陽修詩

(1)〈望月婆羅門引〉（東風嫋嫋）：「問沈郎何事，帶減腰圍。」

按：其中「帶減」句，蓋脫自宋歐陽修〈歲暮書事〉：「跨鞍驚髀
骨，數帶減腰圍。」〔註105〕

2、蘇軾詩

(1)〈大江東去〉（悲哉秋氣）：「暮雨也解留人，簷聲未斷，窗外還
騷屑。」

按：其中「暮雨也解留人」，應化自蘇軾〈飲湖上初晴後雨二首〉
詩之一：「朝曦迎客豔重崗，晚雨留人入醉鄉。」〔註106〕

(2)〈江城子〉（數椽茆舍大如蝸）：「遮眼文書，隨分有些些。」

〔註102〕同上註，冊20，卷695，頁8027。

〔註103〕同上註，冊6，卷191，頁1963。

〔註104〕同上註，冊12，卷386，頁4354。

〔註105〕傅璇琮主編：《全宋詩》（北京：北京大學出版社，1991年），卷295，
頁3720。

〔註106〕〔宋〕蘇軾著、〔清〕馮應榴輯注、黃任軻、朱懷春校點《蘇軾詩
集合注》（上海：上海古籍出版社，2001年），卷9，頁404。

按：「遮眼文書」句應脫自：蘇軾〈姪安節遠來夜坐三首〉詩之
　　一：「遮眼文書原不讀，伴人燈火亦多情。」〔註107〕

（3）〈滿江紅〉（料峭東風）：「庭下梅花開盡也，春痕已到江邊柳。」

　　按：其中「梅花開盡」實脫自蘇軾〈贈嶺上梅〉詩：「梅花開盡
　　　　百花開，過盡行人君不來。」〔註108〕

（4）〈漁家傲〉（燈火蕭條春日暮）：「燈火蕭條春日暮。」

　　按：此句或脫自宋蘇軾〈除夜病中贈段屯田〉詩：「蕭條燈火冷，
　　　　寒夜何時旦。」〔註109〕

（5）〈鷓鴣天〉（點檢笙歌上小樓）：「黃菊羞簪白髮稠。」

　　按：其中「黃菊羞簪」應脫自宋蘇軾〈答陳述古二首〉詩之一：
　　　　「城西亦有紅千葉，人老簪花卻自羞。」〔註110〕

（6）〈鷓鴣天〉（幼歲文章已自豪）：「醉我新蒭玉色醪。」

　　按：此句應出自宋蘇軾〈讀孟郊詩二首〉詩之一：「不如且置之，
　　　　飲我玉色醪。」

（7）〈臨江僊〉（仲蔚門牆蓬藋滿）：「醜妻惡妾勝無家。」

　　按：此句應出自宋蘇軾〈薄薄酒二首〉詩之一：「薄薄酒，勝茶
　　　　湯；粗粗布勝無裳；醜妻惡妾勝空房。」〔註111〕

（8）〈生查子〉（澹月晃書窗）：「詩句成時墮渺茫，眼底江天遠。」

　　按：其中「墮渺茫」許出自宋蘇軾〈舟中聽大人彈琴〉詩：「無
　　　　情枯木今尚爾，何況古意墮渺茫。」〔註112〕

（9）〈大江東去〉（暮年懷抱）：「平地風波，東華塵土，不到幽人席。」

〔註107〕同上註，卷21，頁1055～1056。
〔註108〕同上註，卷44，頁2262。
〔註109〕同上註，卷12，頁576～578。
〔註110〕同上註，卷12，頁615。
〔註111〕同上註，卷14，頁659。
〔註112〕同上註，卷1，頁11。

按：其中「東華塵土」應出自宋蘇軾〈薄薄酒二首〉詩之二：「隱居求志義之從，本不計較東華塵土北窗風。」〔註113〕

(10)〈木蘭花慢〉（金吾不禁夜）：「惟有當時好月，照人依舊梅梢。」

按：其中「惟有」句應化自宋蘇軾〈和鮮於子駿鄆州新堂月夜二首〉詩之一：「惟有當時月，依然照杯酒。」〔註114〕

(11)〈望月婆羅門引〉（東風嫋嫋）：「東風嫋嫋，飛花一片點征衣。」

按：其中「東風嫋嫋」蓋脫自宋蘇軾〈海棠〉詩：「東風渺渺（一作嫋嫋）泛崇光，香霧空濛月轉廊。」〔註115〕

3、李清照詩

(1)〈水調歌頭〉（清秋好天氣）：「夜久羣動息，風散一簾香。」

按：其中「風散一簾香」，實化自李清照〈春殘〉詩：「梁燕語多終日在，薔薇風細一簾香。」〔註116〕

4、黃庭堅詩

(1)〈滿江紅〉（欲把長繩）：「擾擾膠膠塵世事，不如人意十常九。」

按：其中「不如人意十常九」句，黃庭堅亦有雷同詩句。黃庭堅〈用明髮不寐有懷二人爲韻寄李秉彝德叟〉詩：「人生不如意，十事恒八九。」〔註117〕

(2)〈鷓鴣天〉（釃酒槌牛詫裏豪）：「草草生涯斷梗漂。」

按：此句應化自宋黃庭堅〈漁父二首〉詩之二：「草草生涯事不多，短船身外豈知他。」〔註118〕

(3)〈浣溪沙〉（馬上風吹醉帽偏）：「慈母已占烏鵲喜，佳人望月拜

〔註113〕 同上註，卷14，頁660。
〔註114〕 同上註，卷16，頁825。
〔註115〕 同上註，卷22，頁1139。
〔註116〕 〔宋〕李清照、徐北文主編：《李清照全集評注》（濟南，濟南出版社，1990年），頁182。
〔註117〕 《全宋詩》，卷100，頁11465。
〔註118〕 同上註，卷100，頁11647。

嬋娟。」

按：其中「慈母」句，應脫自：宋黃庭堅〈次韻王穉川客舍二首〉
詩之一：「慈母每占烏鵲喜，家人應賦扊扅歌。」〔註119〕

　5、陸游詩

（1）〈滿庭芳〉（歸去來兮）：「人生消底物，百年都付，茆屋三間。」

按：其中「茆屋三間」脫自陸游詩。宋陸游〈書南堂壁三首〉詩
之二：「云山萬疊猶嫌淺，茆屋三間已覺寬。」〔註120〕宋陸
游〈東窗四首〉詩之一：「元來自有安身處，茆屋三間似海
寬。」〔註121〕

（2）〈漁家傲〉（詩句一春渾漫與）：「紛紛紅紫俱塵土。」

按：此句實脫自陸游〈初夏〉詩：「紛紛紅紫已成塵，布穀聲中
夏令新。」

（3）〈漁家傲〉（龍尾溝邊飛柳絮）：「老去逢春能幾度。」〔註122〕

按：此句或脫自宋陸游〈春日園中作〉詩：「老去逢春都有幾？
一杯行復送春殘。」

（4）〈鷓鴣天〉（釃酒椎牛詫裏豪）：「紛紛世態浮雲變。」

按：此句應脫自宋陸游〈自詠二首〉詩之二：「紛紛世態但堪悲，
一念蕭然我亦奇。」〔註123〕

（5）〈鷓鴣天〉（襯步金沙村路遙）：「歸來羞費楚詞招。」

按：此句應化自宋陸游〈得季長書追懷南鄭幕府慨然有作〉詩：
「惆悵流年又如許，羈魂欲仗楚詞招。」

（6）〈浣溪沙〉（馬上風吹醉帽偏）：「馬上風吹醉帽偏。」

〔註119〕 同上註，卷100，頁11331。
〔註120〕 〔宋〕陸游、錢仲聯校注：《劍南詩稿校注》（上海：上海古籍出版
社，1985年），卷70，頁3933。
〔註121〕 同上註，卷75，頁4117。
〔註122〕 同上註，卷38，頁2472。
〔註123〕 同上註，卷79，頁4273。

按：其中「醉帽偏」應化自宋陸游〈幽事〉詩：「潮通支浦漁舟活，露濕繁花醉帽偏。」〔註124〕

（7）〈生查子〉（澹月晃書窻）：「欹枕瀟瀟聽雪聲，落葉閑階滿。」

按：其中「聽雪聲」許出自宋陸游〈雜感十首以野曠沙岸淨天高秋月明爲韻〉詩之十：「會揀最幽處，煨芋聽雪聲。」〔註125〕

（8）〈最高樓〉（貧而樂）：「東村邀飲香醪嫩，西家羞饌蕨芽肥。」

按：其中「蕨芽肥」應出自宋陸游〈贈石帆老人〉詩：「溪叟旋分菰米滑，山童新採蕨芽肥。」〔註126〕

（9）〈大江東去〉（西風汾浦）：「歲月不貸閑人，君顏非少，我髮白如此。」

按：其中「歲月」句許脫自宋陸游〈對酒歎〉詩：「兒女何足顧，歲月不貸人。」〔註127〕宋陸游〈置酒梅花下作短歌〉：「歲月不貸人，綠髮成華顛。」〔註128〕

（10）〈大江東去〉（西風汾浦）：「歲月不貸閑人，君顏非少，我髮白如此。」

按：其中「君顏非少」二句蓋脫自宋陸游〈朱子云園中觀花〉詩：「我鬢忽已白，君顏非復朱。」〔註129〕

（11）〈望月婆羅門引〉（繁華夢斷）：「悵西園轉眼，翠幬成圍。」

按：其中「翠幬」句應出自宋陸游〈丁酉上元三首〉詩之三：「翠袖成圍欺月冷，氈車爭道覺塵香。」〔註130〕

（12）〈江城子〉（階前流水玉鳴渠）：「少日功名空自許。」

〔註124〕 同上註，卷70，頁3902。
〔註125〕 同上註，卷77，頁4210。
〔註126〕 同上註，卷16，頁1259。
〔註127〕 同上註，卷5，頁415。
〔註128〕 同上註，卷17，頁1344。
〔註129〕 同上註，卷1，頁26。
〔註130〕 同上註，卷8，頁636。

按：其中「功名空自許」句蓋化自宋陸游〈晚登望云〉詩：「看鏡功名空自許，上樓懷抱若為寬。」〔註131〕

（13）〈江城子〉（昔年兄弟共彈冠）：「醉裏忽乘鸞鶴去，塵土外，兩臞仙。」

按：其中「兩臞仙」應脫自宋陸游〈奉送薑邦傑出關〉詩：「君似襄陽孟浩然，蹇驢風帽一臞仙。」

（14）〈鷓鴣天〉（豪氣消磨百尺樓）：「故人落落晨星少，新塚累累塞草稠。」

按：此二句應化自宋陸游〈書齋壁〉詩：「流年冉冉功名誤，新塚累累故舊稀。」

（15）〈鷓鴣天〉（冷臥空齋鼻吼雷）：「幽懷畢竟憑誰寓，笑口何妨對酒開。」

按：其中「笑口何妨」應出自宋陸游〈即事〉詩：「人情萬變吾何預，笑口何妨處處聞。」〔註132〕

（16）〈鷓鴣天〉（瀑布岩前水滿溪）：「歌殘白雪云猶佇，舞落烏紗鳥忽飛。」

按：其中「舞落烏紗」應脫自宋陸游〈春晚坐睡忽夢泛舟飲酒樂甚既覺悵然有賦〉詩：「舞落烏紗從歲去，歌酣白紵奈情何！」〔註133〕 或化自宋陸游〈小飲房園〉詩：「斟酌人生要行樂，燈前起舞落烏紗。」〔註134〕

伍、唐五代詞

1、李白詞

（1）〈滿江紅〉（點檢花枝）：「芳草綿綿隨意綠，平波渺渺傷心碧。」

〔註131〕同上註，卷4，頁319～320。
〔註132〕同上註，卷74，頁4079。
〔註133〕同上註，卷12，頁949。
〔註134〕同上註，卷7，頁555。

按：其中「傷心碧」應化自李白〈菩薩蠻〉（平林漠漠煙如織）詞上片：「平林漠漠煙如織，寒山一帶傷心碧。瞑色入高樓，有人樓上愁。」〔註135〕

2、後主李煜詞

(1)〈滿江紅〉（欲把長繩）：「問老來、還有幾多愁，愁如許。」

按：其中「問老來、還有幾多愁」應化自李煜〈虞美人〉（春花秋月何時了?）詞下片：「雕欄玉砌應猶在，只是朱顏改。問君能有幾多愁？恰似一江春水向東流。」〔註136〕

(2)〈漁家傲〉（燈火蕭條春日暮）：「羈客閒愁知幾許？千萬縷。人間沒個安排處。」

按：其中「千萬縷」二句，或化自後唐李煜〈蝶戀花〉（遙夜亭皋閑信步）詞下片：「桃李依依春暗度，誰在秋千，笑裏低低語。一片芳心千萬緒，人間沒個安排處。」〔註137〕

陸、宋　詞

1、朱敦儒詞

(1)〈望月婆羅門引〉（暮雲收盡）：「是處燈圍轂，花簇雕鞍。」

按：其中「花簇雕鞍」應化自朱敦儒〈朝中措〉（當年彈鋏五陵間。）詞：「當年彈鋏五陵間。行處萬人看。雪獵星飛羽箭，春遊花簇雕鞍。」〔註138〕

2、歐陽修詞

(1)〈漁家傲〉（詩句一春渾漫與）：「畢竟春歸何處所。」

按：此句應化自宋歐陽修〈玉樓春〉（殘春一夜狂風雨）詞下片：

〔註135〕亦冬譯注：《唐五代詞》（臺北：錦繡出版有限公司，1993年），頁59。

〔註136〕同上註，頁146。

〔註137〕同上註，頁157。

〔註138〕唐圭璋編：《新校標點全宋詞》（臺北：文光出版社，1983年），卷2，頁846。

「高樓把酒愁獨語。借問春歸何處所。暮雲空闊不知音，惟有綠楊芳草路。」〔註139〕

（2）〈漁家傲〉（不是花開常釅酒）：「早是閒愁無著處。」句。

按：此句或脫自歐陽修〈定風波〉（過盡韶華不可添）詞下片：「早是閒愁依舊在。無奈。那堪更被宿醒兼。把酒送春惆悵甚。長恁。年年三月病厭厭。」〔註140〕

3、蘇軾詞

（1）〈水調歌頭〉（亂雲低薄暮）：「水面金波灩灩，簾外玉繩低轉」

按：「水面金波灩灩」二句實化用蘇軾〈洞仙歌〉（冰肌玉骨）詞下片：「起來攜素手，庭戶無聲，時見疏星渡銀漢。試問夜如何？夜已三更，金波淡、玉繩低轉。但屈指、西風幾時來，又不道、流年暗中偷換。」〔註141〕

（2）〈大江東去〉（無堪老孄）：「憂喜相尋，利名羈絆，心自無休息。」

按：其中「憂喜相尋」實脫自宋蘇軾〈滿江紅〉（楊元素本事曲集：董毅夫名鉞，自梓漕得罪。罷官東川，歸鄱陽，遇東坡於齊安，怪其豐暇自得，余問之，曰：「吾再娶柳氏，三日而去官，吾固不戚戚，而憂柳氏不能忘懷於進退也，已而欣然，同憂患若處富貴，吾是以益安焉。」命其侍兒歌其所作滿江紅，嗟歎之不足，乃次其韻。憂喜相尋。）詞上片：「憂喜相尋，風雨過、一江春綠。巫峽夢、至今空有，亂山屏簇。何似伯鸞攜德耀，箪瓢未足清歡足。漸粲然、光彩照階庭，生蘭玉。」〔註142〕

（3）〈滿庭芳〉（歸去來兮）：「眼底江山如畫，松環抱、修竹當前。」

〔註139〕 同上註，冊1，頁132。
〔註140〕 同上註，冊1，頁142。
〔註141〕 同上註，冊1，頁297。
〔註142〕 同上註，冊1，頁280。

按：其中「江山如畫」應脫自蘇軾〈念奴嬌〉詞赤壁懷古。大江
東去。）詞上片：「大江東去，浪淘盡、千古風流人物。故
壘西邊，人道是、三國周郎赤壁。亂石穿空，驚濤拍岸，卷
起千堆雪。 江山如畫 ，一時多少豪傑。」〔註143〕

（4）〈滿庭芳〉（萬籟收聲）：「梅梢新月上，芒鞋竹杖，爛賞林間。
便銷金低唱，欲換應難。」

按：其中「芒鞋竹杖」應化自宋蘇軾〈定風波〉（起莫聽穿林打
葉聲。）詞上片：「莫聽穿林打葉聲，何妨吟嘯且徐行。 竹
杖芒鞋輕勝馬 ，誰怕。一蓑煙雨任平生。」〔註144〕

（5）〈鷓鴣天〉（點檢笙歌上小樓）：「今古恨，去悠悠。無情汾水自
西流。」

按：其中「無情」句實化自蘇軾〈虞美人〉（波聲拍枕長淮曉）
詞：上片：「波聲拍枕長淮曉。隙月窺人小。 無情汴水自東
流 。只載一船離恨、向西州。」〔註145〕

（6）〈滿江紅〉（春色三分）：「春色三分，猶未一、元宵才過。」

按：其中「春色三句」實取自蘇軾〈水龍吟〉（次韻章質夫楊花
詞。似花還似非花。）「 春色三分 ，二分塵土，一分流水。
細看來，不是楊花、點點是離人淚。」〔註146〕

（7）〈滿江紅〉（料峭東風）：「料峭東風，吹醉面、向人如舊。凝竚
立、野禽聲裏，無言搔首。」

按：其中「料峭東風」應化自蘇軾〈浣溪沙〉（料峭東風翠幕驚）
詞上片：「 料峭東風翠幕驚 。云何不飲對公榮。水晶盤瑩玉
鱗禎。」〔註147〕

〔註143〕 同上註，冊1，頁282。
〔註144〕 同上註，冊1，頁288。
〔註145〕 同上註，冊1，頁306～307。
〔註146〕 同上註，冊1，頁277。
〔註147〕 同上註，冊1，頁315。

（8）〈月上海棠〉（閒人不愛春拘管）：「任門外玉繩低轉。」

　　按：其中「玉繩低轉」應脫自宋蘇軾〈洞仙歌〉詞（冰肌玉骨）
　　　　下片：「試問夜如何？夜已三更，金波淡、玉繩低轉。但屈
　　　　指、西風幾時來，又不道流年、暗中偷換。」〔註148〕

（9）〈鷓鴣天〉（點檢笙歌上小樓）：「無情汾水自西流。」

　　按：此句應脫自宋蘇軾〈虞美人〉詞：（波聲拍枕長淮曉）上片：
　　　　「波聲拍枕長淮曉。隙月窺人小。無情汴水自東流。只載一
　　　　船離恨、向西州。」〔註149〕

（10）〈木蘭花慢〉（金吾不禁夜）：「虛負可憐宵。」

　　按：此句應脫自宋蘇軾宋蘇軾〈臨江仙〉詞（疾愈登望湖樓贈項
　　　　長官。多病休文都瘦損。）下片：「酒醒夢回清漏永，隱床
　　　　無限更潮。佳人不見董嬌饒。徘徊花上月，空度可憐宵。」

（11）〈臨江僊〉（十載龍門山下路）：「此身著處便爲家。」

　　按：此句應脫自蘇軾〈臨江仙〉詞（龍丘子自洛之蜀，戴二侍女，
　　　　戎裝駿馬。至溪山佳處，輒留，見者以爲異人。後十年，築
　　　　室黃岡之北，號靜安居士。作此詞贈之。細馬遠馱雙侍女。）：
　　　　「細馬遠馱雙侍女，青巾玉帶紅鞾。溪山好處便爲家。誰知
　　　　巴峽路，卻見洛城花。」〔註150〕

（12）〈臨江僊〉（管領韶華成老醜）：「芒鞋竹杖葛衣輕。」

　　按：此句應出自蘇軾〈定風波〉詞（三月七日沙湖道中遇雨，雨
　　　　具先去，同行皆狼狽，余獨不覺。已而遂晴，故作此。莫聽
　　　　穿林打葉聲。）上片：「莫聽穿林打葉聲。何妨吟嘯且徐行。
　　　　竹杖芒鞋輕勝馬。誰怕。一蓑煙雨任平生。」〔註151〕

〔註148〕同上註，冊1，頁297。
〔註149〕同上註，冊1，頁306～307。
〔註150〕同上註，冊1，頁285。
〔註151〕同上註，冊1，頁288。

（13）〈臨江僊〉（濁酒一杯歌一曲）：「便從今日數，三萬六千場。」

按：其中「三萬六千場」應出自蘇軾〈滿庭芳〉詞（蝸角虛名）
上片：「蝸角虛名，蠅頭微利，算來著甚乾忙。事皆前定，
誰弱又誰強。且趁閒身未老，須放我、些子疏狂。百年裏，
渾教是醉，⬚三萬六千場⬚。」〔註152〕

（14）〈臨江僊〉（走遍人間無一事）：「走遍人間無一事，十年歸夢悠悠。」

按：其中「走遍人間」應取自蘇軾〈江神子〉詞（略序。夢中了
了醉中醒。）上片：「夢中了了醉中醒。只淵明。是前生。
⬚走徧人間⬚，依舊卻躬耕。昨夜東坡春雨足，烏鵲喜，
報新晴。」

〔註153〕

（15）〈月上海棠〉（酒杯何似浮名好）：「喚省夢中身，鶗鴂數聲春曉。」

按：其中「鶗鴂」句，應化自宋蘇軾〈西江月〉詞（春夜行蘄水
山中，過酒家飲，酒醉，乘月至一溪橋上，解鞍曲肱，醉臥
少休，及覺已曉，亂山攢擁，流水鏘然，疑非塵世也，書此
詞橋柱上。照野瀰瀰淺浪。）下片：「可惜一溪明月，莫教
踏碎瓊瑤。解鞍敧枕綠楊橋。⬚杜宇一聲春曉⬚。」

4、秦觀詞

（1）〈漁家傲〉（春去春來誰做主）：「鷓鴣聲裏斜陽暮。」

按：此句應化自宋秦觀〈踏莎行〉（郴州旅舍。霧失樓臺。）詞
上片：「霧失樓臺，月迷津渡，桃源望斷無尋處。可堪孤館
閉春寒，⬚杜鵑聲裏斜陽暮⬚。」〔註154〕

（2）〈漁家傲〉（斷送春光惟是酒）：「檀板輕敲歌欲就。」

按：其中「檀板輕敲」應化自宋秦觀〈黃金縷〉詞（妾本錢塘江
上）下片：「斜插犀梳云半吐，⬚檀板輕敲⬚，唱徹黃金縷。夢

〔註152〕 同上註，冊1，頁278。
〔註153〕 同上註，冊1，頁298。
〔註154〕 同上註，冊1，頁460。

裏彩雲無覓處，夜涼明月生南浦。」〔註155〕

　5、賀鑄詞

（1）〈漁家傲〉（一片花飛春已暮）：「愁幾許。滿川煙草和風絮。」

　　按：此二句應化自賀鑄〈青玉案〉（凌波不過橫塘路。）詞下片：
　　　　「飛云冉冉蘅皋暮，彩筆新題斷腸句。試問閒愁都幾許？一
　　　　川煙草，滿城風絮，梅子黃時雨。」〔註156〕

（2）〈望月婆羅門引〉（繁華夢斷）：「繁華夢斷，吹花風起卻添衣。」

　　按：其中「繁華夢斷」應脫自宋賀鑄〈於飛樂〉詞（日薄云融。）
　　　　上片：「日薄云融。滿城羅綺芳叢。一枝粉淡香濃。幾銷魂，
　　　　偏健羨、紫蝶黃蜂。繁華夢斷，酒醒來、掃地春空。」〔註157〕

（3）〈臨江僊〉（轉眼榮枯驚一夢）：「古往今來多少事，一時分付東流。」

　　按：其中「分付東流」應脫自宋賀鑄〈浪淘沙〉詞（一葉忽驚秋）
　　　　上片：「一葉忽驚秋。分付東流。殷勤為過白蘋洲。洲上小
　　　　樓簾半卷，應認歸舟。」〔註158〕

　6、朱淑真詞

（1）〈漁家傲〉（詩句一春渾漫與）：「樓外垂楊千萬縷。」

　　按：此句應取自宋朱淑真〈蝶戀花〉（樓外垂楊千萬縷）詞上片：
　　　　「樓外垂楊千萬縷。欲繫青春，少住春還去。獨自風前飄柳
　　　　絮。隨春且看歸何處。」〔註159〕

　7、辛棄疾詞

（1）〈滿江紅〉（料峭東風）：「料峭東風，吹醉面、向人如舊。凝竚
　　　立、野禽聲裏，無言搔首。」

〔註155〕同上註，冊1，頁454。
〔註156〕同上註，冊1，頁500。
〔註157〕同上註，冊1，頁522。
〔註158〕同上註，冊1，頁539。
〔註159〕同上註，冊2，1406

按：其中「無言搔首」，蓋脫自辛棄疾〈水龍吟〉詞（次年南澗
用前韻爲僕壽。僕與公生日相去一日，再和以壽南澗。玉皇
殿閣微涼。）上片：「玉皇殿閣微涼，看公重試熏風手。高
門畫戟，桐陰合道，青青如舊。蘭佩空芳，蛾眉誰妒，無言
搔首。」〔註160〕甚年年卻有，呼韓塞上，人爭問、公安否。
宋辛棄疾〈賀新郎〉詞（用前韻再賦。肘後俄生柳。）下片：
「問新來、蕭蕭木落，頗堪秋否。總被西風都瘦損，依舊千
巖萬岫。把萬事、無言搔首，翁比渠濃人誰好，是我常、與
我周旋久。寧作我，一杯酒。」

(2)〈滿江紅〉（塞馬南來。：「塞馬南來，五陵草樹無顏色。」〔註161〕

按：其中「塞馬南來」，化自辛棄疾〈水龍吟〉詞（韓南澗尙書
壽甲辰歲。渡江天馬南來。）上片：「渡江天馬南來，幾人
眞是經綸手？長安父老，新亭風景，可憐依舊。」

(3)〈滿江紅〉（塵滿貂裘）：「還感慨、中年多病，惟堪眠食。」〔註162〕

按：其中「還感慨、中年多病」乃用宋辛棄疾〈滿江紅〉詞（送
李正之提刑入蜀。蜀道登天。）：「蜀道登天，一杯送、繡衣
行客。還自歎、中年多病，不堪離別。東北看驚諸葛表，西
南更草相如檄。比喻優秀子弟。把功名、收拾付君侯，如椽
筆。」〔註163〕

(4)〈滿江紅〉（臘盡春來）：「老生涯正要，東山歌酒。」

按：其中「東山歌酒」實出自辛棄疾〈水龍吟〉（爲韓南澗尙書
壽甲辰歲。渡江天馬南來。）詞下片：「況有文章山鬥，對
桐陰，滿庭清晝。當年墮地，而今試看，風雲奔走。綠野風

〔註160〕 〔宋〕辛棄疾撰、鄧廣銘箋注：《稼軒詞編年箋注》（臺北：華正書
局，2003 年），頁 153。
〔註161〕 同上註，頁 447。
〔註162〕 同上註，頁 145。
〔註163〕 同上註，頁 147。

煙。平泉草木，東山歌酒。待天年，整頓乾坤事了，爲先生

壽。」〔註164〕

（5）〈滿江紅〉（欲把長繩）：「擾擾膠膠塵世事，不如人意十常九。」

　　按：其中「擾擾膠膠塵世事」化自辛棄疾〈瑞鷓鴣〉（膠膠擾擾

幾時休）詞：「膠膠擾擾幾時休？一出山來不自由。秋水觀

中山月夜，停云堂下菊花秋。隨緣道理應須會，過分功名莫

強求。」〔註165〕其中「不如人意十常九。」稼軒亦有雷同

詞句。辛棄疾〈賀新郎〉（略序。肘後俄生柳。）詞上片：「肘

後俄生柳。歎人生、不如意事，十常八九。古手淋浪才有用，

閑卻持螯左手。謾嬴得、傷今感舊。投閣先生惟寂寞，笑是

非、不了身前後。持此語，問烏有。」〔註166〕

（6）〈滿江紅〉（欲把長繩）：「活國手，談天口。」

　　按：其中「活國手」應化用辛棄疾〈滿江紅〉詞（朝美司諫自便

歸金壇。瘴雨蠻煙）：下片：「活國手，封侯骨。騰汗漫，排

閶闔。待十分做了，詩書勳業。當日念君歸去好，而今卻恨

中年別。笑江頭、明月更多情，今宵缺。」〔註167〕

（7）〈滿江紅〉（欲把長繩）：「風外紛紛飛亂，柳邊湛湛長江去。」

　　按：其中「柳邊湛湛長江去」句應化自辛棄疾〈醉翁操〉（略序。

長松）詞上片：「長松，之風。如公。肯余從山中。人心與

吾兮誰問。湛湛千里之江。上有楓。噫，送子東。望君之門

兮九重。女無悅己，誰適爲容。」〔註168〕

（8）〈滿江紅〉（五柳成陰）：「富與貴，非吾事。」

　　按：其中「富與貴，非吾事。」，取自宋辛棄疾〈水調歌頭〉（長

〔註164〕　同上註，頁 145。
〔註165〕　同上註，頁 552。
〔註166〕　同上註，頁 832。
〔註167〕　同上註，頁 138。
〔註168〕　同上註，頁 262。

恨復長恨）詞下片：「一杯酒，問何似，身後名？人間萬事，
毫髮常重泰山輕。悲莫悲生離別，樂莫樂新相識，兒女古今
情。富貴非吾事，歸與白鷗盟。」〔註169〕

（9）〈蝶戀花〉（二月山城春尚未。）：「君自深藏，不識愁滋味。」

按：其中「不識愁滋味」句，應化用宋辛棄疾〈醜奴兒〉詞（書
博山道中壁。少年不識愁滋味）上片：「少年不識愁滋味，
愛上層樓，愛上層樓，為賦新詞強說愁。」〔註170〕

（10）〈蝶戀花〉（莫怪住山真小草）：「顰損蛾眉，愁獨無人掃。花底
一杯須健倒。」

按：其中「顰損蛾眉」句，應化用辛棄疾〈滿庭芳〉（傾國無媒）
詞：「傾國無媒，入宮見妒，古來顰損蛾眉。看公如月，光
彩眾星稀。袖手高山流水，聽群蛙、鼓吹荒池。文章手，直
須補袞，藻火粲宗彝。」〔註171〕

（11）〈江城子〉（九衢塵土涴儒冠）：「功名餘事且加餐。」

按：此句脫自辛棄疾〈鷓鴣天〉詞（唱徹陽關淚未乾）：「唱徹陽
關淚未乾，功名餘事且加餐。浮天水送無窮樹，帶雨雲埋一
半山。」〔註172〕

（12）〈滿江紅〉（點檢花枝）：「春去也、朱絲弦斷，鸞膠難續。」

按：其中「朱絲弦斷」應化自辛棄疾〈蝶戀花〉（月下醉書兩岩
石浪。九畹芳菲蘭佩好。）詞上片：「九畹芳菲蘭佩好。空
穀無人，自怨蛾眉巧。寶瑟泠泠千古調。朱絲弦斷知音少。」
〔註173〕

（13）〈滿江紅〉（點檢花枝）：「到愁來、惟覺酒杯寬，人間窄。」

〔註169〕同上註，頁317。
〔註170〕同上註，頁170。
〔註171〕同上註，頁82。
〔註172〕同上註，頁55。
〔註173〕同上註，177。

按：其中「酒杯寬，人間窄」實脫於辛棄疾〈鷓鴣天〉（秋水長
廊水石間。）詞下片：「窮自樂，懶方閑。人間路窄酒杯寬。
看君不了癡兒事，又似風流靖長官。」

（14）〈大江東去〉（干戈蠻觸）：「秋菊堪餐，春蘭可采。」

按：「秋菊」二句實出自辛棄疾〈沁園春〉（帶湖新居將成。三徑
初成。）詞下片：「好都把軒窗臨水開。要小舟行釣，先應
種柳，疏籬護竹，莫礙觀梅。秋菊堪餐，春蘭可佩，留待先
生手自栽。沈吟久，怕君恩未許，此意徘徊。」〔註174〕

（15）〈月上海棠〉（小樓舞徹雙垂手）：「喚明月清風做三友。」

按：此句應化自宋辛棄疾〈念奴嬌〉詞（贈妓善墨梅者。江南盡
處）下片：「還似籬落孤山，嫩寒清曉，袛欠香沾袖。淡佇
輕盈，誰付與、弄粉調朱纖手。疑是花神，揭來人世，占得
佳名久。松篁佳韻，倩君添做三友。」〔註175〕

（16）〈月上海棠〉（小樓舞徹雙垂手）：「英雄淚，醉搵應須翠袖。」

按：「英雄」二句應化自宋辛棄疾〈水龍吟〉詞（登建康賞心亭。
楚天千里清秋）下片：「休說鱸魚堪鱠。盡西風、季鷹歸未。
求田問舍，怕應羞見，劉郎才氣。可惜流年，憂愁風雨，樹
猶如此。倩何人，喚取盈盈翠袖，搵英雄淚。」〔註176〕

（17）〈鷓鴣天〉（不是秋來懶上樓）：「不是秋來懶上樓。」

按：此句應脫自宋辛棄疾〈鷓鴣天〉詞（鵝湖歸病起作。枕簟溪
堂冷欲秋。）下片：「書咄咄，且休休，一丘一壑也風流。
不知筋力衰多少，但覺新來懶上樓。」〔註177〕

（18）〈點絳唇〉（愛酒淵明）：「一杯誰舉。」

〔註174〕同上註，頁92。
〔註175〕同上註，頁335。
〔註176〕同上註，頁34。
〔註177〕同上註，頁188。

按：此句應脫自宋辛棄疾〈山鬼謠〉詞（兩岩有石狀怪甚，取離
騷九歌名曰山鬼，因賦摸魚兒，改今名。問何年。）上片：
「問何年，此山來此，西風落日無語。看君似是羲皇上，直
作太初名汝。溪上路。算只有、紅塵不到今猶古。一杯誰舉。
笑我醉呼君，崔嵬未起，山鳥覆杯去。」〔註178〕

(19)〈滿江紅〉（光景催人）：「把閑情換了，平生豪氣。」

按：其中「平生豪氣」應脫自宋辛棄疾〈念奴嬌〉詞（和趙錄國
興韻。爲沽美酒）上片：「爲沽美酒，過溪來、誰道幽人難
致。更覺元龍樓百尺，湖海平生豪氣。自歎年來，看花索句，
老不如人意。東風歸路，一川松竹如醉。怎得身似莊周，夢
中蝴蝶，花底人間世。」〔註179〕

(20)〈滿江紅〉（點檢花枝）：「到愁來、惟覺酒杯寬，人間窄」

按：其中「酒杯寬，人間窄」應脫自宋辛棄疾〈鷓鴣天〉詞（秋
水長廊水石間。）下片：「窮自樂，懶方閑。人間路窄酒杯
寬。看君不了癡兒事，又似風流靖長官。」

(21)〈滿江紅〉（誰把秋香）：「人已老，歡猶昔。」〔註180〕

按：「人已老」二句應出自宋辛棄疾〈滿江紅〉詞（和廓之雪。
天上飛瓊。）下片：「人已老，歡猶昨。對瓊瑤滿地，與君
酬酢。最愛霏霏迷遠近，卻收擾擾還寥廓。待羔兒、酒罷又
烹茶，揚州鶴。」〔註181〕

(22)〈木蘭花慢〉（金吾不禁夜）：「御樓外、香暖處，看人間、平地
起仙鼇。」

按：其中「香暖處」應出自宋辛棄疾〈鷓鴣天〉詞（和趙文鼎雪。
莫上扁舟向剡溪。）下片：「香暖處，酒醒時。畫簷玉箸已

〔註178〕 同上註，頁176。
〔註179〕 同上註，頁399。
〔註180〕 同上註，頁440。
〔註181〕 同上註，頁181。

垂。笑君解釋春風恨，倩拂蠻箋只費詩。」〔註182〕

（23）〈滿庭芳〉（鏖戰文場）：「鏖戰文場，橫揮筆陣，萬言一策平邊。」

　　按：其中「萬言」句蓋脫自辛棄疾〈鷓鴣天〉詞（有客慨然談功
　　　　名，因追念少年時事戲作。壯歲旄旗擁萬夫。）下片：「追
　　　　往事，歎今吾。春風不染白髭鬚。都將萬字平戎策，換得東
　　　　家種樹書。」

（24）〈滿庭芳〉（鏖戰文場）：「致主堯虞堂上，眞儒事、直欲追前。」

　　按：其中「眞儒事」化自辛棄疾〈水龍吟〉詞（渡江天馬南來。）
　　　　上片：「渡江天馬南來，幾人眞是經綸手？長安父老，新亭
　　　　風景，可憐依舊！夷甫諸人，神州沉陸，幾曾回首。算平戎
　　　　萬里，功名本是，眞儒事、君知否？」〔註183〕

（25）〈望月婆羅門引〉（東風嬝嬝）：「等閑耗損香霏。春去春來無跡。」

　　按：其中「春去」句化自辛棄疾〈滿江紅〉詞（暮春。可恨東君。）：
　　　　「可恨東君，把春去春來無跡。便過眼、等閑輸了，三分之
　　　　一。畫永暖翻紅杏雨，風晴扶起垂楊力。更天涯、芳草最關
　　　　情，烘殘日。湘浦岸，南塘驛。」〔註184〕

（26）〈望月婆羅門引〉（東風嬝嬝）：「回首處、清淚如絲。」

　　按：其中「清淚如絲」出自辛棄疾〈滿庭芳〉（柳外尋春）下片：
　　　　「只今江海上，鈞天夢覺，清淚如絲。算除非，痛把酒療花
　　　　治。明日五湖佳興，扁舟去、一笑誰知。溪堂好，且拼一醉，
　　　　倚杖讀韓碑。」〔註185〕

（27）〈望月婆羅門引〉（蹉跎歲晚）：「更問甚、是與非。」

　　按：此句應出自辛棄疾〈最高樓〉詞（吾擬乞歸，犬子以田賦未

〔註182〕　同上註，頁 152。
〔註183〕　同上註，頁 145。
〔註184〕　同上註，頁 76。
〔註185〕　同上註，頁 85。

置止我，賦此罵之。吾衰矣。）下片：「待葺個、園兒名佚老。更作個、亭兒名亦好。閑飲酒，醉吟詩。千年田換八百主，一人口插幾張匙。休休休，　更說甚，是和非。」〔註186〕

（28）〈江城子〉（階前流水玉鳴渠）：「階前流水玉鳴渠。」

　　按：其中「流水玉鳴渠」應出自辛棄疾〈蔔運算元〉詞（答晉臣，渠有方是閑，得歸二堂。百郡怯登車）下片：「野水玉鳴渠，急雨珠跳瓦。一榻清風方是閑，真得歸來也。」〔註187〕

（29）〈月上海棠〉（手段慚非五鳳樓）：「不如且進杯中物，一酌能消萬古愁。」

　　按：其中「且進杯中物」應脫自宋辛棄疾〈蔔運算元〉詞（飲酒不寫書。一飲動連宵。）下片：「請看塚中人，塚似當時筆。萬箚千書只恁休，　且進杯中物。」〔註188〕

（30）〈鷓鴣天（那得茅齋一餉閑）：「塵世窄，酒杯寬。」

　　按：其中「酒杯寬」應化自辛棄疾〈鷓鴣天〉詞（子似過秋水。秋水長廊石間）下片：「窮自樂，懶方閑。　人間路窄酒杯寬。看君不了癡兒事，又似風流靖長官。」〔註189〕

（31）〈臨江儒〉（走遍人間無一事）：「詩酒功名殊不惡，箇中未減風流。」

　　按：其中「詩酒功名」蓋脫自辛棄疾〈破陣子〉詞（硤石道中有懷子似。宿麥畦中雉鷖。）下片：「莫說弓刀事業，　依然詩酒功名。千載圖中今古事，萬石溪頭長短亭。小塘風浪平。」
　　〔註190〕

（33）〈臨江儒〉（走遍人間無一事）：「一聲長嘯罷，煙雨暗汀洲。」

〔註186〕　同上註，頁 331。
〔註187〕　同上註，頁 492。
〔註188〕　同上註，頁 358。
〔註189〕　同上註，頁 440。
〔註190〕　同上註，頁 437。

按：其中「一聲長嘯」蓋取自辛棄疾〈霜天曉角〉詞（赤壁。雪堂遷客。）下片：「望中磯岸赤。直下江濤白。半夜一聲長嘯，悲天地、為予窄。」〔註191〕

(34)〈臨江僊〉（自笑荒才非世用）：「自笑荒才非世用，功名都付悠悠。」

按：其中「功名都付」應取自辛棄疾〈念奴嬌〉詞（登建康賞心亭呈史致道留守。我來弔古）下片：「卻憶安石風流，東山歲晚，淚落哀箏曲。兒輩功名都付與，長日惟消棋局。寶鏡難尋，碧云將暮，誰勸杯中綠。江頭風怒，朝來波浪翻屋。」

〔註192〕

8、謝逸詞

(1)〈滿江紅〉（春色三分）：「楊柳梢頭黃尚淺，梅花萼底紅初破。」

按：其中「楊柳梢頭黃尚淺」應化自謝逸〈菩薩蠻〉詞（縠紋波面浮鸂鶒）上片：縠紋波面浮鸂鶒。蒲芽出水參差碧。滿院落梅香。柳梢初弄黃。衣輕紅袖皺。春困花枝瘦。睡起玉釵橫。隔簾聞曉鶯。」〔註193〕

9、陸游詞

(1)〈滿江紅〉（光景催人）：「今始覺，身如寄。」

按：其中「身如寄」蓋脫自陸游〈雙頭蓮〉詞（呈范至能待制。華鬢星星。上片：「華鬢星星，驚壯志成虛，此身如寄。蕭條病驥。向暗裏。消盡當年豪氣。夢斷故國山川，隔重重煙水。身萬里。舊社凋零，青門俊遊誰記。盡道錦裏繁華，歡官閑晝永，柴荊添睡。」〔註194〕

10、盧祖皋詞

(1)〈鷓鴣天〉（颭颭輕舟逆上溪）：「蘭棹舉。」

〔註191〕同上註，頁 583。
〔註192〕同上註，頁 11。
〔註193〕《全宋詞》，卷 2，頁 643。
〔註194〕同上註，卷 3，頁 1594。

按：此句應脫自宋盧祖皋〈謁金門〉詞（蘭棹舉）上片：「蘭棹舉。相趁落紅飛去。一隙輕簾凝睇處。柳絲牽不住。」

〔註195〕

11、趙以夫詞

（1）〈滿江紅〉（春色三分）：「行樂處、軟紅香霧，未收燈火。」

按：其中「軟紅香霧」句，出自趙以夫〈賀新郎〉（載酒陽關去）詞下片：「談笑裏，遽如許。流觴滿引澆離緒。便東西、斜陽立馬，綠波前浦。自是蓴鱸高興動，恰值春山杜宇。漫回首、軟紅香霧。咫尺佳人千里隔，望空江、明月橫洲渚。清夢斷，恨如縷。」〔註196〕

柒、金　詞

1、蔡松年詞

（1）〈江城子〉（昔年兄弟共彈冠）：「十丈冰花，況有藕如船。」

按：其中「十丈冰花」應出自金蔡松年〈南鄉子〉（霜籟入枯桐。）上片：「霜籟入枯桐。山壓江城秀藹濃。誰著夜光松竹裏，玲瓏。十丈冰花射好風。」〔註197〕

2、元好問詞

（1）〈江城子〉（九衢塵土涴儒冠）：「顛倒囊貲，欲買青山。…老來閑，豈天慳。」

按：「買青山」語，應化自元好問〈江城子〉（來鴻去鴈十年間）詞上片：「來鴻去鴈十年間。鏡中看。各衰顏。恰待蒙泉，東畔買青山。夢裡鄰村新釀熟，攜竹杖，款柴關。人生誰得老來閑。」〔註198〕

〔註195〕同上註，卷4，頁2407。
〔註196〕同上註，卷4，頁2667。
〔註197〕唐圭璋編《全金元詞》（臺北：洪氏出版社，1980年），頁16。
〔註198〕〔金〕元好問、姚奠中點校《元好問全集》（太原：山西人民出版

（2）〈江城子〉（九衢塵土浣儒冠。）：「鐵笛橫吹，牛背穩如船。」

按：「鐵笛」二句，實化自元好問〈水調歌頭〉詞（少室玉華穀
月夕，與希顏欽叔飲，醉中賦此。玉華詩老，宋洛陽耆英劉
幾伯壽也。劉有二侍妾，名萱草芳草，吹鐵笛騎牛山間，玉
華亭榭遺址在焉。金堂玉堂嵩山事，石城瓊璧少室山三十六
峰之名也。：山家釀初熟。）上片：「山家釀初熟，取醉不
論錢。清溪留飲三日，魚鳥亦欣然。見說玉華詩老，袖有忘
憂萱草，牛背穩於船。鐵笛久埋沒，雅曲竟誰傳。」〔註199〕

（3）〈漁家傲〉（不是花開常殢酒）：「早是閒愁無著處。」句。

按：此句應脫自金元好問〈浪淘沙〉詞（楊柳日三眠。）上片：
「楊柳日三眠。桃李爭妍。千金誰許占芳年。買得閒愁無處
著，卻恨春偏。」〔註200〕

（4）〈浣溪沙〉（莫說長安行路難）：「莫說長安行路難。」

按：此句應脫自金元好問〈阮郎歸〉詞（為李長源賦帝城西下望
西山。城居歲又殘）下片：「城居歲又殘。萬家風雪一家寒。
青燈語夜闌。人鮓甕，鬼門關。無窮人往還。求官莫要近長
安。長安行路難。」〔註201〕

（5）〈浣溪沙〉（莫說長安行路難）：「年年人月似今年。」

按：此句應脫自金元好問〈婆羅門引〉詞（望月。素蟾散彩。）
下片：「尋常月圓。恨都向、別時偏。幾度郵亭枕上，野店
尊前。珠明玉秀，算一日、相看一日仙。人共月、長似今年。」

〔註202〕

（6）〈浣溪沙〉（白髮相看老弟兄）：「白髮相看老弟兄。」

社，1990 年）下冊，卷 43，頁 202。
〔註199〕 同上註，下冊，卷 41，頁 114。
〔註200〕 同上註，下冊，卷 44，頁 213。
〔註201〕 同上註，下冊，卷 44，頁 233。
〔註202〕 同上註，下冊，卷 43，頁 192。

按：此句應脫自金元好問〈定風波〉詞（楊叔能歸淄川。舊遊回首一悽然。）下片：「白髮相看老弟兄。恨無一語送君行。至竟交情何處好。向道。不如行路本無情。少日龍門星斗近。爭信。淒涼湖海寄餘生。耆舊風流誰復似。從此。休將文字占時名。」〔註203〕

（7）〈大江東去〉（暮年懷抱）：「暮年懷抱，對水光林影。」

按：其中「水光林影」應化自金元好問〈太常引〉詞（水光林影入憑闌。）上片：「水光林影入憑闌。花柳占春寬。三月錦成團。為洗盡、山陰暮寒。」〔註204〕

（8）〈望月婆羅門引〉（繁華夢斷）：「筭一番、風雨未應稀。」

按：此句應脫自金元好問〈江城子〉詞（效花間體詠海棠。蜀禽啼血染冰蕤。）下片：「一番風雨未應稀。怨春遲。怕春歸。恨不高張，紅錦百重圍。多載酒來連夜看，鹹化作，彩雲飛。」

〔註205〕

（9）〈望月婆羅門引〉（長安倦客）：「鏡中看，鬢成斑。」

按：「鏡中」二句，蓋脫自元好問〈江城子〉（來鴻去鴈十年間。）詞上片：「來鴻去鴈十年間。鏡中看。各衰顏。恰待蒙泉，東畔買青山。夢裏鄰村新釀熟，攜竹杖，款柴關。」〔註206〕

（10）〈鷓鴣天〉（擺脫浮名儘自閑）：「擺脫浮名儘自閑。」

按：此句蓋化自金元好問〈鷓鴣天〉詞（拋卻浮名恰到閑）上片：「拋卻浮名恰到閑。卻因猥懶得顢頇。從教道士誇懸解，未信禪和會熱謾。」〔註207〕

〈二妙詞〉鍛句鍊字，設色鋪彩，共用一百四十個顏色詞彙，一

〔註203〕 同上註，下冊，卷43，頁189。
〔註204〕 同上註，下冊，卷44，頁218。
〔註205〕 同上註，下冊，卷43，頁197。
〔註206〕 同上註，下冊，卷43，頁202。
〔註207〕 同上註，下冊，卷43，頁181。

百三十闋中有七十一闋使用顏色字，其比例偏高，可知其偏愛。二段兄弟善用顏色詞彙，使人物或景色形象更爲鮮明。其詞亦多用疊字，用於景象描繪、人物寫眞、詞意概括、聲音摹擬，二妙善用疊字，使景象益加鮮活，人物形象栩栩如生，用以概括詞意，則可加強語氣，而以疊字摹聲，如聞其聲，使詞情更爲豐富。

〈二妙詞〉中處處用典，幾乎每一闋皆徵引故實，其比例之高，令人驚歎不已。筆者未能盡舉所有用典之處，而僅據上之所列，段氏兄弟〈二妙詞〉確有好用語典之藝術特質。

二段兄弟引古語詩詞入詞，取材對象眾多，自上古《詩》、《騷》、《論語》、《莊子》，歷代史籍，漢魏樂府、魏、晉、隋、唐、宋詩，唐五代、宋、金詞，均爲〈二妙詞〉中徵引而化用者，取材時代自先秦至金，取材範圍囊括經、史、子、集。〈二妙詞〉中將諸賢名句與詞章，或直接引入詞，或加以剪裁，經特意安排，鎔鑄詞句，使能推陳出新，大有舊瓶裝新酒之趣。二段兄弟引用典故，以取法對象而言，皆是聞名之歷代名士或騷人墨客，其中引人物或以某人名句入詞者，當屬陶潛被徵引次數最多。陶潛爲隱逸詩人之祖，二段兄弟幽棲於龍門山，自讚許淵明之高潔，並以其爲模範，追步淵明甘於淡泊，高風亮節之志。引用次數最多者，其次爲屈原。屈原滿腔愛國熱血，卻被讒言所傷，以至於被流放在外。屈原忠而不見用，二妙亦有愛國之心，可惜國亡，欲報國爲民而不得。三人雖仕途受挫，然皆心懷故國，感時傷世。

至於化用前人詩詞做長短句，以宋詩、宋詞最多。誠如本文第二章第四節所論述，宋詞對金詞之影響，其中以蘇軾與辛棄疾對金詞影響最爲深遠。二妙與南宋詞家用典特色有雷同之處，皆「使事用典成習」，南宋詞人歎生不逢時，心懷憂憤，恆引屈原、李廣典；寫人老髮白，愁病腰瘦，用潘岳與沈約典；〔註208〕二段亦喜引屈平或其作品入詞，以抒幽恨，寫人憔悴腰瘦，易用沈約典，足見〈二妙詞〉易受南宋詞影響。

〔註208〕關於南宋詞人用典，詳見王師勇偉：《南宋詞研究》，頁 184～200。

　　二妙倚聲填詞，大量化用東坡詞、稼軒詞，而二段伯仲對蘇軾之仰慕，亦化用許多蘇詩入詞。北宗詞上承北宋詞，與南宋詞互有交流影響，此點自〈二妙詞〉之化用前人樂府之作，便可得知，〈二妙詞〉用東坡詞、稼軒詞、陸游詞、蔡松年詞、遺山詞，所化用長短句正是北宗詞發展發展之軌跡。而其好用典故之程度，可媲美辛棄疾，此藝術特色或追步稼軒。是以，可以間接推知〈二妙詞〉之文學淵源，〈二妙詞〉爲北宗詞之屬，其淵源前承北宋詞，受南宋詞之影響，下啓元詞。〔註209〕

　　《左庵詞話》：「用事最難，要體認箸題，融化不澀。」〔註210〕二段兄弟學識淵博，以學問作詞，舉凡前人逸事，經典名句，皆引而爲詞章，〈二妙詞〉好用典故，皆能切題，運用妥貼自然，渾化無跡，能臻袁枚：「覺有味而未察其質」之境。

〔註209〕　劉揚忠：〈金代山西詞人群〉，《晉陽學刊》2003 年第 4 期，頁 97：
　　　　　「山西作家群的領軍人物元好問對此有十倍的自負，他自謂稟賦
　　　　　「中州萬古英雄氣」，在詩詞創作上決不讓「吳儂」南派文人（奪
　　　　　錦袍）。以這樣的姿態領軍闖進詞壇，自然元氣磅礴，千人辟易，
　　　　　不但將山西詞人的創作推向高潮，而且也將整個金詞的發展推向了
　　　　　輝煌的頂峰。就這樣，以一代大家元好問的崛起爲標誌，山西詞人
　　　　　群趁時而興，在金末及金亡後走上了創作的全盛階段，其群體的聲
　　　　　威和流派的影響及於元代。」二段屬於山西詞人群之一份子，與元
　　　　　好問等人所作樂府，影響元詞。
〔註210〕　見唐圭璋編《詞話叢編》（臺北：新文豐出版社，1988 年），冊 4，
　　　　　頁 3177。

第六章 結 論

稷山段氏昆仲初有出仕爲民之志，惜金之亡，斷送二段功名路，二人高蹈遠引，幽居龍門，與當地人結集詩社，酬贈詩詞，拒不仕元，優遊以終。其有高古貞潔之志，故吳澂曰：「於時干戈未息，殺氣瀰漫，賢者辟世，苟得一罅隙地，可聊以娛生，則怡然自適以畢餘齡。幾若澹然，與世相忘者。」〔註1〕《詞學集成・詞宜有寄託》云

> 詞雖小技，昔之鉅公通儒，往往爲之，蓋有詩所難者，委曲倚之於聲，其詞愈微而旨愈遠。善爲詞者，假閨房兒女之言，通知於離騷變雅之義，此尤不得志時者所寄情焉。〔註2〕

二段伯仲身處亂世，生不逢時，爲不得志時者，故其悲、其痛、其憾盡託於詞章，二妙蕭散林間，所作長短句，可窺知其情思。

本論文第二章先述段克己兄弟生平與世系，後論述金代時代背景，包括政治文化環境、文學發展與詞壇現況。金自得中國半壁江山，於烽火中，獲大批圖書經典與禮樂儀仗，而歷代君主致力於革新文教，制訂文字，文教、學校制度漸次完備，君主本身受漢學影響。譬如熙宗喜儒學，奠定文治基礎。大抵金以「武」得天下，以「文」治

〔註1〕 〔金〕段克己、段成己同撰：《二妙集・原序》（臺北：臺灣商務印書館，1979 年），頁1。

〔註2〕 見唐圭璋編《詞話叢編》（臺北：新文豐出版社，1988 年），冊 4，頁 3625。

宇內,使落後文化逐漸邁向文明,而「典章誥命皆彬彬可觀」。筆者將金代文學發展分為五期:第一期推行「異代借才」之政策,頗利金初文學之發展;第二期,金世宗大定年間,有所謂「國朝文派」,踵繼金初文學,然此其漸次發展與金初崇尚魏晉玄風有別之風格;第三期因經濟衰退,世風腐敗,文風隨之改變,自清眞恬淡轉為尖新浮艷,亦有反映現實與達觀精神兩派並行;第四期,金末動盪,文壇創作卻頗活躍。群起倡導革新前期尖新浮艷文風,形成戰亂紀實、任氣尚奇與平易自然三種創作派別;第五期,文壇上活躍者大都是由金朝流落異代之文士,此期以元好問為代表,二段亦屬之。

金初無文字,而遼人、宋士來歸,詞壇活躍者皆屬「異代借才」者,譬如吳激、蔡松年,二人與金初詞人開拓金源詞壇。世宗之時,中州人才輩出,詞苑彪蔚盛極。如蔡珪、王庭筠、黨懷英、趙秉文等人,頗多佳作。金源詞壇,明昌前後盛極,短制長篇,不遜於江南詞人,譬如王寂、元德明、劉昂、許古、趙元、王賢佐等人。晚金詞苑,國運日衰,詞壇愈盛,頗多蒼涼沉鬱之作,如李俊民、段克己、段成己諸家之作,較之前期作品,毫無愧色,而元好問承前啓後,其功亦輝煌。金亡北宋,承北宋之故物文書,而詞壇深受北宋詞影響,尤以蘇軾影響最大,甚至有「蘇學行於北」之稱,金詞繼承北宋詞傳統,發展北宗詞。北宗詞與南宗詞共時同源,風格各異,又互有影響。

第三章探悉〈二妙詞〉主題,詞共計一百三十闋,大致可歸納為七類:遊歷、酬贈、祝賀、詠花、感興、詠春、酬神。本章欲透過主題探析,窺知二段之思想與情感。二妙生於金末時局動盪之際,二段早有遁隱之心,元取天下,便高蹈幽居於龍門山。可惜,二段原有報國熱血,卻因堅持不事異主,功名路斷,於〈二妙詞〉中可見其牢騷語,嘆時不我與、英雄失路之悲。其中亦有反映現實之作,怪金源君將無能,使國家覆亡,譴責元軍暴虐,塗炭生靈。〈二妙詞〉往往流露家國之恨,親友流離不見之悲,二段心繫故國,追憶往事,可惜繁華夢斷,惟有空歎息。二段時懷身世滄桑之感,詞人雖定居龍門,然

其始終懷有「漂泊者心態」，離鄉飄零之孤獨感。詞中亦多抒發遲暮之嘆，感於時光荏苒，老之將至，而功名未就，感傷益深。失意人生，往往借酒澆愁，詞中不斷出現酒、醪、麴生、醉、酩酊等詞彙，〈二妙詞〉中共有五十七闋出現酒相關詞彙。然而酒只能短暫撫慰苦悶心情，未能眞正解愁。而二段晚年詞風偏向淡泊詞風，可見其蕭散山林，心情中歸恬適，兩闋酬神詞更顯二段融入當地生活，歡愉之情，溢於言表。二段兄弟雙雙遁隱，有數量頗多之酬贈詞，或克己爲仲弟作壽詞，或相偕遊歷山水，題詞相酬唱，兄弟感情於字裡行間流露，足見其手足情深。

　　第四章探討〈二妙詞〉形式，二段擇調皆常用詞調，所選之調頗能符合其聲情，譬如以〈木蘭花慢〉聲情悲悽之詞調，表現其哀恫之情，綜觀〈二妙詞〉聲情，或激昂高亢者，或和諧婉轉，或哀婉悲悽，呈現多樣面貌。二段倚聲塡詞，是否合律，依《詞律辭典》所載格律，觀之〈二妙詞〉一百三十闋，超過九十闋合於音律，且〈二妙詞〉中平仄格律，符合詞律準則者，第三章所錄〈月上海棠〉諸篇，選錄於各家詞譜中，以資後人參考。此外，約有三十闋，於律不合，大都是平仄不符，少數調式更動。蓋二段性曠達豪爽，難爲音律所縛，又生當金元移祚之際，亡國之痛，盈滿胸臆，格律難以束縛之，故其所做長短句，偶有情性勝於格律之情形。

　　第五章探析〈二妙詞〉藝術特色。修辭格或表現詞境之藝術手法諸多，〈二妙詞〉中兼而有之，然而使用頻繁，運用自如，形成詞之藝術特色，可得三類：其一，設色鋪彩，形象鮮明；其二，善用疊字，和諧自然；其三，援古據典，活用故實。關於設色鋪彩，二段以單色描摹景物，使詞更形生動，增強視覺效果。此外，二段兄弟亦以色彩對比，以凸顯效果，且於句式上求變化，有隔句設色對比者，亦有當句設色對比者。〈二妙詞〉中共用一百四十個顏色詞彙，一百三十闋中有七十一闋使用顏色字，比例頗高，可知其偏愛。二段兄弟善用顏色詞彙，使人物或景色形象更爲鮮明。〈二妙詞〉中有六十闋使用疊

字，將疊字用於景象描繪、人物寫眞、詞意概括、聲音摹擬，二段善用疊字，使景象益加鮮活，人物形象栩栩如生，用以概括詞意，則可加強語氣，而以疊字摹聲，如聞其聲，使詞更爲豐富。

〈二妙詞〉中用典頻繁，幾乎每一闋皆徵引故實，其比例之高，令人嘆爲觀止。二段兄弟引先人古語詩詞作樂府，取材對象甚夥，自上古《詩經》、《離騷》、《論語》、《莊子》，歷代史籍，漢魏樂府、魏、晉、隋、唐、宋詩，唐五代、宋、金詞，均爲〈二妙詞〉中徵引而化用者，取材時代自先秦至金，範圍囊括經、史、子、集。〈二妙詞〉中將諸賢名句與詞章，或直接引入詞，或加以剪裁，經特意安排，鎔鑄詞句，使能推陳出新，渾化無跡，可謂善用典故。而二妙喜用典故，可媲美辛棄疾，而〈二妙詞〉化用稼軒詞處頗多，此用典此藝術特色或受稼軒影響。

從〈二妙詞〉取材對象可知二段情思與其文學淵源。〈二妙詞〉中多徵引陶潛或其詞章入詞，可見二段對淵明之忻慕，亦可發覺其有陶潛淡泊之志。〈二妙詞〉中化用東坡詞、稼軒詞、遺山詞、蔡松年詞，所化用長短句正是北宗詞發展發展之軌跡。因此，可推知其文學淵源。二段當屬北宗詞詞人，其詞前承北宋詞，受南宋詞之影響，下啓元詞。

綜觀〈二妙詞〉以愁苦爲基調，二段伯仲雖遁跡山水之間，其心猶多牽絆，有黍離之悲，身世之嘆，垂暮之感，壯志未酬之憾，卻只能放任才華歲月消磨。後期之作，漸趨恬淡，有無爲之老莊思想，成爲二段晚年無欲無求之註解，此中可見其靈魂自愁苦中解脫，轉憂憤爲平靜，化解心中矛盾。

〈二妙詞〉展現混合型心態，二段於金亡，旋即遁隱，隱逸之年正值青壯，兩人雖有爲世之理想，終未能實現，選擇遯世，然而心猶有不甘。反映於詞作，便是苦悶憂憤，感時傷世，或追憶，或感傷，或憤懣，或淡泊，或歡樂，整體上呈現心靈之多樣性，展現多種情感交織之心態。

　　《二妙詞研究》稱二段詞作兼有陶達、杜憂，〔註3〕此評筆者以
爲不甚恰當，若以單就某些詞作而論，或者〈二妙詞〉有陶淵明之曠
達，亦有杜甫之憂時傷世。然綜觀段氏兄弟長短句，雖有似淵明淡泊
之作，亦有如子美反映現實，關懷民生之作，但有更多篇幅抒今昔巨
變之感傷，或傷光陰之急逝，或述遊歷山水之樂，亦有接近牢騷語，
大歡宏圖未展之憾，若以整體〈二妙詞〉觀之，則未達陶達與杜憂之
境。且吳澂讚二妙有陶達與杜憂，乃對其詩歌而言，其原序如下：

　　　　若曰：「冤血流未盡，白骨如山丘」；若曰：「四海疲攻戰，
　　　　何當洗甲兵」，則陶之達、杜之憂，蓋兼而有之。〔註4〕

《四庫全書總目提要》更明言：「陶之達、杜之豪，其詩兼而有之。
〔註5〕」再者，二段雖與淵明同生於亂世，亦皆幽棲山林，然陶潛辭
官隱居，乃因其自覺不適合爲官，主動退隱，而二妙乃因國家覆亡，
欲守貞持節，不得已而高蹈遠引，此乃隱居動機之相異，故發爲詞章，
其作品悠然自適之境自有高低之別，而杜甫之憂民，反映於詩歌則有
大量紀實詩，譬如聞名之「三吏三別」等，而〈二妙詞〉中反映現實
之作雖有，但屬少數，故筆者以爲〈二妙詞〉離陶達、杜憂之境，尚
有一段距離。

　　至於二段詞作風格，前賢多歸之於豪放〔註6〕或疏快，〔註7〕綜
上所述〈二妙詞〉，知其內容豐富，風格亦呈多樣風貌，大抵可歸納

〔註3〕　張沫：《二妙詞研究》，趙山林指導，廣州：暨南大學碩士論文，2004
　　　　年，頁22～25。
〔註4〕　《二妙集・原序》，頁2。
〔註5〕　《四庫全書總目提要》，頁1473。
〔註6〕　彭國忠、劉鋒傑編注：《豪放詞》（合肥：安徽文藝出版，1997年）、
　　　　劉竺琴：《豪放詞三百首》（西安：三秦出版社，1998年）、鄧喬彬：
　　　　《豪放詞萃》（上海：華東師範大學出版社，2000年）以上三書皆選
　　　　二妙詞作，以爲段氏兄弟之詞爲豪放派。
〔註7〕　鐘東以爲金元詞未若宋代以豪放、婉約或其他風格，被視爲一種流
　　　　派，鐘氏稱金元詞以「金元疏快派」，所謂疏快，便是舒朗明快，自
　　　　然率眞，寫來剛健樂觀，眞摯少矯飾。詳見黃天驥主編：《古代十大
　　　　詞曲流派》（長沙：湖南文藝出版社，1997年7月）卷二，頁879。

出幾種風格，其一慷慨悲壯，由於二段歷經山河變色，國破家亡，故慷慨陳詞，語多激昂；其二爲悒鬱悲憤，段氏伯仲鬱堙不偶，英雄失路，或撫今追昔，或批評時局溷濁，詞多激越，憤懣之情溢於紙箋；其三爲閒適自然，詞人幽隱，寄情山水，心得寬慰，故其詞亦有恬適瀟灑之風格。

段克己兄弟遭逢家國之變，遂遁隱林泉，其持節之志，忠貞之節，令人感佩，時人皆以「儒林標榜」視之。〈二妙詞〉內容豐富，風格多樣，〔註8〕思想深蘊內涵，於詞中抒發多種情感，展現心靈上之多樣性，情深意摯，反映時代之悲劇性，頗能代表金末元初動盪時局文人之苦悶靈魂，具有感事之時代性與社會性。

二段伯仲，其人可敬，〔註9〕其詞可觀，以之南宋詞家，亦無愧色，故吳澂給予二妙中肯之評價：「心廣而識超，氣盛而才雄，其蘊諸中者，參眾德之妙，其發諸外者，綜羣言之美。」〔註10〕《元金稷山段氏二妙年譜》曾對二妙詞淵源如是云：「但二先生樂府，古無有道者。余友張君孟劬嘗謂余曰：『二妙詞進接遺山，遠宗稼軒，較詩尤爲高妙，直金元一作手。』」〔註11〕其詞上承北宋詞，下啓元詞，學者將段氏兄弟視爲金末重要詞家，〔註12〕〈二妙詞〉於詞史自有承先啓後之重要意義。

〔註8〕稷山二妙段克己、段成己詞集中豪、婉兼備的狀況。詳見劉揚忠：〈金代山西詞人群〉，《晉陽學刊》2003 年第 4 期，頁 98。

〔註9〕孫德謙讚二妙：兩先生高蹈獨善，有隱居求志之義，固儒道之最高者也，宜見稱當時，奉爲規法，乃後世泯沒無聞，豈不惜哉。詳見孫德謙：《元金稷山段氏二妙年譜》（臺北：臺灣商務印書館，1981 年 12 月），頁 152。

〔註10〕《二妙集・原序》，頁 1。

〔註11〕詳見《元金稷山段氏二妙年譜》，頁 77。

〔註12〕黃兆漢將段氏兄弟列爲金末六大詞家，詳見黃兆漢《金元詞史》（臺北：臺灣學生書局，1992 年 12 月），頁 131～140。金啓華論金末亡國時期，亦將二段列於重要詞家，甚至說金詞到二段兄弟手裡，也就這樣結束了。詳見金啓華《中國詞史論綱》（南京：南京出版社，1992 年），頁 86～92。

參考文獻

一、詩詞文集

1. 〔漢〕毛亨傳、〔漢〕鄭玄箋、〔唐〕陸德明音義、〔唐〕孔穎達疏、〔清〕阮元校勘《毛詩正義》臺北：藝文印書館，1955 年。

2. 〔清〕嚴可均校輯《全上古三代秦漢三國六朝文》臺北：中華書局，1958 年。

3. 〔清〕清聖祖輯《全唐詩》北京：中華書局，1960 年 4 月。

4. 〔清〕吳重熹輯《九金人集》臺北：成文出版社，1967 年。

5. 〔清〕莊仲方著《金文雅·序》臺北：成文出版社，1967 年。

6. 朱祖謀校輯《彊村叢書》臺北：廣文書局，1970 年。

7. 羅振玉編輯：《元人選元詩》臺北：大通書局，1973 年。

8. 〔金〕元好問《中州集》臺北：鼎文書局，1973 年。

9. 〔金〕段克己、段成己同撰《二妙集》臺北：臺灣商務印書館，1979 年。

10. 唐圭璋編《全金元詞》臺北：洪氏出版社，1980 年。

11. 〔金〕王若虛《滹南遺老集》臺北：新文豐出版社，1983 年。

12. 唐圭璋編《新校標點全宋詞》臺北：文光出版社，1983 年。

13. 亦冬譯注《唐五代詞》臺北錦繡出版有限公司，1993 年。

14. 逯欽立輯校《先秦漢魏晉南北朝詩》北京：中華書局，1983。

15. 《景印文淵閣四庫全書》臺北：臺灣商務印書館，1983 年。

16. 〔宋〕陸游著、錢仲聯校注《劍南詩稿校注》上海：上海古籍出版社，1985 年。

17. 新文豐出版公司編輯部編著《元人文集珍本叢刊》臺北：新文豐出版社，1985 年。

18. 〔金〕房祺《河汾諸老詩集》北京：中華書局，1985 年。

19. 〔梁〕蕭統編、〔唐〕李善注《文選》臺北：文津出版社，1987 年。

20. 〔清〕顧嗣立編《元詩選》北京：中華書局，1987 年 7 月。

21. 洪興祖撰《楚辭補注》臺北：天工書局，1989 年。

22. 〔宋〕李清照著、徐北文主編《李清照全集評注》濟南，濟南出版社，1990 年。

23. 〔金〕元好問著、姚奠中點校《元好問全集》太原：山西人民出版社，1990 年。

24. 〔清〕張金吾編纂《金文最》北京：中華書局，1990 年 8 月。

25. 傅璇琮主編《全宋詩》北京：北京大學出版社，1991 年。

26. 趙尊嶽輯《明詞彙刊》上海：上海古籍出版社，1992 年。

27. 薛瑞兆、郭明志編纂《全金詩》天津：南開大學出版社，1995 年。

28. 江應龍編纂《遼金元文彙》臺北：國立編譯館，1998 年。

29. 〔宋〕蘇軾著、〔清〕馮應榴輯注、黃任軻、朱懷春校點《蘇軾詩集合注》上海：上海古籍出版社，2001 年。

30. 〔宋〕辛棄疾撰、鄧廣銘箋注《稼軒詞編年箋注》臺北：華正書局，2003 年。

二、詩詞評論

1. 〔清〕永瑢等編撰《四庫全書總目提要》上海：商務印書館，1933 年。

2. 〔清〕吳梅《詞學通論》香港：太平書局，1964 年。

3. 〔清〕翁方綱《石洲詩話》臺北：廣文書局，1971 年。

4. 〔清〕張宗橚著：《詞林紀事》臺北：廣文書局，1972 年。

5. 〔清〕徐釚撰《詞苑叢談》臺北：木鐸出版社，1983 年。

6. 〔宋〕張玉田撰、夏承燾注校《詞源注》臺北：木鐸出版社，1988 年。

7. 唐圭璋編《詞話叢編》臺北：新文豐出版社，1988 年。

8. 〔清〕張宗橚著、楊寶霖補正：《詞林紀事、詞林紀事補正合編》上海：上海古籍出版社，1998 年。

9. 〔劉宋〕劉勰著、王更生注譯《文心雕龍讀本》臺北：文史哲出版社，1999 年 9 月。

10. 〔宋〕王灼著、嶽珍《碧雞漫志校正》成都：巴蜀書社，2000 年。

11. 〔清〕況周頤著、吳興國輯注《蕙風詞話輯注》南昌：江西人民出版社，2000 年。

三、史籍文獻

1. 〔元〕脫脫、楊家駱主編《新校本金史》臺北：鼎文書局，1976 年。

2. 〔唐〕李延壽撰、楊家駱主編《新校本南史》臺北：鼎文書局，1976 年。

3. 〔唐〕房玄齡、楊家駱主編《新校本晉書》臺北：鼎文書局，1976 年。

4. 〔後晉〕劉昫撰、楊家駱主編《新校本舊唐書》臺北：鼎文書局，1976 年。

5. 〔清〕趙翼《廿二史劄記》臺北：樂天出版社，1977 年 2 月。

6. 〔漢〕劉向集錄《戰國策》上海：上海古籍出版社，1978 年。

7. 〔宋〕歐陽修撰、〔宋〕徐無黨注、楊家駱主編《新校本新五代史》臺北：鼎文書局，1979 年。

8. 〔清〕孫德謙編《元金稷山段氏二妙集年譜》臺北：臺灣商務印書館，1981 年。

9. 〔漢〕司馬遷撰、〔劉宋〕裴駰集解、〔唐〕司馬貞索隱、〔唐〕張守節正義、楊家駱主編《新校本史記三家注》臺北：鼎文書局，1981 年。

10. 〔宋〕歐陽修、祁撰、楊家駱主編《新校本新唐書》臺北：鼎文書局，1981 年。

11. 〔劉宋〕范曄撰、〔唐〕李賢等注、〔晉〕司馬彪補志、楊家駱主編：《新校本後漢書》臺北：鼎文書局，1981 年。

12. 〔金〕劉祁《歸潛志》北京：中華書局，1983 年。

13. 〔漢〕班固撰、〔唐〕顏師古注、楊家駱主編《新校本漢書》臺北：鼎文書局，1986 年。

14. 〔宋〕宇文懋昭著、崔文印校證《大金國志校證》北京：中華書局，1986 年。

15. 〔梁〕沈約撰、楊家駱主編：《新校本宋書》臺北：鼎文書局，1987 年。

16. 王慶生著《金代文學家年譜》下冊，南京：鳳凰出版社，2005 年。

四、近人專著

1. 張子良《金元詞述評》臺北：華正書局，1979 年 7 月。

2. 文史哲編輯部《修辭類說·平淡絢爛》臺北：文史哲出版社，1980年。

3. 王師偉勇《南宋詞研究》臺北：文史哲出版社，1987 年 9 月。

4. 王步高主編《金元明清詞鑒賞辭典》南京：南京大學出版社，1989。

5. 吳熊和著《唐宋詞通論》杭州：浙江古籍出版社，1989 年。

6. 陳振寰《讀詞常識》臺北：國文天地雜誌社，1990 年，3 月。

7. 陳弘治《詞學今論》臺北：文津出版社，1991 年，7 月。

8. 黃兆漢《金元詞史》臺北：臺灣學生書局，1992 年 12 月。

9. 王兆鵬《宋南渡詞人羣體研究》臺北：文津出版社，1992 年。

10. 金啓華《中國詞史論綱》南京：南京出版社，1992 年。

11. 詹杭倫《金代文學史臺北：貫雅文化有限公司，1993 年。

12. 周惠泉《金代文學學發凡》長春：東北師範大學出版社，1994 年。

13. 張晶《遼金詩史》長春市：東北師範大學出版社出版，1994。

14. 孫望、常國武主編《宋代文學史》北京：人民文學出版社，1996 年。

15. 王易《詞曲史》北京：東方出版社，1996 年 3 月。

16. 余毅恆《詞筌》臺北：正中書局，1996 年 11 月。

17. 彭國忠、劉鋒傑編注《豪放詞》合肥：安徽文藝出版，1997 年。

18. 王水照《古代十大詩歌流派》長沙：湖南文藝出版社，1997 年 7 月。

19. 黃天驥《古代十大詞曲流派》長沙：湖南文藝出版社，1997 年 7 月

20. 施蟄存《詞學名詞釋義》北京：中華書局，1997 年 10 月 2 版。

21. 劉竺琴《豪放詞三百首》西安：三秦出版社，1998 年。

22. 鄧喬彬《豪放詞萃》上海：華東師範大學出版社，2000 年。

23. 周惠泉《金代文學研究》臺北：文津出版社，2000 年 4 月。

24. 趙維江《金元詞論稿》北京：中國社會科學出版社，2000 年 2 月 1刷。

25. 胡傳志《金代文學研究》合肥：安徽大學出版社，2000 年 5 月。

26. 方勇《南宋遺民詩人群體研究》北京：人民出版社，2000 年 6 月。

27. 陶然《金元詞通論》上海：上海古籍出版社，2001 年。

28. 劉達科《遼金元文學研究》（北京：北京出版社，2001 年）。

29. 周汝昌《唐宋詞鑑賞辭典》上海：上海辭書出版社，2001 年 4 月。

30. 丁放《金元詞學研究》北京：中國社會科學出版社，2002 年 5 月。

五、格律詞譜

1. 蕭繼宗編《實用詞譜》臺北：中華叢書編審委員會，1970 年。

2. 〔清〕戈載編《詞林正韻》臺北：文史哲出版社，1980 年。

3. 〔清〕謝元淮編《碎金詞譜》臺北：學海，1980 十四卷本，共三冊。

4. 〔清〕聖祖御定《御定詞譜》臺北：世界書局，1986 年。景印摛藻堂四庫全書薈要。。

5. 潘慎主編《詞律辭典》太原：山西人民出版發行，1991 年。

6. 〔清〕萬樹編：《詞律》北京：團結出版社，1993 年。

7. 〔清〕舒夢蘭輯、韓楚原重編、謝朝徵箋、李鴻球校訂、《白香詞譜》臺北：世界書局，1994 年。

8. 龍沐勛《唐宋詞格律》臺北：里仁書局，1995 年 8 月。

9. 〔清〕毛先舒：《四庫全書存目叢書・集部・填詞名解》臺南：莊嚴文化事業有限公司，1997 年 3 月。

10. 苗菁著《唐宋詞體通論》鄭州：中州古籍出版社，1998 年。

11. 〔清〕陳廷敬、王奕清等編《康熙詞譜》長沙：嶽麓書社，2000 年。

12. 王力《王力詞律學》太原：山西古籍出版社，2003 年，1 月。

六、其　他

1. 〔魏〕何晏集解、〔宋〕邢昺疏、〔清〕阮元校勘《論語注疏》臺北：藝文印書館，1955 年。

2. 藝文印書館編《歲時習俗資料彙編》臺北：藝文印書館，1970 年。

3. 〔宋〕李昉編：《見太平御覽》臺北：臺灣商務印書館，1975 年。

4. 〔晉〕干寶《新校搜神記》臺北：世界書局，1979 年。

5. 余嘉錫撰、周祖謨、余淑宜整理《世說新語箋疏》臺北：華正書局，1984 年。

6. 〔戰國〕莊周撰、〔清〕王先謙撰、沈嘯寰點校《莊子集解》臺北：文津出版社，1988 年。

7. 〔明〕高濂編撰、王大淳校點《遵生八箋》成都：巴蜀書社，1988 年。

8. 〔漢〕劉向撰、盧元駿註譯《說苑》臺北：臺灣商務印書館，1988 年。

9. 〔清〕王軒等纂修、劉貫文總審校《山西通志》北京：中華書局，

1990 年。

10. 〔清〕趙歧《三輔決錄》北京：中華書局，1991 年。

七、期　刊

1. 龍沐勛〈兩宋詞風轉變論〉，《詞學季刊》，下冊，南京：開明書店，1935，1 月。

2. 范長華〈試探亡金遺民段氏兄弟詞〉，《忻州師範專科學校學報》，1994 年，第四期。

3. 索寶祥〈二段「二妙」（同登第）與「二妙」之譽不同時〉，《晉陽學刊》1997 年第 6 期。。

4. 王昊〈論金詞創作型態與群體特徵〉，《文學遺產》1998 年第 4 期。

5. 張尹炫〈蘇軾對遼、金、元文壇的影響〉，《荷澤師專學報》，2001 年第 3 期。

6. 丁治民〈李俊民、段氏二妙詩詞文用韻考〉，《東南大學學報》，2003 年 3 月第 5 卷第 2 期。。

7. 劉揚忠〈金代山西詞人群〉，《晉陽學刊》2003 年第 4 期。

8. 貫秀雲〈河汾諸老隱居心態研究〉，《晉陽學刊》2003 年第 5 期。

9. 李藝〈談金代詞人的群體劃分〉，《語文學刊》，2004 年，第四期。

10. 劉達科〈河汾諸老探蹟〉，《江蘇大學學報》（社會科學版），2005 年 1 月，第 7 卷第 1 期。

11. 楊柏嶺〈況周頤的金元詞研究〉，《民族文學研究》，2005 年 2 月。

12. 陶然〈論金遺民文學之文化心理闡釋〉，《杭州師範學院學》（社會科學版），2006 年第 1 期。

八、學位論文

1. 趙維江指導，張沫：《二妙詞研究》廣州：暨南大學碩士論文，2004 年。

2. 趙山林指導，劉美琴：《金末河東二妙文學研究》上海：華東師範大學碩士論文，2006 年。

3. 王師偉勇指導，柯正容：《金詞「吳蔡體」研究》臺南：國立成功大學碩士論文，2006 年。

九、網路資料

1. 中央研究院漢籍電子文獻：http://www.sinica.edu.tw/ftms-bin/ftmsw3

2. 中華民國期刊論文索引系統：
   http://cdnet.lib.ncku.edu.tw/ncl-cgi/hypage51.exe?HYPAGE=Home.txt
3. 中國期刊網：http://cnki.csis.com.tw/
4. 全國碩博士論文資訊網：http://etds.ncl.edu.tw/theabs/index.jsp
5. 故宮寒泉古典文獻全文檢索資料庫：http://libnt.npm.gov.tw/s25/
6. 倚聲填詞：http://cls.hs.yzu.edu.tw/FillODE/default.htm
7. 教育部國語辭典：http://140.111.34.46/dict/
8. 教育部異體字字典：http://140.111.1.40/main.htm

附錄一　山西稷山馬村段氏墓碑磚雕

圖一　山西稷山馬村金段氏墓群 2 號墓雜劇磚

圖二　山西稷山馬村金段氏墓群 3 號墓雜劇磚雕

圖三 山西稷山馬村金段氏墓群 4 號墓雜劇磚雕

圖四　山西稷山馬村金段氏墓群 5 號墓雜劇磚雕

註：以上四圖轉載自詹杭倫《金代文學研究》（臺北：貫雅文化出版社，
1993，5月）頁3。）

附錄二　稷山段氏世表

稷山段氏世表

註：〈稷山段氏世表〉轉錄自《九金人集》（臺北：成文出版社，1976年），冊3，頁1195。

附錄三 〈二妙詞〉編年表

〈二妙詞〉編年表（段克己作）

	詞　牌	起　句	編　年	歲數
1	滿江紅	臘盡春來	金宣宗元光元年，1222	27
2	漢宮春	公子歸來	金哀宗正大元年，1224	29
3	滿江紅	塞馬南來	金哀宗天興二年，1233	38
4	滿江紅	塵滿貂裘	金哀宗天興二年，1233	38
5	滿庭芳	歸去來兮	金哀宗天興三年 1234	39
6	月上海棠	住山活計宜聞早	元太宗十四年，1242	47
7	水調歌頭	亂雲低薄暮	元太宗十五年，1243	48
8	望月婆羅門引	暮雲收盡	元太宗十五年，1243	48
9	蝶戀花	二月山城春尚未	元太宗十五年，1243	48
10	月上海棠	小樓舞徹雙垂手	元太宗十五年，1243	48
11	月上海棠	時平無用經綸手	元太宗十五年，1243	48
12	江城子	雞棲行李短轅車	元太宗十六年，1244	49
13	江城子	數椽茆舍大如蝸	元太宗十七年，1245	50
14	鷓鴣天	千尺長虹下飲溪	元太宗十七年，1245	50

15	鷓鴣天	古木寒藤蔭小溪	元太宗十七年，1245	50
16	鷓鴣天	颭颭輕舟逆上溪	元太宗十七年，1245	50
17	鷓鴣天	瓦釜逢時亦轉雷	元太宗十七年，1245	50
18	鷓鴣天	樓外殘雲走怒雷	元太宗十七年，1245	50
19	鷓鴣天	古獄干將未遇雷	元太宗十七年，1245	50
20	鷓鴣天	幼歲文章已自豪	元太宗十七年，1245	50
21	臨江僊	人道花開春爛熳	元太宗十七年，1245	50
22	滿江紅	春色三分	元定宗二年，1247	52
23	滿江紅	欲把長繩	元定宗二年，1247	52
24	滿江紅	五柳成陰	元定宗二年，1247	52
25	月上海棠	閒人不愛春拘管	元定宗二年，1247	52
26	南鄉子	五福幾人全	元定宗二年，1247	52
27	水龍吟	天高秋氣初清	元定宗三年，1248	53
28	蝶戀花	巖菊開時霜信杳	元定宗三年，1248	53
29	浣溪沙	馬上風吹醉帽偏	元定宗三年，1248	53

〈二妙詞〉編年表（段成己作）

	詞　牌	起　句	編　年	歲數
1	滿江紅	光景催人	金哀宗正大元年，1224	26
2	月上海棠	黃花未入淵明手	元太宗十五年，1243	45
3	月上海棠	光陰輸與閒人手	元太宗十五年，1243	45
4	驀山溪	杏花半吐	元太宗十五年，1243	45
5	蝶戀花	點檢東園花發未	元太宗十五年，1243	45
6	蝶戀花	燕子歸來寒食未	元太宗十五年，1243	45
7	臨江僊	濁酒一杯歌一曲	元太宗十六年，1244	46
8	臨江僊	轉眼榮枯驚一夢	元太宗十六年，1244	46
9	臨江僊	走遍人間無一事	元太宗十六年，1244	46

10	臨江僊	自笑荒才非世用	元太宗十六年，1244	46
11	鷓鴣天	瀲瀲春江走怒雷	元太宗十七年，1245	47
12	鷓鴣天	不恤枯腸殷夜雷	元太宗十七年，1245	47
13	鷓鴣天	冷臥空齋鼻吼雷	元太宗十七年，1245	47
14	鷓鴣天	三月寒潭未起雷	元太宗十七年，1245	47
15	鷓鴣天	行徹南溪到北溪	元太宗十七年，1245	47
16	鷓鴣天	瀑布岩前水滿溪	元太宗十七年，1245	47
17	臨江僊	十載龍門山下路	元太宗十七年，1245	47
18	臨江僊	四十六年彈指過	元太宗十七年，1245	47
19	望月婆羅門引	東風嫋嫋	元定宗元年，1248	50
20	望月婆羅門引	繁華夢斷	元定宗元年，1248	50
21	望月婆羅門引	小窗睡起	元定宗元年，1248	50
22	望月婆羅門引	蹉跎歲晚	元定宗元年，1248	50
23	望月婆羅門引	長安倦客	元定宗元年，1248	50
24	江城子	昔年兄弟共彈冠	元憲宗四年，1254	56
25	木蘭花	人生行樂須聞早	元世祖至元元年，1264	66
26	木蘭花	不才自合收身早	元世祖至元元年，1264	66
27	木蘭花	簞鱸江上秋風早	元世祖至元元年，1264	66
28	木蘭花	醉中昨夜歸來早	元世祖至元元年，1264	66

附錄四　〈二妙詞〉編年箋注

凡　例

一、〈二妙詞〉箋注正編文字以《二妙集》（臺灣商務出版社，四庫全書珍本）所載爲底本，參考唐圭璋編《全金元詞》補校。

二、〈二妙詞〉一百三十闋箋注，排序以依照《二妙集》之排列順序。

三、〈二妙詞〉箋注之編年，乃參考孫德謙編纂之《元金稷山段氏二妙年譜》與《金代文學家年譜》，所載之編年。

四、所注之辭彙解釋多引《教育部國語辭典》，不足者方引《漢語大辭典》之字詞解釋。

〈二妙詞〉編年箋注（段克己撰）

一、〈水調歌頭〉

癸卯八月十七日，逆旅平陽〔1〕，夜聞笛聲，有感而作。

亂雲低薄暮〔2〕，微雨洗清秋〔3〕。涼蟾乍飛破鏡〔4〕，倒影入南樓。水面金波灧灧，簾外玉繩低轉〔5〕，河漢截天流〔6〕。桂子墮無跡〔7〕，爽氣襲征裘〔8〕。廣寒宮〔9〕，在何處，可神遊〔10〕。　一聲羌管誰弄，吹徹古梁州〔11〕。月自於人無意，人被月明催老，今古共悠悠。壯志久寥落〔12〕，不寐數更籌〔13〕。

【編年】

此闋應作於元太宗十五年（1243）八月十七日，時段克己年四十八。

【箋注】

〔1〕逆旅平陽：客舍於平陽。逆旅：《金史・地理志》載河東南路有二府，一爲河中府，一爲平陽府。克己居龍門山，既在河中府，河津縣則是歲八月往遊平陽，故稱逆旅。平陽：府名。宋政和年間升晉州爲平陽府，金承宋建置，治所在臨汾（今屬山西）。

〔2〕亂雲低薄暮：天空滿佈雲朵，與暮靄融成一片。唐杜甫〈對雪〉詩：「亂雲低薄暮，急雪舞回風。」

〔3〕微雨洗清秋：秋天時分，微雨過後天氣愈加清爽。宋柳永〈八聲甘州〉（對瀟瀟、暮雨灑江天）上片：「對瀟瀟、暮雨灑江天，⬚一番洗清秋⬚。漸霜風淒慘，關河冷落，殘照當樓。是處紅衰翠減，苒苒物華休。惟有長江水，無語東流。」

〔4〕涼蟾乍飛破鏡：秋月初上，似劃破天空。**涼蟾**：神話傳說月中有蟾，故以蟾爲月亮的代稱，而涼月是秋月，故涼蟾應爲秋月。**鏡**：喻指平面光亮明鏡之物，處應指天空。唐李商隱〈右夏〉詩：「月浪沖（一作衝）天天宇濕，涼蟾落盡疏星入。」宋梅堯臣〈希深惠書言與師魯永叔子聰幾道遊嵩因誦而韻之〉詩：中頂會幾望，涼蟾皓如畫。

〔5〕「水面金波灩灩」二句：月光映於水面，呈現水波映光，閃閃耀眼，簾外玉繩星已低斜西轉。**金波**：月光。**灩灩**：水波映光，閃閃耀眼之貌。南朝梁何遜〈望新月示同羈〉詩：「的的與沙靜，灩灩逐波輕。」唐張籍〈朱鷺〉（一本有曲字）詩：「避人引子入深塹，動處水紋開灩灩。」**玉繩**，星名，在玉衡之北。唐殷堯藩〈夜酌溪樓〉詩：「玉繩低轉宵初迥，銀燭高燒月近斜。」宋蘇軾〈洞仙歌〉詞（冰肌玉骨）下片：「試問夜如何？夜已三更，⬚金波淡、玉繩低轉⬚。但屈指、西風幾時來，又不道流年、暗中偷換。」

〔6〕河漢截天流：銀河流動似截斷天空而去。**河漢**：天河、銀河。宋夏竦〈喜遷鶯〉詞（霞散綺）上片：「霞散綺，月沈鉤。簾卷未央樓。⬚夜涼河漢截天流⬚。宮闕鎖深秋。瑤階曙，金莖露，鳳髓香和雲霧。三千珠翠擁宸游，水殿按涼州」

〔7〕桂子墮無跡：相傳月中有桂，桂花成熟，飄落人間而無痕跡。**桂子**：桂花。唐宋之問〈靈隱寺〉詩（詩題後云：紀事云，之問貶黜放還，至江南，遊靈隱寺。夜月極明，長廊行吟日，鷲嶺鬱岧嶢，龍宮鎖寂寥。久不能續。有老僧點長明燈，問曰：「少年夜久不寐，何耶？」之問曰：「偶欲題此寺，而興思不屬。即曰『何不雲樓觀滄海日，門對浙江潮？』」之問愕然，訝其遒麗。遲明更訪之，則不復見。寺僧有知者曰，此駱賓王也。）：「桂子月中落，天香雲外飄。」

〔8〕爽氣襲征裘：清爽氣息侵襲客遊在外之遊子。**爽氣**：清爽之氣息。**征裘**：征人之皮衣，一說爲：客遊在外者所穿之外衣。唐皎然〈晨登樂游原望終南積雪〉詩：「寒空標瑞色，爽氣襲皇州。」

〔9〕廣寒宮：神話稱月亮中之宮殿爲廣寒宮。漢東方朔《十洲記》：「冬至後，月養魄於廣寒宮。」

〔10〕神遊：足跡未到，而心神如遊其地。《列子‧黃帝》：「晝寢而夢，遊於華胥氏之國，華胥氏之國在弇州之西，臺州之北，不知斯齊國幾千萬里，蓋非舟車足力之所及，神遊而已。」

〔11〕一聲羌管誰弄，吹徹古梁州：誰用羌笛吹奏〈古梁州曲〉？**羌管**：羌笛羌族所用之管樂器。唐溫庭筠〈題柳〉詩：「羌管一聲何處曲，流鶯百囀最高枝。」

〔12〕壯志久寥落：雄壯豪邁之志向衰落已久，此處指壯志久難實現。**壯志**：雄壯豪邁之志向。**寥落**：衰敗、破落。魏曹植〈與吳季重書〉：「左顧右眄，謂若無人，豈非君子壯志哉？」唐孟浩然〈秦中感秋寄遠上人〉詩（一作崔國輔詩）：「黃金然桂盡，壯志逐年衰。」

〔13〕更籌：古代夜間計時器具。

二、〈水調歌頭〉

迎送神二詞，爲劉潤之賦。

清秋好天氣，禾黍已登場〔1〕。羣心思答神貺〔2〕，吉日復良辰〔3〕。神既來兮庭宇，颯颯西風吹雨〔4〕，仙仗儼長廊〔5〕。巫覡傳神語〔6〕，出戶舞倀倀〔7〕。　剖肥羜，瀝桂酒，奠椒漿〔8〕。一年好處須記，此樂最難忘。風外淵淵簫鼓，醉飽滿城黎庶，健

倒臥康莊〔9〕。夜久羣動息，風散一簾香〔10〕。

【箋注】

〔1〕清秋好天氣，禾黍已登場：清爽秋季天氣好，此時穀物成熟已收成。
  禾黍：穀物、莊稼。晉殷仲文〈南州桓公九井作〉詩：「獨有清秋日。
  能使高興盡。」

〔2〕羣心思答神貺：眾人誠心酬謝神明之恩典。**貺**：贈、賜與。〈郊廟歌辭・
  齊南郊樂章十三首・永至樂〉「紫壇望靈。翠幕佇神。率天奉贄。罄地
  來賓。神貺並介。泯祇合祉。恭昭鑒享。肅光孝祀。威靈。洞曜三光。
  皇德全被。大禮流昌。神貺。尚賴幽冥之相，永臻安靜之休。」

③吉日復良辰：此刻是吉日亦是良辰。**吉日**：好日子、吉利之日。**良辰**：好
  時辰。〈詩經・小雅・吉日〉：「吉日維戊，既伯既禱。」左思〈招隱詩〉
  二首之二：「相與觀所尚，逍遙撰良辰。」晉陶淵明〈歸去來辭〉：「懷
  良辰以孤往，或植杖而耘耔。」

〔4〕颯颯西風吹雨：西風颯颯吹著雨。**颯颯**：形容風聲。唐李白〈酬殷明
  佐見贈五雲裘歌〉詩：「我吟謝朓詩上語，朔風颯颯吹飛雨。」宋張孝
  祥〈念奴嬌〉詞（浴雪呈朱漕元順。朔風吹雨。）：上片 朔風吹雨 ，
  送淒涼天氣，垂垂欲雪。萬里蠻荒雲霧滿，弱水蓬萊相接。凍合龍岡，
  寒侵銅柱，碧海冰漸結。憑高一笑，問君何處炎熱。」

〔5〕仙仗：神仙之儀仗。

〔6〕巫覡傳神語：男女巫師之合稱。男巫師稱爲「覡」，女巫師稱爲「巫」。

〔7〕出戶舞偒偒：巫師出門戶瘋狂地跳舞。**偒**：行爲瘋狂、不知所爲之人。

〔8〕刲肥羜，瀝桂酒，奠椒漿：宰殺肥潤之小羊，過濾用桂花釀製之酒，
  以花椒漿液祭獻神明。**刲**：刺割、宰殺，此處作宰殺。**羜**：出生五個
  月之小羊。**瀝**：過濾使滲出。**奠**：祭獻，用祭品祭神或向死者致祭。
  椒漿，花椒漿液。**椒**：花椒；**漿**：較濃稠之液體。

〔9〕「風外淵淵簫鼓」三句：風中夾雜簫聲與淵淵鼓聲，城中之百姓皆醉酒
  飽足之後，臥躺於平坦道路上。**淵淵**：鼓聲。〈詩經小雅采芑〉：「伐鼓
  淵淵，振旅闐闐。」**簫**：樂器名，多管密排的吹奏樂器，以一組長短
  參差的細竹管依音階高低排列而成。亦稱爲排簫。**黎庶**：百姓、民眾。
  康莊：平坦寬廣四通八達之道路。〈史記孟子荀卿傳〉：「爲開第康莊之
  衢，高門大屋，尊寵之。」

〔10〕風散一簾香：宋李清照〈春殘〉詩：「梁燕語多終日在，薔薇風細一簾香。」

三、〈水調歌頭〉

雙龍隱扶輦〔1〕，千騎縱翱翔〔2〕。雲旌翠蕤摩蕩〔3〕，遙指白雲鄉〔4〕。風馭飄飄高舉〔5〕，雲駕攀留無處〔6〕，煙霧杳茫茫。小立西風外，似聽珮鏘鏘〔7〕。　　暮天長，秋水闊，遠山蒼〔8〕。歸途正踏明月，醉語說豐穰〔9〕。但願明年田野，更比今年多稼，神貺〔10〕詎能忘。均可多釃酒〔11〕，吾復有新章。

【箋注】

〔1〕雙龍隱扶輦：神明降臨，其所駕雲霧似雕刻雙龍，遠看彷彿雙龍扶座車。雙龍：唐李商隱〈九成宮〉詩（九成宮本隋仁壽宮，貞觀間修之以避暑，因更名）：「雲隨夏後雙龍尾，風逐周王八駿（一作馬）蹄。」

〔2〕千騎縱翱翔：其氣勢有如數以千計之人馬於天際敖遊。騎：量詞。計算人馬之單位，音【ㄐㄧˋ】。翱翔：敖遊、徜徉。〈詩經·齊風·載驅〉：「魯道有蕩，齊子翱翔。」漢賈誼〈鵬鳥賦〉：「寥廓忽荒兮，與道翱翔。」

〔3〕雲旌翠蕤摩蕩：似雲之旌旗，帽上所繫下垂之翠綠色裝飾物搖動。旌：一種旗杆上裝飾著五彩羽毛的旗子。〈禮記·曲禮上〉：「武車綏旌，德車結旌。」唐杜甫〈哀江頭〉詩：「憶昔霓旌下南苑，苑中萬物生顏色。」蕤：帽上所繫之下垂狀飾物。左思〈吳都賦〉：「羽旄揚蕤，雄戟耀芒。」

〔4〕遙指白雲鄉：遠遠指向天。白雲鄉：指天。唐韓王元嘉〈奉和同太子監守違戀〉詩：「地分丹鷟嶺，途間白雲鄉。」

〔5〕風馭飄飄高舉：神明馭風飄飄高舉。

〔6〕雲駕攀留無處：神明駕雲而去無法挽留。攀留：挽留。唐李白〈古風〉詩：「不及廣成子，乘雲駕輕鴻。」

〔7〕似聽珮鏘鏘：遠處依稀聽得玉珮發出鏘鏘聲。鏘鏘：狀聲詞，形容玉石撞擊聲。

〔8〕暮天長，秋水闊，遠山蒼：黃昏天邊看似無邊無際，秋日水面遼闊，遠山青蒼。蒼：青色。唐武元衡〈送嚴紳遊蘭溪〉詩：「暮雲秋水闊，

寒雨夜猿啼。」

〔9〕豐穰：豐收。宋陸游〈春晚即事詩四首之二〉詩：「龍骨車鳴入水塘，雨來猶可望豐穰。」

〔10〕貺：贈、賜與。

〔11〕釃酒：斟酒。釃：斟。

四、〈滿江紅〉

過汴梁故宮城二首之一。

塞馬南來〔1〕，五陵草樹無顏色〔2〕。雲氣黯、鼓鼙聲震，天穿地裂〔3〕。百二河山俱失險〔4〕，將軍束手無籌策。漸煙塵、飛度九重城，蒙金闕〔5〕。　　長戈嫋〔6〕，飛鳥絕〔7〕。原厭肉〔8〕，川流血〔9〕。歎人生此際，動成長別。回首玉津〔10〕春色早，雕欄猶掛當時月。更西來、流水繞城根，空嗚咽〔11〕。

【編年】

此闋應作於於天興二年（1233），時段克己年三十八歲。清孫德謙云：「先生昔居汴京，余嘗以過汴梁故宮城，決之今述京華所見，可知汴梁被圍時，先生確係在京也。」

【箋注】

〔1〕塞馬南來：塞外騎兵向南邊攻來。時元兵南下，與金交戰，故應指蒙古軍南來攻城掠地。《晉書・中宗元帝紀》：「太安之際，童謠云：『五馬浮渡江，一馬化爲龍。』及永嘉中，歲、鎮、熒惑、太白聚鬥、牛之間，識者以爲吳越之地當興王者。是歲王室淪覆，帝與西陽、汝南、南頓、彭城五王獲濟，而帝竟登大位焉。」宋辛棄疾〈水龍吟〉詞（韓南澗尚書壽甲辰歲。渡江天馬南來。）上片：「渡江天馬南來，幾人真是經綸手？長安父老，新亭風景，可憐依舊。」宋張孝祥〈滿江紅〉詞（于湖懷古。千古淒涼。）下片：「邊書靜，烽煙息。通軺傳，銷鋒鏑。仰太平天子，坐收長策。蹂踏揚州開帝里，渡江天馬龍爲匹。看東南、佳氣鬱蔥蔥，傳千億。」

〔2〕五陵草樹無顏色：意謂元人南侵，金朝覆亡，故都汴梁花草樹木頓失

顏色。**五陵**：長陵、安陵、陽陵、茂陵、平陵五個漢代帝王之陵寢。
皆位於長安，爲當時豪俠巨富聚集之所。此處應代指宋、金故都汴梁。

〔3〕雲氣黯、鼓聲聲震，天穿地裂：雲氣黯淡，戰鼓隆隆，聲響之大猶如
可震穿天、震裂地。**鼓聲**：古代軍中所用之戰鼓。唐白居易〈長恨歌〉：
「漁陽鼙鼓動地來，驚破霓裳羽衣曲。」唐杜甫〈湖城東遇孟雲卿復
歸劉顥宅宿宴飲散因爲醉歌〉詩：「天開地裂長安陌（一作春），寒盡
春生（一作紫陌春寒）洛陽殿。」

〔4〕百二山河俱失險：山河險固之地俱已失守。**百二山河**：形容形勢險要，
防事牢固，兵力壯盛。亦作「百二關山」。**百二**：指二萬秦兵足當諸侯
軍百萬，一說謂百之二倍，百萬之眾實當二百萬。《史記・高祖本紀》：
「秦，形勝之國，帶河山之險，縣（懸）隔千里，持戟百萬，秦得百
二焉。」裴駰集解引蘇林曰：「得百中之二焉。秦地險固，二萬人足當
諸侯百萬人也。」

〔5〕漸煙塵、飛度九重城，蒙金闕：戰火所引起之煙塵漸漸飛過宮城，彌
漫皇帝居住之宮闕。此處指皇宮淪陷，首都失守。**九重城**：指宮城，
九重：極言其深遠。**金闕**：天子所居住之宮闕。

〔6〕長戈嫋：長柄橫刃之平頭戟戈擺動，此處指戰爭。**戈**：武器名，爲長
柄橫刃之平頭戟。**嫋**：搖曳、擺動。

〔7〕飛鳥絕：飛翔的鳥類絕跡，此處指汴梁故都經戰火蹂躪，飛鳥絕跡。
唐岑參〈天山雪歌送蕭治（一作沼）歸京〉詩：「交河城邊飛鳥絕，輪
臺路上馬蹄滑。」

〔8〕原厭肉：形容屍橫遍野。

〔9〕川流血：形容血流成河。

〔10〕玉津：指汴京南門外之玉津園。

〔11〕鳴咽：形容淒涼低沉之聲。漢蔡琰〈胡笳十八拍〉詩：「夜聞隴水兮
聲鳴咽，朝見長城兮路邐漫。」

五、〈滿江紅〉

過汴梁故宮城二首之二。

塵滿貂裘〔1〕，依舊是、新豐覊客〔2〕。還感概、中年多病，惟
堪眠食〔3〕。方寸玉階無地借〔4〕，詩書勳業休重憶〔5〕。況而今、

霜鬢已成絲，非疇昔〔6〕。　　興廢事，吾能說〔7〕。今古恨，空填臆〔8〕。向南風望斷，五弦消息〔9〕。睞眼黃塵無避處，洗天風雨來何日。待酒酣、慷慨話平生，無人識。

【編年】

　　此闋應作於天興二年（1233），時段克己年三十八歲。《二妙集》卷七將此闋列於〈滿江紅〉（塞馬南來）梁故宮城二首，故此闋緊接於〈滿江紅〉（塞馬南來）之下，故寫作時間應與之同年。

【箋注】

〔1〕塵滿貂裘：灰塵滿佈貂裘。貂裘：用貂皮製成之裘衣。唐李白〈秋浦歌〉詩十七首之七：「空吟白石爛，淚滿黑貂裘。」

〔2〕依舊是、新豐羈客：依舊寄居於新豐。羈：寄居在外地之人。**新豐**：縣名：（1）位於陝西省臨潼縣東北。本秦驪邑，後因漢高祖之父太上皇，思東歸故里豐，高祖遂仿豐改築驪邑城寺街里。（2）位於廣東省廣州市東北部、東江支流新豐水上游。《舊唐書‧馬周列傳》：「馬周字賓王，清河茌平人也。少孤貧好學，尤精詩、傳，落拓不為州里所敬。武德中，補博州助教，日飲醇酎，不以講授為事。刺史達奚恕屢加咎責，周乃拂衣游于曹、汴，又為浚儀令崔賢首所辱，遂感激西游長安。宿於新豐逆旅，主人唯供諸商販而不顧待周，遂命酒一鬥八升，悠然獨酌，主人深異之。」

〔3〕還感概、中年多病，惟堪眠食：感慨中年以後身多病痛，唯能眠食。宋辛棄疾〈滿江紅〉詞（送李正之提刑入蜀。蜀道登天。）：「蜀道登天，一杯送、繡衣行客。還自歎、中年多病，不堪離別。東北看驚諸葛表，西南更草相如檄。把功名、收拾付君侯，如椽筆。」

〔4〕方寸玉階無地借：求功名建業之心不再。

〔5〕詩書勳業休重憶：莫再憶及經典文章與安定國家之功績。**詩書**：詩經和書經，亦泛指一切經書。此處應指經典文章。

〔6〕況而今、霜鬢已成絲，非疇昔：更何況今日鬢髮已疏白，非似往昔。**疇昔**：昔日、從前。唐李白〈贈友人〉詩三首之三：「歲酒上逐風，霜鬢兩邊白。」

〔7〕興廢事，吾能說：國家興盛和衰廢之事，我能談論。唐殷堯藩〈登鳳

鳳臺〉詩二首之二：「莫問人間興廢事，百年相遇且銜杯。」

〔8〕今古恨，空填臆：古往今來之遺憾，徒然填滿胸臆。宋張耒〈賞心亭〉
詩：「獨立東風今古恨，春江無語又斜暉。」

〔9〕向南風望斷，五弦消息：向南方望去，憶及故人彈奏五弦琴，如今卻
彼此無消息。

六、〈滿江紅〉

壽陳丈良臣。

有媯之後，國於陳、慶流苗裔〔1〕。還世有、異人間出，簪瓔不
墜〔2〕。別派中分汾水石，英靈吸盡姑山氣〔3〕。看鳳麟、來應
太平期，為佳瑞〔4〕。　　都未展，經邦志。醫與卜，渾餘事〔5〕。
把活人手段，此中聊試。德義不孤朋友樂，田園粗了兒孫計。
有鬢絲、禪榻老生涯，棲心地〔6〕。

【箋注】

〔1〕有媯之後，國於陳、慶流苗裔：舜之後代有媯氏，受封於陳，幸以子
息不斷。**有媯之後**：虞舜之後代。舜住在媯水旁，其子孫便將地名作
為姓氏－姓媯。**國於陳**：舜禪位予禹，舜子孫作諸侯。夏朝時有媯氏
侯位斷斷續續，至周武王戰勝商紂，尋舜之後，封於陳地。**苗裔**：後
代子孫。典出《史記‧陳杞世家》。

〔2〕還世有、異人間出，簪瓔不墜：此期間世代有異才者輩出，亦不乏達
官貴人。**異人**：懷有異才、特殊本領之人。**簪瓔**：古代官吏之冠飾，
比喻顯貴。**簪**：古人用來綰髮或固定頭冠之頭飾。**瓔**：同瓔絡，以珠
玉綴成之頸飾。

〔3〕英靈吸盡姑山氣：有媯氏有才者盡吸姑山靈氣。**英靈**：英華靈秀所凝
聚的氣，指才能出眾的人。

〔4〕看鳳麟、來應太平期，為佳瑞：看有才幹者來為太平盛世效力，此乃
吉兆。**鳳麟**：同鳳毛麟角，比喻稀罕珍貴之人、物。此處應指有才幹
者。**瑞**：吉祥徵兆。

〔5〕醫與卜，渾餘事：治病與卜卦皆是正事以外之事。**卜**：泛指一般預測
吉凶之法。**渾**：全部、整個。**餘事**：正事以外或不相干之其他小事。

〔6〕有鬢絲、禪榻老生涯，棲心地：暮年以修禪，終老一生，更以此爲心
棲托之所。齊謝朓〈和沈祭酒行園詩〉詩：「君有棲心地。一我歡既同。」
唐杜牧〈題禪院〉（一作醉後題禪院）：「今日鬢絲禪榻畔，茶煙輕（一
作悠）颺落花風。」

七、〈滿江紅〉

夢庵張君信夫生朝。

臘盡春來，還又是、新年入手。人共喜、丹山儷桂，一枝初秀。
轉手黃金都散盡，酒酣彈鋏蛟龍吼〔1〕。想平生、豪氣尚依然，
衝星斗。　　紅未透，花枝瘦〔2〕。人不老，花依舊。老生涯正
要，東山歌酒〔3〕。翠壁崢空山玉立，長河瀉浪風雷走〔4〕。挽
山河、勝槩入金尊，為君壽〔5〕。

【編年】

金宣宗元光元年（1223），時段克己二十七歲。是年張信甫左丞
方致仕，年六十，克己於其壽誕日，作詞以壽之。

【箋注】

〔1〕轉手黃金都散盡，酒酣彈鋏蛟龍吼：轉眼間黃金錢財皆已散盡，飲酒
彈鋏高歌似蛟龍吼叫。唐李白〈將進酒〉詩：「天生我材必有用，千金
散盡還復來。」宋辛棄疾〈水調歌頭〉（落日古城角）：「落日古城角，
把酒勸君留。長安路遠，何事風雪敝貂裘。散盡黃金身世，不管秦樓
人怨，歸計狎沙鷗。明夜扁舟去，和月載離愁。」鋏：劍把。《戰國策・
齊策》：「齊人有馮諼者，貧乏不能自存，使人屬孟嘗君，願寄食門下，
孟嘗君笑而受之。……居有頃，倚柱彈其劍，高歌：「長鋏歸來乎！食
無魚。」

〔2〕紅未透，花枝瘦：花未盡開，花枝猶瘦。宋謝逸〈菩薩蠻〉詞：（縠紋
波面浮鸂鶒）上片：縠紋波面浮鸂鶒。蒲芽出水參差碧。滿院落梅香。
柳梢初弄黃。衣輕紅袖皺。春困花枝瘦。睡起玉釵橫。隔簾聞曉鶯。」

〔3〕東山歌酒：宋辛棄疾〈水龍吟〉（爲韓南澗尚書壽甲辰歲。渡江天馬南
來。）下片：「況有文章山鬥，對桐蔭，滿庭清晝。當年墮地，而今試
看，風雲奔走。綠野風煙。平泉草木，東山歌酒。待天年，整頓乾坤

事了，爲先生壽。」

〔4〕翠壁崢空山玉立，長河瀉浪風雷走：崖壁青翠，山勢高峻，聳立入空，長河浪淘淘，河水向下急流，風雷疾行。崢：同崢嶸，山勢高峻突出的樣子。玉立：形容峻拔、聳立。瀉：水向下急流。唐吳融〈偶書〉詩：「芳樹綠陰連蔽芾，長河飛浪接昆侖。」唐劉禹錫〈客有爲余話登天壇遇雨之狀因以賦之〉詩：「白日照其上，風雷走於內。」

〔5〕挽山河、勝槩入金尊，爲君壽：將山河美景盡倒映於酒杯之中，爲您祝壽。槩同概。

八、〈滿江紅〉

登河中鸛雀樓〔1〕。

古堞憑空，煙霏外、危樓高矗〔2〕。人道是、宇文遺址，至今相續〔3〕。夢斷繁華無覓處，朱甍碧甃，空陳基〔4〕。問長河、都不管興亡，東流急。儂本是，乘槎客〔5〕。因一念，儼凡隔。向人間俯仰，已成今昔〔6〕。條華〔7〕橫陳供望眼，水天上下涵空碧。對西風、舞袖障飛塵，滄溟窄〔8〕。

【箋注】

〔1〕鸛雀樓：在河中府（今山西永濟縣）西南城上，位於黃河高阜處，時有鸛雀於其上，故得名。唐王之渙曾登此樓，作〈登鸛雀樓〉詩：「白日依山盡，黃河入海流。欲窮千里目，更上一層樓。」

〔2〕古堞憑空，煙霏外、危樓高矗：古城牆依著天空，在煙霧彌漫見高樓矗立。堞：城牆上的齒狀矮牆，此處應是部分借代全體，指城牆。煙霏：煙霧彌漫。危樓：高樓。矗：直立高聳貌。

〔3〕人道是、宇文遺址，至今相續：人道是此處是隋朝宇文家之遺址，保存持續到今日。

〔4〕夢斷繁華無覓處，朱甍碧甃，空陳基：繁華夢已被阻斷，往日繁華無處覓，曩昔富宅第傾圮，空餘陳基。朱甍碧甃：紅色瓦片，青綠色井壁。指富貴人家之宅第。甍屋脊，音ㄇㄥˊ。晉左思〈蜀都賦〉：「比屋連甍，千廡萬室。」甃：井壁，音ㄓㄡˋ。《說文解字》：「甃，井壁也。」南朝梁江淹〈井賦〉：「構玉甃之百節。」秦觀〈陪李公擇觀金

地佛牙〉詩：「況復老尺亦才辯，朱甍碧凡非難圖。」

〔5〕儂本是，乘槎客：我本是乘坐竹筏之仙客。儂：吳語。我，表第一人
稱。乘槎：乘坐竹木編成之筏。槎，音ㄔㄚˊ。傳說舊時天河與海相
通，海邊之人每年八月見木筏往來。有人遂帶糧食乘筏，至天河，見
牛郎與織女。見晉張華《博物志雜說下》。或以爲漢張騫尋河源，而乘
木筏到天河。典出《太平御覽地部石引荊楚歲時記》。後比喻登天。北
周庾信〈哀江南賦〉：「況復舟楫路窮，星漢非乘槎可上；風飆道阻，
蓬萊無可到之期。」唐李商隱〈海客〉詩：「海客乘槎上紫氛，星娥罷
織一相聞。」

〔6〕向人間俯仰，已成今昔：在仙界向人間俯仰，仙界之瞬息，人間歷史
朝代已成今。俯仰：瞬息。晉王羲之〈蘭亭集序〉：「向之所欣，俛仰
之間，已爲陳跡，猶不能不以之興懷。」

〔7〕條華：中條山與華山，因中條山位於太行山與華山之間，條華並舉，
此處指中條山。

〔8〕對西風、舞袖障飛塵，滄溟窄：迎西風舞長袖遮住飛揚塵埃，大海亦
看似狹窄。滄溟：大海。

九、〈滿江紅〉

壽衛生衡之。

春色三分，猶未一、元宵才過〔1〕。行樂處、軟紅香霧，未收燈
火〔2〕。楊柳梢頭黃尚淺〔3〕，梅花萼底紅初破。待東風、吹綠
滿瀛洲，愁無那〔4〕。　　無一物，為君賀。問人間底事，必須
奇貨〔5〕。好對青山傾白墮〔6〕，休嗟事業違人些。怕他時、富
貴逼人來，妨高臥〔7〕。

【編年】

此闋應作於元定宗二年（1247），時段克己年五十有二。

【箋注】

〔1〕春色三分，猶未一、元宵才過：將春色三分，至今猶未過一分，而正
月十五元宵節方過。宋蘇軾〈水龍吟〉（次韻章質夫楊花詞。似花還
非花）：「春色三分，二分塵土，一分流水。細看來，不是楊花、點點

是離人淚。」

〔2〕行樂處、軟紅香霧，未收燈火：享受歡樂之所，燈火未滅。宋趙以夫〈賀新郎〉詞（載酒陽關去）下片：「談笑裏，邃如許。流觴滿引澆離緒。便東西、斜陽立馬，綠波前浦。自是蓴鱸高興動，恰值春山杜宇。漫回首、軟紅香霧。咫尺佳人千里隔，望空江、明月橫洲渚。清夢斷，恨如縷。」

〔3〕楊柳梢頭黃尚淺：宋謝逸〈菩薩蠻〉詞（縠紋波面浮鸂鶒）上片：縠紋波面浮鸂鶒。蒲芽出水參差碧。滿院落梅香。柳梢初弄黃。衣輕紅袖皺。春困花枝瘦。睡起玉釵橫。隔簾聞曉鶯。」

〔4〕待東風、吹綠滿瀛洲，愁無那：待春風吹拂仙島，爲仙島帶來生意使其綠意盎然，對愁思無可奈何。瀛州：傳說爲東海中神仙所居住之仙島。無那：無可如何。

〔5〕問人間底事，必須奇貨：問人間何事珍貴難得。底事：何事、什麼事。《醒世恒言・獨孤生歸途鬧夢》：「夢短夢長緣底事？莫貪磁枕誤黃粱。」《通俗常言疏證・人事・底事引陔餘叢考》：「江南俗語，問何物爲底物，何事爲底事，唐以來已入詩詞中。」奇貨：珍貴難得之貨品。

〔6〕白墮：美酒。晉河東人劉白墮，精於釀酒，後以其名作爲美酒之代稱。宋蘇轍〈次韻子瞻病中大雪〉詩：「殷勤賦黃竹，自勸飲白墮」。

〔7〕怕他時、富貴逼人來，妨高臥：怕是他日富貴來逼人，妨礙隱居清亮之志節。高臥：比喻隱居而不出任官職。晉陶淵明〈與子儼等書〉：「常言五六月中，北窗下臥，遇涼風暫至，自謂是羲皇上人。」宋辛棄疾〈水龍吟〉詞（老來曾識淵明）上片：「老來曾識淵明，夢中一見參差是。覺來幽恨，停觴不御，欲歌還止。白髮西風，折腰五鬥，不應堪此。問北窗高臥，東籬自醉，應別有、歸來意。」

十、〈滿江紅〉

清明與諸生登西磑柏崗。

欲把長繩，維白日、暫留春住〔1〕。親友面、一回相見，一回非舊。擾擾膠膠塵世事，不如人意十常九〔2〕。向斜陽、無語倚危樓，空搔首〔3〕。　　　活國手，談天口〔4〕。都付與，尊中酒。這情懷又是，去年時候。風外紛紛飛亂，柳邊湛湛長江去。問

老來、還有幾多愁，愁如許〔6〕。

【編年】

此闋應作於元定宗二年（1247），時段克己五十二歲。

【箋注】

〔1〕欲把長繩，繫白日、暫留春住：欲以長繩繫住太陽，留住春天。晉傅
　　玄〈九曲歌〉詩：「歲莫景邁光絕，安得長繩繫白日。」

〔2〕擾擾膠膠塵世事，不如人意十常九：紛紛擾擾世間事，人生不稱意之
　　事常常發生。《莊子・天道》：堯曰：「『膠膠擾擾乎！子，天之合也；
　　我，人之合也。』」宋辛棄疾〈瑞鷓鴣〉詞（膠膠擾擾幾時休）：「膠膠
　　擾擾幾時休？一出山來不自由。秋水觀中山月夜，停雲堂下菊花秋。
　　隨緣道理應須會，過分功名莫強求。」《晉書・羊祜列傳》：「會秦涼屢
　　敗，祜復表曰：『吳平則胡自定，但當速濟大功耳。』而議者多不同，
　　祜歎曰：『天下不如意，恒十居七八，故有當斷不斷。天與不取，豈非
　　更事者恨於後時哉！』」唐李德裕〈懷山居邀松陽子同作〉詩：「人生
　　不如意，十乃居七八。」宋辛棄疾〈賀新郎〉詞（肘後俄生柳。）上
　　片：「肘後俄生柳。歎人生、不如意事，十常八九。古手淋浪才有用，
　　閑卻持螯左手。謾贏得、傷今感舊。投閣先生惟寂寞，笑是非、不了
　　身前後。持此語，問烏有。」宋黃庭堅〈用明髮不寐有懷二人爲韻寄
　　李秉彝德叟〉詩：「人生不如意，十事恒八九。」

〔3〕向斜陽、無語倚危樓，空搔首：對傍晚西斜之太陽，無言地倚著高樓，
　　心有所思煩急地以手搔髮。**搔首**：用手搔髮。形容心有所思或煩急。
　　唐陸龜蒙〈夕陽〉詩：「如何茂陵客，江上倚危樓。」唐高適〈九日酬
　　顏少府〉詩：「縱使登高只斷腸，不如獨坐空搔首。」

〔4〕活國手，談天口：救國濟民之手，善辯之口。《南史・廣之傳》：「子珍
　　國字德重，仕齊爲南譙太守，有能名。時郡境苦饑，乃發米散財以振
　　窮乏。帝手敕云：『卿愛人活國，甚副吾意。』」宋辛棄疾〈滿江紅〉
　　詞（朝美司諫自便歸金壇。瘴雨蠻煙。）下片：「活國手，封侯骨。騰
　　汗漫，排閶闔。待十分做了，詩書勳業。當日念君歸去好，而今卻恨
　　中年別。笑江頭、明月更多情，今宵缺。」

〔5〕風外紛紛飛亂，柳邊湛湛長江去：柳絮於風中紛飛，清明澄澈之長江

自柳樹邊流去。宋歐陽修〈定風波〉詞（對酒追歡莫負春）上片：「對酒追歡莫負春。春光歸去可饒人。昨日紅芳今綠樹。已暮。殘花飛絮兩紛紛。」**湛湛**：清明澄澈之貌。魏晉阮籍〈詠懷〉詩八十二首之十一：「湛湛長江水，上有楓樹林。」唐杜甫〈梅雨〉詩：「湛湛（一作黯黯）長江去，冥冥細雨來。」宋辛棄疾〈醉翁操〉詞（長松）上片：「長松之風。如公。肯余從山中。人心與吾兮誰問。湛湛千里之江。上有楓。噫，送子東。望君之門兮九重。女無悅己，誰適為容。」

〔6〕問老來、還有幾多愁，愁如許：問到老年，究竟還有多少愁緒？愁應有若干。**如許**：若干、有些。李煜〈虞美人〉詞（春花秋月何時了）下片：「雕欄玉砌應猶在，只是朱顏改。問君能有幾多愁？恰似一江春水向東流。」

十一、〈滿江紅〉

遯菴主人植菊階下，秋雨既盛，草萊蕪沒，殆不可見。江空歲晚，霜餘草腐，而吾菊始發數花，生意淒然，似訴余以不遇。感而賦之。因李生湛然歸，寄菊軒弟。

雨後荒園，羣卉盡、律殘無射〔1〕。疏籬下、此花能保，英英鮮質〔2〕。盈把足娛陶令意，夕餐誰似三閭潔〔3〕。到而今、狼藉委蒼苔，無人惜〔4〕。　　堂上客，頭空白〔5〕。都無語，懷疇昔〔6〕。恨因循〔7〕過了，重陽〔8〕佳節。颯颯涼風吹汝急，汝身孤立應難立〔9〕。謾臨風、三嗅繞芳叢，歌還泣〔10〕。

【箋注】

〔1〕雨後荒園，羣卉盡、律殘無射：雨後園圃十分荒蕪，百花落，歲將盡。**無射**：十二律之一，為六陽律之第六律，對應季節，應為秋季九月。相傳為黃帝樂官伶倫利用竹筒長短造成發音高低不同之原理，而所定之聲律準則。分為陽律六：黃鐘、太簇、姑洗、蕤賓、夷則、無射；陰律六：林鐘、南呂、應鐘、大呂、夾鐘、中呂。亦稱為十二宮。

〔2〕英英鮮質：氣概不凡之貌，不隨俗姿之資質。**英英**：俊美、氣概不凡。《南史陸慧曉傳》：「顧琛一公兩掾，英英門戶。」

〔3〕盈把足娛陶令意，夕餐誰似三閭潔：一把菊花便足以使陶潛歡愉。誰

似屈原夕餐秋菊之高潔？**陶令**：指東晉陶潛。陶潛，一名淵明，字元亮，曾作彭澤令八十八天，故稱陶令。**三閭**：三閭大夫，職官名。春秋時楚國所置，職掌王族昭、屈、景三氏。屈原曾任此職。或稱爲三閭。南朝宋檀道鸞《續晉陽秋》載陶淵明：「九日無酒，坐宅邊菊叢中，採摘盈把，望見白衣人至，乃王弘遣使送酒，及便就酌。」

〔4〕**到而今、狼藉委蒼苔，無人惜**：到如今菊花淩亂不堪地與蒼苔同枯萎憔悴，無人愛憐。**狼藉**：傳說狼群常在草地上臥息，離去時常將草地弄亂以滅跡。後用此語形容淩亂不堪。**委**：枯萎憔悴。《史記・滑稽傳・淳於髡傳》：「日暮酒闌，合尊促坐，男女同席，履舄交錯，杯盤狼藉，堂上燭滅。」宋歐陽修〈采桑子〉詞（群芳過後西湖好）：「群芳過後西湖好，狼藉殘紅。飛絮濛濛。垂柳闌干盡日風。」

〔5〕**堂上客，頭空白**：廳堂上之人鬢髮徒然花白。唐杜甫〈秋雨歎三首〉詩之一：「堂上書生空白頭，臨風三嗅馨香泣。」

〔6〕**都無語，懷疇昔**：無言語，只是懷念昔日美好時光。**疇昔**：昔日、從前。隋孫萬壽〈遠戍江南〉詩：「空懷疇昔時。昔時遊帝里。」

〔7〕**因循**：蹉跎、延誤。唐白居易〈和微之詩二十三首和櫛沐寄道友〉詩：因循擲白日，積漸凋朱顏。

〔8〕**重陽**：九爲陽數，俗稱農曆九月九日爲重陽節。習俗多於此日相率登高、飲菊花酒、佩帶茱萸以避凶厄。唐孟浩然〈秋登蘭山寄張五〉詩：「何當載酒來，共醉重陽節。」

〔9〕**颯颯涼風吹汝急，汝身孤立應難立**：唐杜甫〈秋雨歎三首〉詩之一：「涼風蕭蕭吹汝急，恐汝後時難獨立。」

〔10〕**謾臨風、三嗅繞芳叢，歌還泣**：迎風留連花叢，嗅其馨香，高歌還涕泣。**謾**：任意、隨便。通漫。唐杜甫〈秋雨歎三首〉詩之一：「堂上書生空白頭，臨風三嗅馨香泣。」

十二、〈滿江紅〉

重九日，山居感興。

五柳成陰，三徑晚、宦遊無味①。還自歎、迎門笑語，久須童稚。歸去來兮尊有酒，素琴解寫無弦趣〔2〕。醉時眠、推手遣君歸，吾休矣。　　富與貴，非吾事〔3〕。貧與賤，吾寧累。步東

籬遐想，昔人高致〔4〕。霜菊盈叢還可采，南山依舊橫空翠〔5〕。但悠然、一點會心時，君須記。

【編年】

此闋應作於元定宗二年（1247），時段克己五十二歲。

【箋注】

〔1〕五柳成陰三徑晚、宦遊無味：晉陶潛於家門前植五柳遂成蔭，其歸隱至家園，到道路荒蕪，然松菊尚存，便覺外出作官甚無趣。**五柳**：晉陶淵明棄彭澤縣令的官位而歸隱家園，於門前栽種五株柳樹，並自號五柳先生。後用以比喻歸隱、隱居，也用以形容環境的幽雅、隱居之閒適。**三徑**：原指陶淵明歸隱，返家見道路荒蕪，然松菊尚存。典出晉陶淵明〈歸去來兮辭〉：「三徑就荒，松菊猶存」。後遂用陶潛三徑以比喻歸隱或厭官思歸。**宦遊**：外出作官。

〔2〕歸去來兮尊有酒，素琴解寫無弦趣：回去吧！酒器裡尚有酒，無弦之琴亦有其樂趣。**歸去來兮**：即回去吧之意，來，語助詞，無義。晉陶淵明〈歸去來辭〉：「歸去來兮，田園將蕪，胡不歸？」**素琴**：無弦之琴。唐王昌齡〈趙十四兄見訪〉詩：「但有無弦琴，共君盡尊中。」

〔3〕富與貴，非吾事：富裕與權貴不干吾事。晉陶淵明〈歸去來兮辭〉：「富貴非吾願，帝鄉不可期。」唐皮日休〈寒日書齋即事三首〉詩之三：「如鉤得貴非吾事，合向煙波為五魚。」宋蘇軾〈哨遍〉詞（為米折腰）下片：「噫！歸去來兮，我今忘我兼忘世。親戚無浪語，琴書中有真味。步翠麓崎嶇，泛溪窈窕，涓涓暗谷流春水。觀草木欣榮，幽人自感，吾生行且休矣！念寓形宇內復幾時？不自覺皇皇欲何之？委吾心、去留誰計？神仙知在何處 富貴非吾志 。但知臨水登山嘯詠，自引壺觴自醉。此生天命更何疑？且乘流、遇坎還止。」宋辛棄疾〈水調歌頭〉詞（長恨復長恨）下片：「一杯酒，問何似，身後名？人間萬事，毫髮常重泰山輕。悲莫悲生離別，樂莫樂新相識，兒女古今情。 富貴非吾事 ，歸與白鷗盟。」

〔4〕步東籬遐想，昔人高致：漫步東籬下，想像陶淵明辭官隱居高潔之志節。**遐想**：超越現實的思索或想像。**高致**：高尚志趣。後比喻辭官退隱。晉陶淵明〈飲酒詩〉二十首之五：「采菊東籬下，悠然見南山。」

〔5〕雙菊盈叢還可采，南山依舊橫空翠：花開滿菊花叢尚可採擷，南山依然蒼翠。晉陶淵明〈飲酒詩〉二十首之五：「采菊東籬下，悠然見南山。」

十三、〈大江東去〉

和答衛生襲之

道人活計，本清虛掛壁，素琴而已〔1〕。底事中心嘗悁悁〔2〕，不足一人之毀。人果何尤，天無可怨，政欲求諸己。愧生乎內，赧然其顙流泚〔3〕。　　聖道不遠於人〔4〕，步趨進退，誰復能違此。好把藩籬都剗卻，看取成蹊桃李〔5〕。篤敬忠誠，尚行蠻貊，豈不行州里〔6〕。三熏三沐，准為君擬沉水〔7〕。

【箋注】

〔1〕道人活計，本清虛掛壁，素琴而已：修道者之生計，本清靜無為，素琴掛壁而已。掛壁：掛於壁上，比喻擱置不用。《北齊書・樊遜列傳》：「詔書掛壁，有善而莫遵；奸吏到門，求無而不可。」素琴：無弦之琴。典出《晉書・隱逸傳・陶潛傳》：「性不解音，而蓄素琴一張，弦徽不具。」唐元稹〈鶯鶯傳〉：「素琴鳴怨鶴，清漢望歸。」

〔2〕底事中心嘗悁悁：究竟何事使心中憂悶。底事：何事、什麼事。《醒世恒言・獨孤歸途鬧夢》：「夢短夢長緣底事？莫貪磁枕誤黃粱。」《通俗常言疏證人事・底事引餘叢考》：「江南俗語，問何物為底物，何事為底事，唐以來已入詩詞中。」悁悁：憂思、憂悶。《詩經・陳風・澤陂》：「寤寐無為，中心悁悁。」唐韓愈〈贈別元十八協律詩〉六首之四：「如何又須別，使我抱悁悁。」

〔3〕愧生乎內，赧然其顙流泚：心生慚愧，羞慚面紅，前額冒汗。赧然：羞慚而臉紅，難為情之貌。顙：額頭、前額。泚：流汗《孟子・滕文公上》：「其顙有泚，睨而不視。」

〔4〕聖道不遠於人：《中庸》：「子曰：『道不遠人。人之為道而遠人，不可以為道。』」〔5〕看取成蹊桃李：桃李不（無）言，下自成蹊。蹊：小路。全句指桃樹、李樹無法言語，但因其花朵美豔，果實可口，行人紛紛摘取，於樹下以足闢徑。比喻為人真誠篤實，能感召人心。《史記・李將軍傳》太史公曰：「李將軍悛悛如鄙人，口不能道辭。及死之日，

天下知與不知，皆爲盡哀。彼其忠實心誠信於士大夫也？諺曰：『桃李不言，下自成蹊。』此言雖小，可以諭大也。」宋辛棄疾〈一剪梅〉（獨立蒼茫醉不歸）詞下片：「一片閒愁，芳草萋萋。多情山鳥不須啼。桃李無言，下自成蹊。」

〔6〕篤敬忠誠，尚行蠻貊，豈不行州里：行爲篤厚敬愼，說話忠實誠信，於蠻夷地區尚可行，何況是地方鄉里。州里：古代二千五百家爲州，二十五家爲里。里爲舊時地方行政區域州和里的合稱，泛指地方鄉里。典出《論語・衛靈公》：「言忠信，行篤敬，雖蠻貊之邦行矣。言不忠信，行不篤敬，雖州里行乎哉？」

〔7〕三熏三沐，爲君准擬沉水：多次沐浴並用香料塗身，爲您準備沉香，以表達敬重與三熏三沐：三次用香料塗身，三次沐浴，以表待人極有禮貌、誠意與尊重。此乃我代對人極爲尊重之禮遇。同「三釁三浴」。沉水：同沉香，瑞香科沉香屬。葉呈披卵形，互生，花白色。其木質堅色黑，爲著名香料。因置於水中會下沉，故稱爲沉。或稱爲蜜香、奇南香、伽南香、伽羅、沉水、沉水香、水沉。唐胡宿〈侯家〉詩：彩雲按曲青岑醴，沉水熏衣白璧堂。」宋李清照〈菩薩蠻〉詞（風柔日薄春猶早）片：「故鄉何處是。忘了除非醉。沉水臥時燒。香消酒未消。」

十四、〈大江東去〉

楊國瑞西行，兼簡仲宣生。

悲哉秋氣，覺天高氣爽，澹然寥沉〔1〕。行李匆匆人欲去〔2〕，一夜征鞍催發〔3〕。落葉長安，鴈飛汾水，怕見河梁別〔4〕。中年多感，離歌休唱新闋〔5〕。　　暮雨也解留人〔6〕，簷聲未斷〔7〕，窗外還騷屑〔8〕。滿眼清愁〔9〕吹不散，莫倚心腸如鐵。面目蒼浪，齒牙搖落，鬢髮三分白〔10〕。故人相問，請君煩爲渠〔11〕說。

【箋注】

〔1〕悲哉秋氣，覺天高氣爽，澹然寥沉：悲淒秋季氣息，天晴氣候涼爽宜人，空曠無雲，感覺恬靜。澹然：恬靜。沉寥：空曠無雲。《楚辭・九辯》：「悲哉秋之爲氣也！蕭瑟兮草木搖落，憭栗兮若在遠行，登山臨

水兮送將歸，沆寥兮天高而氣清，兮收潦而懵淒增欷兮。」

〔2〕行李匆匆人欲去：行人匆匆而去。**行李**：行人。唐牟融〈送客之杭〉詩：「西風吹冷（泠）透貂裘，行色匆匆不暫留。」

〔3〕征鞍催發：宋舒亶〈好事近〉詞（簫鼓卻微寒）下片：「雙垂錦幄謝殘枝，餘香戀衣結。又被鳥聲呼醒，似征鞍催發。」

〔4〕怕見河梁別：怕見河梁上人送別。唐孫逖〈送蘇郎中綰出佐荊州〉詩：「不見河梁別，空銷郢路魂。」

〔5〕離歌休唱新闋：離歌勿唱新曲。宋辛棄疾〈念奴嬌〉詞（趙晉臣敷文十月望生日，自賦詞，屬余和韻。看公風骨）：「看公風骨，似長松磊落，多生奇節。世上兒曹都蓄縮，凍芋旁堆秋旆。結屋溪頭，境隨人勝，不是江山別。紫雲如陣，妙歌爭唱新闋。」

〔6〕暮雨也解留人：黃昏雨亦懂留人。宋蘇軾〈飲湖上初晴後雨二首〉詩之一：「朝曦迎客豔重崗，晚雨留人入醉鄉。」

〔7〕簷聲未斷：雨打屋簷聲未曾間斷。**簷聲**：指雨落屋簷聲。唐齊己〈春寄尙顏〉詩：「簷聲未斷前旬雨，電影還連後夜雷。」

〔8〕騷屑：狀聲詞，形容風聲。漢劉向《楚辭・九歎・思古》：「風騷屑以搖木兮，雲吸吸以湫戾。」

〔9〕滿眼清愁：李之儀〈臨江仙〉詞（偶向凌歌臺上望）下片：「已是年來傷感甚，那堪舊恨仍存。清愁滿眼共誰論，卻應臺下草，不解憶王孫。」宋張耒〈減字花木蘭〉詞（個人風味）：上片「個人風味。只有江梅些子似。每到開時。滿眼清愁只自知。」

〔10〕面目蒼浪，齒牙搖落，鬢髮三分白：唐白居易〈浩歌行〉詩：「鬢髮蒼浪牙齒疏，不覺身年四十七。」唐白居易〈鄆州贈王八使君〉詩：「鬢髮三分白，交親一半無。」

〔11〕渠：他，指第三人稱。如：渠等、渠輩。

十五、〈大江東去〉

次韻答彥衡。

無堪老爛，喜春來蔬筍，勸加餐食〔1〕。底事東君留不住〔2〕，忙似人間行客。憂喜相尋〔3〕，利名羈絆，心自無休息。不如聞早，付他妻子耕織。　　門外柳弄金絲，落花飛不起，東風無

力〔4〕。濁酒一杯誰送我，歡意都非疇昔。致主無心，蒼顏白髮〔5〕，敢更希前席〔6〕。功名蠻觸，何須千里追北〔7〕。

【箋注】

〔1〕勸加餐食：漢樂府〈飲馬長城窟行〉：「上有加餐食，下有長相憶。」宋蘇軾〈過湯陰市得豌豆大麥粥示三兒子〉詩：「爭勸加餐食，實無負吏民。」

〔2〕東君留不住：春留不住。**東君**：春神。宋杜安世〈鳳棲梧〉（惆悵留春留不住）上片：「惆悵留春留不住。欲到清和，背我堂堂去。飛絮落花和細雨。淒涼庭院流鶯度。更被閒愁相賺誤。」宋王安石〈清平樂〉詞（留春不住）上片：「留春不住，費盡鶯兒語。滿地殘紅宮錦汙，昨夜南園風雨。」

〔3〕憂喜相尋：憂與喜連續不斷。相尋：相繼，連續不斷。晉陸機〈贈尚書郎顧彥先詩二首〉詩之一：「感物百憂生，纏綿自相尋。」宋蘇軾〈滿江紅〉詞（董毅夫名鉞，自梓漕得罪。罷官東川，歸鄱陽，遇東坡於齊安，怪其豐暇自得，余問之，曰：「吾再娶柳氏，三日而去官，吾固不戚戚，而憂柳氏不能忘懷於進退也，已而欣然，同憂患若處富貴，吾是以益安焉。」命其侍兒歌其所作滿江紅，嗟歎之不足，乃次其韻。憂喜相尋）上片：「憂喜相尋，風雨過、一江春綠。巫峽夢、至今空有，亂山屏簇。何似伯鸞攜德耀，簞瓢未足清歡足。漸粲然、光彩照階庭，生蘭玉。」

〔4〕門外柳弄金絲，落花飛不起，東風無力：唐韋莊〈清平樂〉詞（野花芳草）上片：「野花芳草，寂寞關山道。柳吐金絲鶯語早，惆悵香閨暗老。」宋朱服〈漁家傲〉詞（東陽郡齋作。起句：「小雨廉纖風細細。）：「小雨廉纖風細細，萬家楊柳青煙裡，戀樹濕花飛不起。愁無比，和春付與東流水。」唐何希堯〈柳枝詞〉詩：「飛絮滿天人去遠，東風無力繫春心。」唐李商隱〈無題〉詩：「相見時難別亦難，東風無力百花殘。」

〔5〕蒼顏白髮：容顏蒼老鬢髮斑白。宋蘇轍〈戲題三絕〉詩之三：「遍地花鈿歎百年，蒼顏白髮意淒然。」

〔6〕希前席：移坐向前以相接近。指不敢希冀功名、輔佐君上。宋穆修〈汝陰偶書呈一二知己〉詩：「敢同賈傅希前席，況異鄒生托後車。」

〔7〕功名蠻觸，何須千里追北：蠻氏乃蝸牛右角上之國，觸氏爲蝸牛左角
上之國，兩國爭北方之地，十五日就戰一回，死傷逾萬。指何須爲小
利功名而爭。典出《莊子・雜篇・則陽》：「國于蝸之左角者曰觸氏，
有國於蝸之右角者曰蠻氏，時相與爭地而伏尸數萬，逐北旬有五日而
後反。」唐白居易〈禽蟲十二章〉詩之七：「蟭螟殺敵蚊巢上，蠻觸交
爭蝸角中。」金耶律楚材〈和非熊韻〉詩：「蠻觸功名未足誇，掀髯一
笑付南華。」宋辛棄疾〈哨遍〉詞（秋水觀。蝸牛鬥爭。）上片：「蝸
角鬥爭，左觸右蠻，一戰連千里。君試思、方寸此心微。總虛空、並
包無際。喻此理。何言泰山毫末，從來天地一稊米。嗟大小相形，鳩
鵬自樂，之二蟲又何知。記蹠行仁義孔丘非。更殤樂長年老彭悲。火
鼠論寒，冰蠶語熱，定誰同異。噫。貴賤隨時。連城才換一羊皮。誰
與齊萬物，莊周吾夢見之。」

十六、〈水龍吟〉

壽舍弟菊軒。

天高秋氣初清，姑山汾水增明秀。黃花紅葉，輸香泛灩〔1〕，恰
過重九。細撚金蕤，旋題新句〔3〕，滿斟芳酒〔4〕。況人生自有，
安排去處，須富貴，何時有〔5〕。　　休說山中宰相〔6〕，也不
效、斜川五柳〔7〕。鋤犁自把，山田耕罷，雙牛隨後。經史傳家，
兒孫滿眼，漸能承受。待與君坐閱，莊椿歲月〔8〕，作皤然叟〔9〕。

【編年】

此闋應作於元定宗三年（1248），時段克己年有五十有三。

【箋注】

〔1〕泛灩：波光映照。南朝梁梁武帝蕭衍〈詠燭〉詩：「待我光泛灩。爲君
照參差。」唐羅讓〈梢雲（一作曹松）〉詩：「葉光閒泛灩，枝杪靜氛
氳。」

〔2〕細撚金蕤：輕輕捏取菊花。**撚**：用手指捏取、夾取。**蕤**：泛指草木所
垂結之花。宋王安石〈崇政殿詳定幕次偶題〉詩：「禁柳萬條金細撚，
宮花一段錦新翻。」

〔3〕旋題新句：題賦新詞句。宋鄭熏初〈烏夜啼〉詞上片（開遍來禽）：「開

遍禽，春事過也，江南倦客心苦。料理花愁，銷磨酒病，還是年時意緒。寒淺香輕，早一霎、朝來微雨。柳曲聞鶯，河橋信馬，旋題新句。漫道而今無賀鑄。」

〔4〕滿斟芳酒：美酒倒滿杯。宋王之望〈好事近〉詞（清唱動梁塵）上片：「清唱動梁塵，窈窕夜深庭宇。一笑滿斟芳酒，看霞觴爭舉。」

〔5〕須富貴，何時有：漢楊惲〈歌詩〉詩：「人生行樂耳。須富貴何時。」

〔6〕山中宰相：南朝梁陶弘景隱居句曲山，朝廷禮聘不出，武帝遇有國家大事，常前往請教，時人稱之爲山中宰相。典出《南史·陶弘景傳》：「陶弘景…武帝既早與之遊，及即位後，恩禮愈篤，書問不絕，冠蓋相望。…國家每有吉凶征討大事，無不前以諮詢。月中常有數信，時人謂爲山中宰相。」後稱空有宰相之才而不爲當世所用者。《宋史·隱逸傳中·鄧考甫傳》：「予自謂山中宰相，虛有其才也；自謂文昌先生，虛有其詞也。不得大用於盛世，亦無憾焉，蓋有天命爾。」

〔7〕五柳：指陶潛。陶淵明棄彭澤縣令而歸隱家園，於門前栽種五株柳樹，並自號五柳先生。見晉陶淵明〈五柳先生傳〉。

〔8〕莊椿歲月：祝人高壽之詞。椿：高齡。古代傳說上古有大椿，爲千年大木，故用以形容長壽。如：椿壽。唐牟融〈贈浙西李相公〉詩：「月裡昔曾分兔藥，人間今喜得椿年。」

〔9〕皤然叟：頭髮斑白之老者。宋梅堯臣〈次韻和范景仁舍人對雪〉詩：「粲爾娥奔月，皤然叟赴酺。」

十七、〈漢宮春〉

純甫生朝，且有弄璋之喜，賦此以賀。

公子歸來，笑平生湖海〔1〕，豪氣依然。黃金散盡落魄，誰識當年。世間底物，解挽回、鏡裏朱顏〔2〕。人共道，愁須殢酒〔3〕，幾回推向尊前。　聞說夢熊初兆〔4〕，喜一枝慰眼，歲晚留連〔5〕。蟠桃會須結子〔6〕，運偶三千。詩書舊業，要他時、分付青氈〔7〕。□□□庭階照映，臥看玉樹芝蘭〔8〕。

【編年】

此闋應作於哀宗正大元年（1224），時段克己年二十有九。是歲，

純甫四十壽辰兼得子，克己爲作詞賀之。

【箋注】

〔1〕平生湖海：平生浪跡天涯、四處爲家者。宋張孝祥〈水調歌頭〉詞（和
　　龐佑父。雪洗虜塵靜。）上片：「雪洗虜塵靜，風約楚雲窄。何人爲寫
　　悲壯？吹角古城樓。 湖海平生豪氣 ，關塞如今風景，剪燭看吳鉤。剩
　　喜燃犀處，駭浪與天浮。」宋辛棄疾〈水調歌頭〉詞（淳熙丁酉，自
　　江陵移帥隆興，到官之二月被召。司馬監、趙卿、王漕餞別。司馬賦
　　水調歌頭，席間次韻。時王公明樞密薨，坐客終夕爲興門戶之歎，故
　　前章及之。我飲不須勸。）下片：「孫劉輩，能使我，不爲公。余發種
　　種如是此事付渠儂。 但覺平生湖海 ，除了醉吟風月，此外百無功。毫
　　髮皆帝力，更乞鑒湖東。」

〔2〕鏡裏朱顏：五代馮延巳〈蝶戀花〉詞（誰道閒情拋棄久）上片：「誰道
　　閒情拋棄久。每到春來，惆悵還依舊。日日花前常病酒， 不辭鏡裏朱
　　顏瘦 。」

〔3〕愁須殢酒：惆悵而困於酒。**殢酒**：困於酒。殢，音ㄊㄧˋ。宋秦觀〈滿
　　庭芳〉詞（碧水驚秋）下片：「傷懷。增悵望，新歡易失，往事難猜。
　　問籬邊黃菊，知爲誰開。謾道 愁須殢酒 ，酒未醒、愁已先回。憑闌久，
　　金波漸轉，白露點蒼苔。」宋辛棄疾〈賀新郎〉詞下片（賦水仙。雲
　　臥衣裳冷。）：「靈均千古懷沙恨。當時、匆匆忘把，此仙題品。煙雨
　　淒迷僝僽損，翠袂搖搖誰整。謾寫入、瑤琴幽憤。絃斷招魂無人賦，
　　但金杯的皪銀臺潤。 愁殢酒 ，又獨醒。」

〔4〕夢熊初兆：生男孩預兆。同夢兆熊羆，語出《詩經·小雅·斯干》：「大
　　人占之，維熊維羆，男子之祥。」唐劉禹錫〈答前篇〉詩：「聞彼夢熊
　　猶未兆，女中誰是衛夫人。」

〔5〕喜一枝慰眼，歲晚留連：歲末歡喜尚有梅花欣賞，令人流連忘返。**一
　　枝**：同一枝春，梅花是也。

〔6〕蟠桃會須結子：蟠桃應結果，此指李純甫喜獲麟兒。**蟠桃**：神話中的
　　仙桃。**會須**：應當。

〔7〕青氈：晉人王獻之晚上臥睡，有偷入房盜物，偷盡所有物品，獻之對
　　小偷云：「偷兒，青氈我家舊物，可特置之。」小偷受驚逃走。典出〈晉
　　書·王羲之傳〉。後泛指祖先遺留之家業或舊東西。

〔8〕庭階照映，臥看玉樹芝蘭：《晉書‧謝安傳》：「玄字幼度。少穎悟，與從兄朗俱爲叔父安所器重。安嘗戒約子侄，因曰：『子弟亦何豫人事，而正欲使其佳？』諸人莫有言者，玄答曰：『譬如芝蘭玉樹，欲使其生於庭階耳。』」玉樹芝蘭：比喻優秀子弟。

十八、〈滿庭芳〉

山居偶成，每與文瀚二三子論文把酒，歌以侑觴，亦足以自樂也。

歸去來兮〔1〕，吾家何在，結茆水際林邊〔2〕。自無人到，門設不須關。蠻觸政爭蝸角〔3〕，榮枯事、不到尊前〔4〕。應堪歎，清溪流水，東去幾時還。　　此身何處著，從教容與，木雁之間〔5〕。算躬耕隴畝，在我無難。便把鉏頭為枕，眠芳草、醉夢長安〔6〕。煙波客〔7〕，新來有約，要買釣魚竿。

【箋注】

〔1〕歸去來兮：回去吧！晉陶淵明〈歸去來辭〉：「歸去來兮，田園將蕪，胡不歸？」

〔2〕吾家何在，結茆水際林邊：我家何在？在結茆臨水樹林邊。茆：植物名。蓴荣科蓴荣屬，多年生水草。多生於湖泊沼澤中。葉橢圓形，浮生水面。莖葉背面有黏液。夏日開暗紅色花。嫩葉可食。《詩經‧魯頌‧泮水》：「思樂泮水，薄采其茆。」宋辛棄疾〈西江月〉詞（夜行黃沙道中。明月別枝驚鵲）下片：「七八個星天外，兩三點雨山前。舊時茆店社林邊，路轉溪橋忽見。」

〔3〕蠻觸政爭蝸角：於蝸牛角左右蠻觸二國之政爭。《莊子‧雜篇‧則陽》：「國於蝸之左角者曰觸氏，有國於蝸之右角者曰蠻氏，時相與爭地而戰，伏尸數萬，逐北旬有五日而後反。」唐白居易〈禽蟲十二章〉詩之七：「蟭螟殺敵蚊巢上，蠻觸交爭蝸角中。」

〔4〕榮枯事、不到尊前：人事興衰與窮通，與我無干。唐白居易〈寄李相公崔侍郎錢舍人〉詩：「榮枯事過都成夢，憂喜心（一作情）忘便是禪。」

〔5〕從教容與，木雁之間：中庸處世以求安閒。容與：安閒自得。《楚辭‧屈原‧九歌‧湘夫人》：「時不可兮驟得，聊逍遙兮容與。」木雁：木以無所用，不受砍伐，因而得以長壽，雁以不能鳴叫，被主人宰殺，

招待客人。面對這兩種境況,只有處在有用和無用之間才能全生遠禍。
典出《莊子山木》。後比喻中庸處世,因事設施,不取極端。唐劉禹錫
〈遊桃源一百韻〉詩:「才能疑木雁,報施迷夷蹠」。

〔6〕醉夢長安:唐溫庭筠〈西遊書懷〉詩:「高秋辭故國,昨日夢長安。」
宋朱敦儒〈采桑子〉詞(一番海角淒涼夢)上片:「一番海角淒涼夢,
卻到長安。翠帳犀簾。依舊屏斜十二山。」

〔7〕煙波客:寄情山水,不求榮利之隱者。唐錢起(一作錢珝詩)〈江行無
題一百首〉之詩七十九:「曾有煙波客,能歌西塞山。」

十九、〈滿庭芳〉

歸去來兮,漁歌樵唱〔1〕,覓愁愁在那邊。承流委順,萬事沒機
關〔2〕。眼底江山如畫〔3〕,松環抱、修竹當前。君便有,侯封
相印〔4〕,到此也須還。　　人生消底物,百年都付,茅屋三間
〔5〕。但卷舒以道〔6〕,到了何難。日月消磨雙鬢,中原信、未
報平安。蒙頭睡,日高慵起〔7〕,簾影上三竿〔8〕。

【編年】

以上〈滿庭芳〉二闋應作於金哀宗天興三年(1234),時段克己
年三十有九,是年金亡。

【箋注】

〔1〕漁歌樵唱:漁民樵夫所唱之歌。唐杜荀鶴〈獻鄭給事〉詩:「化行邦域
二年春,樵唱漁歌日日新。」

〔2〕機關:計謀、陷阱。

〔3〕江山如畫:宋蘇軾〈念奴嬌〉詞(赤壁懷古。大江東去。)上片:「大
江東去,浪淘盡、千古風流人物。故壘西邊,人道是、三國周郎赤壁。
亂石穿空,驚濤拍岸,卷起千堆雪。江山如畫,一時多少豪傑。」

〔4〕侯封相印:封贈侯爵,宰相官印。侯封即封侯。

〔5〕茅屋三間:宋陸游〈書南堂壁〉詩:「雲山萬疊猶嫌淺,茅屋三間已覺
寬。」宋陸游〈東窗〉詩:「元來自有安身處,茅屋三間似海寬。」

〔6〕卷舒以道:《鶴林玉露·隱士出山》:「文公卷舒以道,難進易退,高節
全名,師表百世,乃知終南、少室之流,與有道之士,正不可同年語

也。」**卷舒**：進退、隱微顯明。晉袁宏〈三國名臣序贊〉：「故蘧甯以之卷舒，柳下以之三黜。」唐孟郊、韓愈〈遣興聯句〉：「蘧甯知卷舒，孔顏識行藏。」

〔7〕日高慵起：唐白居易〈天寒晚起引酌詠懷寄許州王尚書汝州李常侍〉詩：「葉覆冰池雪滿山，日高慵起未開關。」宋徐伸〈轉調二郎神〉詞（悶來彈雀）：「別時淚滴，羅衣猶凝。料爲我厭厭，日高慵起，長托春醒未醒。雁翼不來，馬蹄輕駐，門閉一庭芳景。空佇立，盡日闌干倚遍，晝長人靜。」

〔8〕簾影上三竿：宋蘇軾〈題潭州徐氏春暉亭〉詩：「曈曈曉日上三竿，客向東風競倚欄。」

二十、〈滿庭芳〉

雪夜用前韻

萬籟收聲〔1〕，六花〔2〕呈瑞，小橋路斷江邊。笑潮州刺史，匹馬藍關〔3〕。謾有清名千載，一杯酒、孤負生前〔4〕。爭如我，圍爐小酌，和氣笑中還。　　梅梢新月上，芒鞋竹杖〔5〕，爛賞林間。便銷金低唱，欲換應難〔6〕。勳業何須看鏡，蓬窗底、空臥袁安〔7〕。君須記，游魚失水，那可上長竿。

【箋注】

〔1〕萬籟收聲：萬物無聲，一片寂靜。宋蘇軾〈減字木蘭花〉詞（神閑意定）上片：「神閑意定。萬籟收聲天地靜。玉指冰弦。未動宮商意已傳。悲風流水。」

〔2〕六花：雪花。唐賈島〈寄令狐綯相公詩〉：「自著衣偏暖，誰憂雪六花。」

〔3〕笑潮州刺史，匹馬藍關：笑潮州刺史韓愈被貶至藍田關。**潮州刺史**：應指韓愈。《舊唐書・憲宗下・元和十四年》：「刑部侍郎韓愈上疏極陳其弊。癸巳，貶愈爲潮州刺史。」唐韓愈〈左遷至藍關示姪孫湘〉詩：「一封朝奏九重天，夕貶潮州（一作陽）路八千。欲爲聖朝除弊事，肯將衰朽惜殘年。雲橫秦嶺家何在，雪擁藍關馬不前。知汝遠來應有意，好收吾骨瘴江邊。」**藍關**：藍田關的簡稱。位於陝西省藍田縣東南。

〔4〕一杯酒、孤負生前：宋劉克莊〈賀新郎〉詞（九日。少年自負淩雲筆）
　　　下片：「把破帽、年年拈出。若對黃花孤負酒，怕黃花、也笑人岑寂。
　　　鴻去北，日西逆。」

〔5〕芒鞋竹杖：芒草所編之鞋與竹杖。宋蘇軾〈自興國往筠宿石田驛南二
　　　十五里野人舍〉詩：「芒鞋竹杖自輕軟，蒲薦松床亦香滑。」宋蘇軾〈次
　　　運答寶覺〉詩：「芒鞋竹杖布行纏，遮莫千山更萬山。」宋蘇軾〈定風
　　　波〉詞（莫聽穿林打葉聲。）上片：「莫聽穿林打葉聲，何妨吟嘯且徐
　　　行。竹杖芒鞋輕勝馬，誰怕？一蓑煙雨任平生。」

〔6〕便銷金低唱，欲換應難：宋柳永〈鶴沖天〉（黃金榜上）下片：「煙花
　　　巷陌，依約丹青屏障。幸有意中人，堪尋訪。且恁偎紅翠，風流事、
　　　平生暢。青春都一餉。忍把浮名，換了淺斟低唱。」

〔7〕臥袁安：漢時袁安未達時，洛陽大雪，人多出乞食，安獨僵臥不起，
　　　洛陽令按行至安門，見而賢之，舉爲孝廉，除陰平長、任城令。**袁安
　　　高臥**：指身處困窮但仍堅守節操之行爲。典出《後漢書・袁安傳》：「袁
　　　安字邵公，汝南汝陽人也。祖父良，習孟氏易，平帝時舉明經，爲太
　　　子舍人。建武初，至成武令。安傳良學。…至袁安門，無有行路。謂
　　　安己死，令人除雪入戶，見安僵臥。問何以不出。安曰：『大雪人皆餓，
　　　不宜干人。』令以爲賢，舉爲孝廉也。」

二十一、〈望月婆羅門引〉

　　癸卯元宵，與諸君各賦詞以爲樂。寂寞山村，無可道者，因述昔
年京華所見，以望月婆羅門引歌之。酒酣擊節，將有墮開元之淚者二
首之一。

暮雲收盡，柳梢華月轉銀盤〔1〕。**東風輕扇春寒。玉輦**〔2〕**通宵
遊幸，彩仗駕雙鸞**〔3〕。**間鳴弦脆管**〔4〕，**鼎沸鼇山**〔5〕。　　　　漏
聲未殘〔6〕。**人半醉**〔7〕、**尚追歡**〔8〕。**是處燈圍轂**〔9〕，**花簇雕鞍**
〔10〕。**繁華夢斷，醉幾度、春風霜鬢班**〔11〕。**回首處、不見長安**
〔12〕。

【編年】

　　此闋應作於元太宗十五年（1243），時段克己年四十八歲。

【箋注】

〔1〕暮雲收盡，柳梢華月轉銀盤：宋蘇軾〈中秋月〉詩：「暮雲收盡溢清寒，銀漢無聲轉玉盤。」

〔2〕玉輦：天子座車。唐王涯〈宮詞三十首〉詩之十八：「玉輦遊時應不避，千廊萬屋自相連。」

〔3〕雙鸞：兩輛行時聲如鸞鳴之車。鸞車：以金鈴爲飾之車，行時鈴聲如鸞鳴。唐嵩嶽諸仙〈嫁女詩〉：「休勻紅粉飾花態，早駕雙鸞朝玉京。」

〔4〕間鳴弦脆管：唐白居易・元稹〈霓裳羽衣歌〉詩：「清弦脆管纖纖手，教得霓裳一曲成。」

〔5〕鼎沸鼇山：人聚於鼇形花燈，喧嘩至極。鼎沸：人眾會聚，喧嘩熱烈，如水於鼎中煮沸一般。鼇山：元宵節時佈置花燈，疊成鼇形，高峻如山，稱爲鼇山。《大宋宣和遺事・亨集》：「自冬至日，下手架造鼇山高燈，長一十六丈，闊二百六十五步，中間有兩條鼇柱。」

〔6〕漏聲未殘：水鐘滴漏之聲未盡。漏聲：古代計時器滴水之聲。

〔7〕人半醉：宋蔡伸〈滿庭芳〉詞（風卷龍沙）下片：「更闌，人半醉，香肌玉暖，寶髻雲敧。又何須高會，梁苑瑤池。堪笑子猷訪戴，清興盡、忍凍空回。仍休羨，漁人江上，披得一蓑歸。」

〔8〕尙追歡：宋歐陽修〈定風波〉詞（對酒追歡莫負春）上片：「對酒追歡莫負春。春光歸去可饒人。昨日紅芳今綠樹。已暮。殘花飛絮兩紛紛。」

〔9〕轂：同轂轆，車輪（北方方言）。

〔10〕花簇雕鞍：形容五彩繽紛，繁華熱鬧之座車。宋朱敦儒〈朝中措〉詞（當年彈鋏五陵間）：「當年彈鋏五陵間。行處萬人看。雪獵星飛羽箭，春遊花簇雕鞍。」

〔11〕醉幾度、春風霜鬢班：唐楊凝〈感懷題從舅宅〉詩：「郗家庭樹下，幾度醉春風。」金吳激〈春從天上來〉詞（會甯府遇老姬，善鼓瑟。自言梨園舊籍，因感而賦此。海角飄零。）下片：「梨園太平樂府，醉幾度春風，鬢變星星。舞破中原，塵飛滄海，飛雪萬里龍庭。寫胡笳幽怨，人憔悴、不似丹青。酒微醒。對一窗涼月，燈火青熒。」

〔12〕回首處、不見長安：唐李白〈與史中郎欽聽黃鶴樓上吹笛〉詩：「一爲遷客去長沙，西望長安不見家。」宋趙鼎〈行香子〉詞（草色芊綿）下片：「舉頭見日，不見長安。謾凝眸、老淚凄然。山禽飛去，榕葉

生寒。到黃昏也，獨自個，尚憑闌。」

二十二、〈望月婆羅門引〉

癸卯元宵，與諸君各賦詞以為樂。寂寞山村，無可道者，因述昔年京華所見，以望月婆羅門引歌之。酒酣擊節，將有墮開元之淚者二首之一。

鳳城〔1〕春好，玉簫金管恣遊盤〔2〕。梅妝猶怯輕寒〔3〕。一曲清平妙舞〔4〕，掌上看回鸞〔5〕。漸霓裳欲遍〔6〕，翠斂春山。　　良宵易殘。歌別鶴、惜餘歡〔7〕。眼底浮華自滿，塵涴吟鞍〔8〕。瘦（瘴）牛私酒，若真是、京東夫子班。身幸健、敢復求安。

【編年】

此闋應作於元太宗十五年（1243），時段克己年四十八歲。

【箋注】

〔1〕鳳城：帝都，指汴京。

〔2〕玉簫金管恣遊盤：指絲竹弦管極盛，遊人恣意歡樂。**玉簫**：一種樂器，為玉製之簫。**金管**：金屬製管樂器，如笙、喇叭等。唐李白〈江夏贈韋南陵冰〉詩：「玉簫金管喧四筵，苦心不得申長句。」

〔3〕梅妝猶怯輕寒：美豔女子仍怯微寒。**梅妝**：形容女子美豔之面額裝飾或梅花之豔麗。相傳南朝宋壽陽公主晝臥於含章殿下，梅花落於公主額上，揮拂不去。後人效法於額上描畫梅花之形。典出：《見太平御覽・果部七・梅》。宋陳三聘〈西江月〉詞（春事已濃多日）下片：「翠袖半黏飛粉，羅衣尚怯輕寒。不辭歸路委香鈿。門外東風如箭。」

〔4〕一曲清平妙舞：唐盧照鄰〈登封大酺歌四首〉詩之二：「繁弦綺席方終夜，妙舞清歌歡未歸。」

〔5〕掌上看回鸞：於掌上看回鸞舞。**掌上舞**：白居易《白氏六帖》：「趙飛燕體輕，能為掌上舞。」漢朝趙飛燕體態輕盈，能站在武士手捧之銅盤上起舞。北朝周庾信《春賦》：「文君送酒來，玉管初調，鳴弦暫撫。陽春綠水之曲，對鳳回鸞之舞。」

〔6〕漸霓裳欲遍：霓裳羽衣曲將演奏完畢。**霓裳**：即霓裳羽衣曲：樂曲名。唐代之宮廷舞曲。原為西域樂舞，初名婆羅門曲。玄宗開元中，西涼

節度使楊敬述獻上，又經玄宗改編增飾並配上歌詞與舞蹈，於天寶十三年改用此名。其曲舞皆描寫虛無縹緲的仙境和仙女之形象。安史亂後，此曲散佚，後南唐李後主得殘譜，補綴成曲。南唐李後主煜〈玉樓春〉詞（晚妝初了明肌雪）下片：「笙簫吹斷水雲開，重按霓裳歌遍徹。」宋柳永〈柳腰輕〉詞（英英妙舞腰肢軟）下片：「乍入霓裳促遍。逞盈盈、漸催檀板。慢垂霞袖，急趨蓮步，進退奇容千變。算何止、傾國傾城，暫回眸、萬人斷腸。」

〔7〕歌別鶴：歌詠孤單痛失配偶之鶴。**別鶴**：失去配偶之鶴，比喻分離之夫婦，此處亦指〈別鶴曲〉。南朝宋鮑照〈紹古辭〉詩：「訪言山海路。千里歌別鶴。」

〔8〕塵涴吟鞍：於馬上吟詩為塵所汙。**涴**：污染、弄髒，同汙，音：「ㄨㄛˋ」。唐韓愈〈合江亭〉詩：「願書岩上石，勿使泥塵涴。」

二十三、〈蝶戀花〉

壽衛生襲之。

二月山城春尚未。柳弄東風，恰吐黃金蕊〔1〕。占斷〔2〕溪頭佳麗地。多君先得閒中趣。　　我為虛名相絆繫。君自深藏，不識愁滋味〔3〕。世事無勞深著意。年豐酒賤〔4〕須勤置。

【編年】

此闋應作於元太宗十五年（1243），時段克己年四十八歲。

【箋注】

〔1〕二月山城春尚未。柳弄東風，恰吐黃金蕊：宋趙彥端〈滿庭芳〉詞（雲暖萍漪）上片：「雲暖萍漪，雨香蘭徑，西湖二月初時。兩山十里，錦繡照金羈。柳外欄杆相望，弄東風、倚遍斜暉。朋遊好，亂紅堆裡，一飲百篇詩。」宋佚名〈魚游春水〉詞（秦樓東風裏）上片：「秦樓東風裏。燕子還來尋舊壘。餘寒微透，紅日薄侵羅綺。嫩筍才抽碧玉簪，細柳輕窣黃金蕊。鶯囀上林，魚游春水。」

〔2〕占斷：全部佔有。唐吳融〈杏花〉詩：「粉薄紅輕掩斂羞，花中占斷得風流。」

〔3〕不識愁滋味：宋辛棄疾〈醜奴兒〉詞（書博山道中壁。少年不識愁滋

味)上片:「少年不識愁滋味，愛上層樓，愛上層樓，為賦新詞強說愁。」
〔4〕酒賤：酒價低廉。

二十四、〈蝶戀花〉

聞鶯有感

鵜鴃聲春已曉〔1〕，蝴蝶雙飛，暖日明花草〔2〕。花底笙歌〔3〕
猶未了，流鶯又復催春老。　　早是殘紅枝上少〔4〕。飛絮無情，
更把人相惱。老檜獨含冰雪操〔5〕，春來悄沒人知道。

【箋注】

〔1〕鵜鴃聲春已曉：宋蘇軾〈西江月〉詞（照野彌彌淺浪）下片：「可惜一
　　溪明月，莫教踏破瓊瑤。解鞍敧枕綠楊橋。杜宇一聲春曉。」
〔2〕蝴蝶雙飛，暖日明花草：宋呂渭老〈夢玉人引〉詞（上危梯盡）上片：
　　「上危梯盡，盡畫闌迥，畫簾垂。曲水飄香，小園鶯喚春歸。舞袖弓
　　彎，正滿城、煙草淒迷。結伴踏青，趁蝴蝶雙飛。」宋辛棄疾〈蝶戀
　　花〉詞：（起點檢笙歌多釀酒）上片：點檢笙歌多釀酒，蝴蝶西園，暖
　　日明花柳。醉倒東風眠永晝。覺來小院重攜手。」
〔3〕花底笙歌：宋辛棄疾〈南鄉子〉詞（敧枕艣聲邊）上片：「敧枕艣聲邊，
　　貪聽咿啞聒醉眠。變作笙歌花底去，依然，翠袖盈盈在眼前。」
〔4〕殘紅枝上少：宋謝逸〈阮郎歸〉詞（風飄萬點落花飛）：「風飄萬點落
　　花飛，殘紅枝上稀。平蕪葉上淡煙迷。那堪春鳥啼。」
〔5〕冰雪操：唐高適〈酬馬八郊古見贈〉詩：「奈何冰雪操，尚與蒿萊群。」

二十五、〈蝶戀花〉

壽山人湛然李生

巖菊開時霜信杳〔1〕。風雨無情〔2〕，又是重陽了。茆舍疏離人
不到。床頭醅甕生微笑〔3〕。　　莫怪住山真小草。蹙損蛾眉
〔4〕，愁獨無人掃〔5〕。花底一杯〔6〕須健倒〔7〕。醉中聽喚卿
卿〔8〕小。

【編年】

此闋應作於元定宗三年（1248），時段克己五十三歲。

【箋注】

〔1〕巖菊開時霜信杳：巖上菊花開時秋信已深。宋葉夢得〈水調歌頭〉詞
　　（秋色漸將晚）上片：「秋色漸將晚，霜信報黃花。小窗低戶深映，微
　　路繞敧斜。爲問山翁何事，坐看流年輕度，拚卻鬢雙華。徙倚望滄海，
　　天淨水明霞。」

〔2〕風雨無情：宋晁補之〈清平樂〉詞（寒風雁度）下片：「背燈解帶驚魂。
　　長安此夜秋聲。早是夜寒不寐，五更風雨無情。」

〔3〕床頭醅甕生微笑：醅：酒未過濾稱醅。宋陸游〈甲子日晴〉詩：「床頭
　　醅甕香，大杓瀉浮蟻。」

〔4〕釅損蛾眉：宋梅窗〈菩薩蠻〉詞（點點花飛春恨淺）下片：「戀春增酒
　　勸。勸酒增春戀。釅損翠蛾新。新蛾翠損釅」宋辛棄疾〈滿庭芳〉詞
　　（傾國無媒）：「傾國無媒，入宮見妒，古來釅損蛾眉。看公如月，光
　　彩眾星稀。袖手高山流水，聽群蛙、鼓吹荒池。文章手，直須補袞，
　　藻火粲宗彝。」

〔5〕愁獨無人掃：宋洪咨夔〈滿江紅〉詞（送雨迎晴）上片：「送雨迎晴，
　　花事過、一庭芳草。簾影動、歸來雙燕，似悲還笑。笑我不知人意變，
　　悲人空爲韶華老。滿天涯、都是別離愁，無人掃。」

〔6〕花底一杯：宋歐陽修〈漁家傲〉詞（三月清明天晚）下片：「更值牡丹
　　開欲遍。酴醿壓架清香散。花底一尊誰解勸。增眷戀。東風回晚無情絆。」

〔7〕健倒：唐盧仝〈村醉〉詩：「昨夜村飲歸，健倒三四五。」

〔8〕卿卿：古人對妻子或朋友之稱呼。宋程大昌〈韻令〉詞（是男是女）
　　上片：「是男是女，都有官稱。孫兒仕也登。時新衣著，不待經營。寒
　　時火櫃，春裏花亭。星辰上履，我只喚卿卿。」

二十六、〈江城子〉

甲辰晦日（除夕）立春

雞棲行李短轅車，馬如蛙〔1〕。畏途賒〔2〕。四十九年，強半在
天涯。任使東風吹不去〔3〕，頭上雪、眼中花。　　甘泉宜稌〔4〕
復宜麻。近山窊〔5〕。更宜瓜〔6〕。明日新年，聞早健還家。報

答春光〔7〕猶有酒，傾白蟻〔8〕，岸烏紗。

【編年】

　　此闋應作於元太宗十六年（1244），時段克己年四十九歲。

【箋注】

〔1〕雞棲行李短轅車，馬如蛙：旅人乘小車鈍馬。**雞棲**：可指時間日夕，典出《詩經君子於役》：「雞棲於塒，日之夕矣，羊牛下來。」亦可指車小，典出《後漢書卷陳蕃傳》：「三府諺曰：『車如雞棲馬如狗，疾惡如風朱伯厚』」。**行李**：行人、使者。《左傳僖公三十年》：「若舍鄭以爲東道主，行李之往來，共其乏困。」漢蔡琰〈胡笳十八拍〉詩：「追思往日兮行李難，六拍悲兮欲罷彈。」**馬如蛙**：鈍馬。宋黃庭堅〈稚川約晚過進叔次前韻贈稚川並呈進叔〉：「人騎一馬鈍如蛙，行向城東小隱家。」

〔2〕賒：遙遠。

〔3〕東風吹不去：唐秦韜玉〈吹笙歌〉詩：「纖纖軟玉捧暖笙，深思香風吹不去。」宋陸游〈無題〉詩：「夢倩曉風吹不去，書憑春雁寄無由。」

〔4〕秫：植物名，即糯，音「ㄊㄨˊ」。禾木科稻屬，一年生草本。莖高約一尺，中空有節，葉細長而尖，有平行脈，互生。秋月開花，穗狀花序。米富黏性，供食用、製糕及釀酒用。

〔5〕窊：凹陷。

〔6〕更宜瓜：此處暗用東陵瓜故事，秦東陵侯召平，秦亡後爲平民，在長安城東種瓜爲生，因所種的瓜甚美，世稱之爲東陵瓜。見《史記蕭相國世家》。後世因用其事以比喻棄官歸隱之生活。

〔7〕報答春光：唐杜甫〈江畔獨步尋花七絕句〉詩之三：「報答春光知有處，應須美酒送生涯。」

〔8〕白蟻：應指酒。宋黃庭堅〈次韻師厚食蟹〉詩：「海饌糖蟹肥，江醪白蟻醇。」宋黃庭堅〈送杜子卿歸西淮〉詩：「行望酒簾沽白蟻，醉吟詩句入丹楓。」

二十七、〈江城子〉

　　元日有感

數椽茆舍大如蝸。老生涯。寄山家。遮眼文書〔1〕，隨分有些些。

自愧行年如伯玉〔2〕，思往事，盡堪嗟〔3〕。　從他鼓吹沸鳴蛙〔4〕。鬢霜華。曉來加。南北東西，泛若水中槎〔5〕。此去存身知有道，深自隱，效龍蛇。

【編年】

此闋應作於元太宗十七年（1245），時段克己年五十。

【箋注】

〔1〕遮眼文書：宋蘇軾〈佴安節遠來夜坐三首〉詩之一：「遮眼文書原不讀，伴人燈火亦多情。」

〔2〕伯玉：蘧瑗，字伯玉，生卒年不詳，春秋時衛國賢大夫，善於反省過失，年五十而知四十九年之非。

〔3〕嗟：表示感傷、哀痛。

〔4〕鼓吹沸鳴蛙：唐吳融〈閿鄉寓居十首‧蛙聲〉詩：「犀珪倫（一作論）鑒未精通，只把蛙聲鼓吹同。」宋蘇軾〈用舊韻送魯元翰知洺州〉詩：「鳴蛙與鼓吹，等是俗物喧。」宋黃庭堅〈次韻黃斌老晚游池亭二首〉詩之二：「萬竿苦竹旌旗卷，一部鳴蛙鼓吹休。」宋辛棄疾〈江城子〉詞（起簟鋪湘竹帳籠紗）上片：「簟鋪湘竹帳籠紗。醉眠些。夢天涯。一枕驚回，水底沸鳴蛙。借問喧天成鼓吹，自苦，為官哪？」

〔5〕槎：木筏。

二十八、〈江城子〉

牡丹

百花飛盡〔1〕彩雲空。牡丹叢。始潛紅。培養經年，造化奪天功。脈脈向人嬌不語〔2〕，晨露重，洗芳容。　卻疑身在列仙宮〔3〕。翠帷重。瑞光融。爍爍紅燈，間錯綠蟠龍〔4〕。醉裏天香吹欲盡〔5〕，應有悟，夜來風。

【箋注】

〔1〕百花飛盡：唐劉禹錫〈酬宣州崔大夫見寄〉詩：「遙想敬亭春欲暮，百花飛盡柳花初。」

〔2〕脈脈向人嬌不語：眼神含情，羞怯默默不語。**脈脈**：眼神含情，相視

不語。〈古詩十九首・迢迢牽牛星〉：「盈盈一水間，脈脈不得語。」

〔3〕仙宮：唐〈芍藥〉（元和中知制誥寓直禁中作）韓愈詩：「覺來獨對情
（一作忽）驚恐，身在仙宮第幾重。」

〔4〕爍爍紅燈，間錯綠蟠龍：形容牡丹花開燦爛，有綠葉陪襯。唐韓愈〈芍
藥〉（元和中知制誥寓直禁中作）詩「浩態狂香昔未逢，紅燈爍爍綠盤
籠。」

〔5〕醉裏天香吹欲盡：醉裡風吹牡丹花。天香：牡丹。唐杜甫〈三絕句〉
詩之一：「楸樹馨香倚釣磯，斬新花蕊未應飛。不如醉裏風吹（一作春
風）盡，可（一作何）忍醒時雨打稀。」宋蘇軾〈雨中花〉詞（夜行
船。今歲花時深院）上片：「今歲花時深院，盡日東風，蕩揚茶煙。但
有綠苔芳草，柳絮榆錢。聞道城西，長廊古寺，甲第名園。有國豔帶
酒，天香染袂，為我留連。」

二十九、〈江城子〉

塵世鞅掌〔1〕，每與願違，緬懷山林蕭散之處。

九衢塵土涴儒冠〔2〕。鏡中看，失朱顏〔3〕。顛倒囊橐，欲買青
山〔4〕。剩種閑花〔5〕多釀酒，塵土外，覓清歡。　　功名餘事
且加餐〔6〕。老來閑〔7〕，豈天慳〔8〕。鐵笛橫吹，牛背穩如船〔9〕。
細馬更須馱二八〔10〕，平地上，作臞〔11〕仙。

【箋注】

〔1〕鞅掌：煩勞、忙碌。《詩經・小雅・北山》：「或棲遲偃仰，王事鞅掌。」

〔2〕九衢塵土涴儒冠：道路塵土弄髒儒冠。九衢：四通八達之道路。屈原
〈楚辭・天問〉：「靡蓱九衢，枲華安居」。涴：污染、弄髒。儒冠：儒
者所戴之帽，一說為儒生。唐杜牧（一說許渾）〈將赴京留贈僧院〉詩：
「九衢塵土遞追攀，馬跡軒車日暮間。」

〔3〕鏡中看，失朱顏：宋嚴羽〈滿江紅〉詞（日近觚棱）下片：「天下事，
吾能說。今老矣，空凝絕。對西風慷慨，唾壺歌缺。不灑世間兒女淚，
難堪親中年別。問相思、他日鏡中看，蕭蕭髮。」金元好問〈江城子〉
詞（來鴻去鴈十年間。）上片：「來鴻去鴈十年間。鏡中看。各衰顏。
恰待蒙泉，東畔買青山。夢裡鄰村新釀熟，攜竹杖，款柴關。人生誰

得老來閒。」

〔4〕顛倒囊貲，欲買青山：傾所有家財欲購青山。金元好問〈江城子〉詞
　　　（來去鴈十年間）上片：「來鴻去鴈十年間。鏡中看。各衰顏。恰待蒙
　　　泉，東畔買青山。夢裡鄰村新釀熟，攜竹杖，款柴關。人生誰得老來
　　　閒。」

〔5〕剩種閑花：宋陳著〈踏莎行〉詞（杏苑長春）上片：「杏苑長春，椿姿
　　　耐老。畫堂琴幌融融調。生涯分付甯馨兒，西園手種閑花草。」

〔6〕功名餘事且加餐：宋陸游〈夜過魯墟〉詩：「功名亦餘事，所勉在素尚。」
　　　宋辛棄疾〈鷓鴣天〉詞（唱徹陽關淚未乾）：「唱徹陽關淚未乾，功名
　　　餘事且加餐。浮天水送無窮樹，帶雨雲埋一半山。」

〔7〕老來閑：金元好問〈江城子〉詞（來鴻去鴈十年。）上片：「來鴻去鴈
　　　十年間。鏡中看。各衰顏。恰待蒙泉，東畔買青山。夢裏鄰村新釀熟，
　　　攜竹杖，款柴關。人生誰得老來閑。」

〔8〕慳：阻礙、磨難。

〔9〕鐵笛橫吹，牛背穩如船：宋黃庭堅〈贈朱方李道人〉詩：「橫吹鐵笛如
　　　怒雷，國初舊人惟有我。宋蘇軾〈書晁說之考牧圖後〉詩：「川平牛背
　　　穩。如駕百斛舟。」金元好問〈水調歌頭〉詞（少室玉華穀月夕，與
　　　希顏欽叔飲，醉中賦此。玉華詩老，宋洛陽耆英劉幾伯壽也。劉有二
　　　侍妾，名萱草芳草，吹鐵笛騎牛山間，玉華亭樹遺址在焉。金堂玉堂
　　　嵩山事，石城瓊璧少室山三十六峰之名也。山家釀初熟。）上片：「山
　　　家釀初熟，取醉不論錢。清溪留飲三日，魚鳥亦欣然。見說玉華詩老，
　　　袖有忘憂萱草，牛背穩於船。鐵笛久埋沒，雅曲竟誰傳。」

〔10〕細馬更須馱二八：瘦馬須馱二八佳人。二八：少女十六歲。宋蘇軾〈李
　　　鈐轄坐上分題戴花〉詩：「二八佳人細馬馱，十千美酒渭城歌。」宋
　　　蘇軾〈臨江仙〉詞（細馬遠馱雙侍女）上片：「細馬遠馱雙侍女，青
　　　巾玉帶紅靴。溪山好處便爲家。誰知巴峽路，卻見洛城花。」

〔11〕臞：清瘦、瘦弱。

三十、〈漁家傲〉

送春六曲之一

龍尾溝邊飛柳絮。虎頭山下花無數。花底醉眠〔1〕留杖屨。花

上露，隨風散漫飄香霧〔2〕。　　老去逢春能幾度〔3〕。不妨且作風流主〔4〕。明日不知風共雨。回首處，夕陽又下西山去〔5〕。

【箋注】

〔1〕花底醉眠：宋韓淲〈西江月〉詞（春色著人多少）下片：「花底醉眠芳草，柳邊嘶入驕驄。如今憔悴坐詩窮。莫問醯雞舞甕。」

〔2〕隨風散漫飄香霧：唐白居易〈秋池二首〉詩之一：「菱風香散漫，桂露光參差。」

〔3〕老去逢春能幾度：唐杜甫〈絕句漫興九首〉詩之四：「二月已破三月來，漸老逢春能幾回。」宋陸游〈春日園中作〉詩：「老去逢春都有幾？一杯行復送春殘。」

〔4〕風流主：唐和凝〈雜曲歌辭〉詩：「青青自是風流主，漫颭金絲待洛神。」

〔5〕夕陽又下西山去：唐寒山〈詩三百三首〉詩：「夕陽赫（一作下）西山，草木光曄曄。」

三十一、〈漁家傲〉

送春六曲之二

不是花開常殢酒〔1〕。只愁花盡春將暮〔2〕。把酒酬春無好句〔3〕。春且住。尊前聽我歌金縷〔4〕。　　醉眼看花如隔霧〔5〕。明朝酒醒那堪覷〔6〕。早是閒愁無著處〔7〕。雲不去。黃昏更下簾纖雨〔8〕。

【箋注】

〔1〕不是花開常殢酒：宋秦觀〈夢揚州〉詞（晚雲收）下片：「長記曾陪燕遊。酬妙舞清歌，麗錦纏頭。殢酒為花，十載因誰淹留。醉鞭拂面歸來晚，望翠樓、簾卷金鉤。佳會阻，離情正亂，頻夢揚州。」

〔2〕只愁花盡春將暮：唐獨孤及〈同皇甫侍御齋中春望見示之作〉詩：「時攀芳樹愁花盡，晝掩高齋厭日長。」宋陸游〈春晚〉詩：「萬花掃跡春將暮，百草吹香日正長。」

〔3〕把酒酬春無好句：宋黃庭堅〈踏莎行〉詞（臨水夭桃）上片：「臨水夭桃，倚牆繁李。長楊風掉青驄尾。尊中有酒且酬春，更尋何處無愁地。」金蔡松年〈水調歌頭〉寒食少天色）上片：「寒食少天色，花柳各春風。

身閑勝日，都在花影酒罏中。秀野碧城西畔，獨有鬭南溫軟，雪陣暖輕紅。欲辦酬春句，誰喚好情。」

〔4〕尊前聽我歌金縷：**金縷**：樂曲名，唐杜牧〈杜秋娘〉詩：「秋持玉斝醉，與唱鏤衣」。宋蘇庠〈鷓鴣天〉詞（梅妍晨妝雪妒輕）上片：「梅妍晨妝雪妒輕。遠山依約學眉青。樽前無復歌金縷，夢覺空餘月滿林。」

〔5〕醉眼看花如隔霧：金元好問〈定風波〉詞（兒子中百日作。五色蓮盆玉雪肌。）下片：「六十平頭年運好。投老。大兒都解把鋤犁。醉眼看花驢背上。豪放。阿齡扶路阿中隨。」宋向子諲〈薄倖〉詞（青樓春晚）上片：「青樓春晚。晝寂寂、梳勻又懶。乍聽得、鴉啼鶯弄，惹起新愁無限。記年時、偷擲春心，花間隔霧遙相見。便角枕題詩，寶釵貰酒，共醉青苔深院。」

〔6〕明朝酒醒那堪覷：宋劉辰翁〈八聲甘州〉詞（看飄飄、萬里去東流）上片：「看飄飄、萬里去東流，道一去如風。便錦纜危潮，青山御宿，煙雨啼紅。愁是明朝酒醒，聽著返魂鐘。留得春如故，了不關儂。」

〔7〕早是閒愁無著處：**閒愁**：無端而來之愁緒。宋歐陽修〈定風波〉詞（過盡韶華不可添）下片：「早是閒愁依舊在。無奈。那堪更被宿醒兼。把酒送春惆悵甚。長恁。年年三月病厭厭。」金元好問〈浪淘沙〉詞（楊柳日三眠）上片：「楊柳日三眠。桃李爭妍。千金誰許占芳年。買得閒愁無處著，卻恨春偏。」

〔8〕廉纖雨：小雨、細雨。**廉纖**：微小、纖細。

三十二、〈漁家傲〉

送春六曲之三

春去春來誰做主。怨他昨夜江頭雨。把酒問春春不語〔1〕。頭爛舉。亂紅飛過秋千去〔2〕。　　芳草淡煙江上路〔3〕。鷓鴣聲裏斜陽暮〔4〕。風外榆錢無意緒〔5〕。空自舞。如何買得青春住〔6〕。

【箋注】

〔1〕把酒問春春不語：宋何夢桂〈賀新郎〉詞（再用韻傷春。花落風初定。）上片：「花落風初定。倚危闌、衷情欲訴，躊躇不忍。把酒問春春無語，吹落游塵怎任。待淚雨、紅妝蔫盡。不道燕銜春將去，誤啼鵑、喚起

年年恨。芳草路,人愁甚。」

〔2〕亂紅飛過秋千去:宋歐陽修〈蝶戀花〉詞(庭院深深深幾許?):「雨橫風狂三月暮,門掩黃昏,無計留春住。淚眼問花花不語,亂紅飛過秋千去。」

〔3〕芳草淡煙江上路:唐牟融〈陳使君山莊〉詩:「流水斷橋芳草路,淡煙疏雨落花天。」

〔4〕鷓鴣聲裏斜陽暮:唐常建〈嶺猿〉詩:「杳杳裏裏(一作淒淒,一作依依。)清且切,鷓鴣飛處又斜陽。」宋秦觀〈踏莎行〉詞(郴州旅舍。霧失樓臺)上片:「霧失樓臺,月迷津渡,桃源望斷無尋處。可堪孤館閉春寒,杜鵑聲裏斜陽暮。」

〔5〕風外榆錢無意緒:**榆錢**:榆莢。因其外貌如錢而小,故稱為榆錢。**榆莢**:榆樹在春季結成之果實。唐施肩吾〈戲詠榆莢〉詩:「風吹榆錢落如雨,繞林繞屋來不住。」

〔6〕如何買得青春住:唐雍陶〈勸行樂〉詩:「老去風光不屬身,黃金莫惜買青春。宋趙鼎〈醉桃園〉詞(送春。青春不與花為主)下片:「鶯愁蝶怨春知否。欲問春歸何處。只有一尊芳醑,留得青春住。」

三十三、〈漁家傲〉

送春六曲之四

一片花飛春已暮,那堪萬點飄紅雨〔1〕。白髮送春情最苦。愁幾許。滿川煙草和風絮〔2〕。 常記解鞍沽酒處〔3〕。而今綠暗旗亭路〔4〕。怪底春歸留不住〔5〕。鶯作馭。朝來引過西園去。

【箋注】

〔1〕一片花飛春已暮,那堪萬點飄紅雨:唐杜甫〈曲江二首〉詩之一:「一片花飛減卻春,風飄萬點正愁人。」

〔2〕愁幾許。滿川煙草和風絮:唐黃滔〈雁〉詩:「萬里風霜休更恨,滿川煙草且須疑。」宋賀鑄〈青玉案〉詞(凌波不過橫塘路)下片:「飛雲冉冉蘅皋暮,彩筆新題斷腸句。試問閒愁都幾許?一川煙草,滿城風絮,梅子黃時雨。」

〔3〕常記解鞍沽酒處:**沽酒**:買酒。宋袁去華〈風流子〉詞(吳山新搖落)

上片：「吳山新搖落，湖光淨、鷗鷺點漣漪。望一簇畫樓，記沽酒處，
幾多鳴櫓，爭趁潮歸。瑞煙外，繚牆迷遠近，飛觀聳參差。殘日襯霞，
散成錦綺，怒濤推月，輾上玻璃。」

〔4〕綠暗旗亭路：宋洪適〈生查子〉詞（桃疏蝶惜香）下片：「紅慘武陵溪，
綠暗章臺路。春色似行人，無意花間住。」

〔5〕春歸留不住：宋管鑒〈臨江仙〉詞（三月更當三十日）上片：「三月更
當三十日，留春不住春歸。問春還有來時。臘前梅蕊破，相見未爲
遲。」

三十四、〈漁家傲〉

送春六曲之五

詩句一春渾漫與〔1〕。紛紛紅紫俱塵土〔2〕。樓外垂楊千萬縷〔3〕。
風蕩絮。欄杆倚遍〔4〕空無語。　　畢竟春歸何處所〔5〕，樹頭
樹底無尋處。唯有閒愁將不去〔6〕。依舊住。伴人直到黃昏雨。

【箋注】

〔1〕詩句一春渾漫與：**漫與**：興之所至，率意而作。唐杜甫〈江上值水如
海勢聊短述〉詩：「老去詩篇渾漫與，春來花鳥莫深愁。」

〔2〕紛紛紅紫俱塵土：唐白居易〈官宅〉詩：「紅紫共紛紛，祗承老使君。」
宋陸游〈初夏〉詩：「紛紛紅紫已成塵，布穀聲中夏令新。」

〔3〕樓外垂楊千萬縷：宋晏幾道〈采桑子〉詞（西樓月下當時見）下片：「別
來樓外垂楊縷，幾換青春。倦客紅塵，長記樓中粉淚人。」宋朱淑眞
〈蝶戀花〉詞（樓外垂楊千萬縷）上片：「樓外垂楊千萬縷。欲繫青春，
少住春還去。獨自風前飄柳絮。隨春且看歸何處。」

〔4〕欄杆倚遍：唐馮延巳〈思越人〉詞（酒醒情懷惡）下片：「乍倚遍闌杆，
煙淡薄，翠幕簾櫳籠畫閣。春睡著，覺來失秋千期約。」

〔5〕春歸何處所：宋歐陽修〈玉樓春〉詞（殘春一夜狂風雨）下片：「高樓
把酒愁獨語。借問春歸何處所。暮雲空闊不知音，惟有綠楊芳草路。」

〔6〕唯有閒愁將不去：宋曾覿〈蝶戀花〉詞（翠箔垂雲香噴霧）下片：「桃
李飄零風景暮。只有閒愁，不逐流年去。舊事而今誰共語。畫樓空指
行雲處。」

三十五、〈漁家傲〉

送春六曲之六

斷送春光惟是酒〔1〕。玉杯重捧纖纖手〔2〕。檀板輕敲〔3〕歌欲就。眉黛皺〔4〕。翠鬟暗點金釵溜。　　自笑而今成老膽。鶯花〔5〕依舊情非舊。楊柳自從春去後。誰抬舉〔6〕。腰肢新知人瘦。

【箋注】

〔1〕斷送春光惟是酒：唯有酒能度過春光。**斷送**：度過時光。唐韓愈〈游城南十六首・遣（一作遠）興〉詩之十六：「斷送一生惟有酒，尋思百計不如閑。」宋楊無咎〈醉花蔭〉詞（淋漓盡日黃梅雨）上片：「淋漓盡日黃梅雨。斷送春光暮。目斷向高樓，持酒停歌，無計留春住。」

〔2〕玉杯重捧纖纖手：纖細之手再捧玉杯。宋陳允平〈蝶戀花〉詞（寂寞長亭人別後）上片：「寂寞長亭人別後。一把垂絲，亂拂閑軒牖。三月春光濃似酒。傳杯莫放纖纖手。」

〔3〕檀板輕敲：輕敲檀板。**檀板**：樂器名。以檀木製成之拍板，為戲曲伴奏與器樂合奏時之節拍器。宋秦觀〈黃金縷〉詞（妾本錢塘江上住）下片：「斜插犀梳雲半吐，檀板輕敲，唱徹黃金縷。夢裏彩雲無覓處，夜涼明月生南浦。」

〔4〕眉黛皺：皺眉。**眉黛**：古代婦女以黛畫眉，故稱眉為眉黛。宋石孝友〈蝶戀花〉詞（寒卸園林春已透）下片：「金縷歌中眉黛皺。多少閑愁，借與傷春瘦。明日馬蹄浮明秀。柳顰梅慘空回首。」

〔5〕鶯花：春時景物。

〔6〕抬舉：照料、關照。

三十六、〈漁家傲〉

正月十四日夜有感而作

燈火蕭條〔1〕春日暮。荒山月上〔2〕聞村皷。羈客閑愁知幾許〔3〕？千萬縷。人間沒個安排處〔4〕。　　醉袖翩翩隨所寓。泠然便以風為馭〔5〕。指點虛無雲外路〔6〕。留不住。東將入海隨煙霧〔7〕。

【箋注】

〔1〕燈火蕭條：燈火稀疏明滅，極為寂寥冷清。**蕭條**：寂寥冷清之貌。宋蘇軾〈除夜病中贈段屯田〉詩：「蕭條燈火冷，寒夜何時且。」

〔2〕荒山月上：唐薛能〈送禪僧〉詩：「還坐棲禪所，荒山月照扉。」

〔3〕羈客閑愁知幾許：**羈客**：寄居在外之旅人。宋吳淑姬〈祝英臺近〉詞（粉痕銷）下片：「應念一點芳心，閑愁知幾許。偷照菱花，清瘦自羞覷。可堪梅子酸時，楊花飛絮，亂鶯鬧、催將春去。」

〔4〕人間沒個安排處：後唐李煜〈蝶戀花〉詞（遙夜亭皋閑信步）下片：「桃李依依春暗度，誰在秋千，笑裏低低語。一片芳心千萬緒，人間沒個安排處。」

〔5〕泠然便以風為馭：**泠然**：領會、體悟。南朝梁庾信〈周祀圜丘歌・雍樂〉詩：「風為馭。雷為車。」

〔6〕指點虛無雲外路：**虛無**：指道之空靈本體。唐杜甫〈送孔巢父謝病歸游江東兼呈李白〉詩：「蓬萊織（一作仙人玉）女回雲車，指點虛無是征（一作引歸）路。」

〔7〕東將入海隨煙霧：唐杜甫〈送孔巢父謝病歸游江東兼呈李白〉詩：「巢父掉頭不肯住，東將入海隨煙霧。」

三十七、〈月上海棠〉

壬寅冬，躬謁〔1〕玉清壇下。客有歌月上海棠者，乃玉清作也。詞致高遠，真游乎方外〔2〕者也。明年吾有陳子颺過余山中，始為屬和，因亦次韻，以簡知音。

住山活計宜聞早。身世滄溟一漚小〔3〕。日月兩跳丸〔4〕，迭送人間昏曉〔5〕。朱顏換〔6〕，風雪俄驚歲杪〔7〕。　弊衣旋補荷盈沼。箕騎鶴揚州〔8〕古今少。休苦似吳蠶，剛把此身纏繞〔9〕。君知否，我自無心可了。

【編年】

此闋應作於元太宗十四年（1432），時段克己年四十有七。

【箋注】

〔1〕躬謁：恭敬地彎身說明。**躬**：彎屈身體以表示恭敬。**謁**：稟告、說明。

〔2〕方外：世外。今指僧道等。此處指克己隱居時所結交之友。

〔3〕身世滄溟一漚小：身是如同大海中之水泡般渺小。**滄溟**：大海。南朝
梁簡文帝〈昭明太子集序〉：「滄溟之深，不能比其大。」**漚**：水泡。
唐白居易〈想東遊五十韻〉詩：「幻世春來夢，浮生水上漚。」宋張
掄〈踏莎行〉詞：（山居十首之十。身世浮漚。）上片：「身世浮漚，
利名韁鎖。省來萬事都齊可。尋花時傍碧溪行，看雲獨倚青松坐。」
宋趙眘〈阮郎歸〉（選德殿作和趙志忠。留連春意晚花稠）下片：「能
達理，有何愁。心寬萬事休。人生還似水中漚。金樽盡更酬。」

〔4〕日月兩跳丸：唐杜牧〈寄浙東韓八評事〉詩：「一笑五雲溪上舟，跳丸
日月十經秋。」

〔5〕迭送人間昏曉：**迭**：輪流、更替。宋趙希蓬〈滿江紅〉詞（縞兔黔烏）
上片：「縞兔黔烏，送不了、人間昏曉。問底事、紅塵野馬，浮生擾擾。
萬古未來千古往，人生得失知多少。歎榮華、過眼只須臾，如風掃。」

〔6〕朱顏換：宋李之儀〈菩薩蠻〉詞（青梅又是花時節）下片：「藕絲牽不
斷，誰信朱顏換。莫厭十分斟。酒深情更深。」

〔7〕歲杪：年底、年尾。亦作歲末。唐白居易〈代書詩一百韻寄微之〉詩：
「無惨當歲杪，有夢到天涯。」

〔8〕騎鶴揚州：幾人在談論己志，或欲作揚州刺史，或欲發財，或欲騎鶴
升天成仙。中有一人云：「腰纏十萬貫，騎鶴上揚州，」欲集三者於
一身。典出南朝梁殷芸小說。比喻做官、發財、成仙等富貴得意之事。
或作「或作腰金騎鶴」。宋辛棄疾〈滿庭芳〉詞（和昌父。西崦斜陽）
上片：「西崦斜陽，東江流水，物華不為人留。錚然一葉，天下已知
秋。屈指人間得意，問誰是、騎鶴揚州。君知我，從來雅意，未老已
滄洲。」

〔9〕休苦似吳蠶，剛把此身纏繞：勿似蠶，作繭自縛。宋辛棄疾〈滿庭芳〉
詞（和洪丞相景伯韻。傾國無媒。）下片：「癡兒。公事了，吳蠶纏繞，
自吐餘絲。幸一枝粗穩，三徑新治。且約湖邊風月，功名事、欲使誰
知。都休問，英雄千古，荒草沒殘碑。」

三十八、〈月上海棠〉

答和楊生彥衡

小樓舞徹雙垂手。便倩鴈將書寄元九〔1〕。舉首望南山〔2〕，獨娥眉數峰明秀。人未老，且任高歌對酒〔3〕。　　莫將此樂輕孤負。喚明月清風做三友〔4〕。纖手折黃花〔5〕，步東籬〔6〕為一三嗅。英雄淚，醉搵應須翠袖〔7〕。

【編年】

此闋應作於元太宗十五年（1243），時段克己年四十八歲。

【箋注】

〔1〕便倩鴈將書寄元九：唐白居易〈蘇州李中丞以元日郡齋感懷詩寄微之及予輒依來篇七言八韻走筆奉答兼呈微之〉詩：「憑鶯傳語報李六，倩雁將書與元九。」

〔2〕舉首望南山：李頎〈少室雪晴送王寧〉詩：「惜別浮橋駐馬時，舉頭試望南山嶺。」

〔3〕高歌對酒：宋張先〈慶佳節〉詞（芳菲節）上片：「芳菲節。芳菲節。天意應不虛設。對酒高歌玉壺闕。慎莫負、狂風月。」

〔4〕喚明月清風做三友：宋辛棄疾〈念奴嬌〉詞（贈妓善墨梅者。江南盡處。）下片：「還似籬落孤山，嫩寒清曉，袛欠香沾袖。淡佇輕盈，誰付與、弄粉調朱纖手。疑是花神，褐來人世，占得佳名久。松篁佳韻，倩君添做三友。」

〔5〕纖手折黃花：漢宋子侯〈董嬌嬈〉詩：「纖手折其枝，花落何飄揚。」

〔6〕東籬：東邊竹籬。後人多用以代指菊圃。晉陶淵明〈飲酒詩二十首〉之五：「采菊東籬下，悠然見南山。」

〔7〕英雄淚，醉搵應須翠袖：搵：擦拭、揩拭。宋辛棄疾〈水龍吟〉詞（登建康賞心亭。楚天千里清秋）下片：「休說鱸魚堪鱠。盡西風、季鷹歸未。求田問舍，怕應羞見，劉郎才氣。可惜流年，憂愁風雨，樹猶如此。倩何人，喚取盈盈翠袖，搵英雄淚。」

三十九、〈月上海棠〉

答和楊生彥衡

時平無用經綸手〔1〕。且閑把文章和歐九。天氣湛清秋，便無限
山明水秀。留客飲，但願尊中有酒。　　鴟夷〔2〕到處須親負。
尋山鳥山花好朋友〔3〕。塵世自熏蕕〔4〕，把瑤英〔5〕與君同嗅。
西風外，歸去長拖布袖。

【箋注】

〔1〕經綸手：治理家國之手。**經綸**：整理蠶絲。引申為規劃、治理。宋辛
　　棄疾〈水龍吟〉詞（為韓南澗尚書壽甲辰歲。渡江天馬南來。）上片：
　　「渡江天馬南來，幾人真是經綸手。長安父老，新亭風景，可憐依舊。
　　夷甫諸人，神州沈陸，幾曾回首。算平戎萬里，功名本是，真儒事、
　　君知否。」

〔2〕鴟夷：盛酒之革囊。《史記・伍子胥傳》：「吳王聞之大怒，乃取子胥屍，
　　盛以鴟夷革，浮之江中」。漢揚雄〈酒賦〉：「鴟夷滑稽，腹大如壺，盡
　　日盛酒，八腹借酤。」

〔3〕尋山鳥山花好朋友：唐杜甫〈岳麓山道林二寺行〉詩：「一重一掩吾肺
　　腑，山（一作仙）鳥山花吾友于。」

〔4〕熏蕕：香草與臭草。比喻善與惡。《魏書・辛雄傳》：「今君子小人，熏
　　蕕不別。」沈約〈奏彈王源〉：「熏蕕不雜，聞之前典。」

〔5〕瑤英：珍貴玉器。或作瑤瑛。張協〈七命〉詩：「錯以瑤英，鏤以金華」。

四十、〈月上海棠〉

同詩社諸君飲芹溪上

閑人不愛春拘管〔1〕。被東風暗入羅帷暖〔2〕。草色近還無，傍
溪陡覺金沙軟。梅花蕾，風味朝來不淺。　　十分瀲灩金蕉滿。
兩頰潮紅百憂散。不醉且無歸〔3〕，任門外玉繩低轉〔4〕。懽娛
地〔5〕，莫道書生冷眼〔6〕。

【編年】

　　此闋應作於元定宗二年（1247），時段克己年五十有二。其避居
龍門山，而其結廬實在午芹村。

【箋注】

〔1〕閒人不愛春拘管：宋史達祖〈釵頭鳳〉詞：（寒食飲綠亭。春愁遠。）下片：「鶯聲曉，簫聲短。落花不許春拘管。新相識。休相失。翠陌吹衣，畫樓橫笛。得得得。」

〔2〕被東風暗入羅帷暖：唐錢珝〈未展芭蕉〉詩：「一緘書箚藏何事，會被東風暗拆看。」

〔3〕不醉且無歸：《詩經‧湛露》：「厭厭夜飲，不醉無歸。」

〔4〕玉繩低轉：玉繩，星名，在玉衡之北。唐殷堯藩〈夜酌溪樓〉詩：「玉繩低轉宵初迴，銀燭高燒月近斜。」宋蘇軾〈洞仙歌〉詞（冰肌玉骨）下片：「試問夜如何？夜已三更，金波淡、玉繩低轉。但屈指、西風幾時來，又不道流年、暗中偷換。」

〔5〕歡娛地：供人歡娛之所。唐許敬宗〈安德山池宴集〉詩：「戚裏歡娛地，園林矚望新。」

〔6〕冷眼：冷靜、客觀。

四十一、〈鷓鴣天〉

九日寄彥衡濟之，兼簡仲堅景純二弟二首之一。

點檢笙歌上小樓。西風簾幕卷清秋〔1〕。綠醅〔2〕輕泛紅萸〔3〕好。黃菊羞簪〔4〕白髮稠。　　今古恨，去悠悠。無情汾水自西流〔5〕。澹煙衰草〔6〕斜陽外，並作登臨一段愁〔7〕。

【校】

題序《二妙集》作：「魚簡仲堅景純二弟二首」；《全金元詞》作：「兼簡仲堅景純二弟二首」，今據《全金元詞》改之。

【箋注】

〔1〕西風簾幕卷清秋：宋李清照〈醉花陰〉詞（薄霧濃雲愁永晝）：「東籬把酒黃昏後。有暗香盈袖。莫道不消魂，簾卷西風，人似黃花瘦。」宋蔡楠〈訴衷情〉詞（欄干十二繞層樓）上片：「欄干十二繞層樓。珠簾卷素秋。當年尊酒屢遲留。識公惟白鷗。」

〔2〕綠醅：醅：未過濾之酒，音ㄆㄟ。《廣韻平聲灰韻》：「醅，酒未漉也」。唐白居易〈日高臥〉詩：「小青衣動桃根起，嫩綠醅浮竹葉新。」

〔3〕紅萸：萸，同茱萸，為吳茱萸、食茱萸、山茱萸三種植物的通稱。舊

時風俗於農曆九月九日折茱萸插頭，可辟邪。宋趙長卿〈念奴嬌〉詞（客豫章秋雨懷歸。江城向曉。）下片：「應相簾幕閑垂，西樓東院，齊把歸期數。記得臨岐收淚眼，執手叮嚀言語。 白酒紅茱 ，黃花綠橘，莫等閒辜負。朱籠歸騎，甚時先報鸚鵡。」

〔4〕黃菊羞簪：宋蘇軾〈答陳述古二首〉詩之一：「城西亦有紅千葉，人老簪花卻自羞。」宋張耒〈風流子〉詞（木葉亭皋下）上片：「木葉亭皋下，重陽近，又是擣衣秋。奈愁人庾腸，老侵潘鬢， 謾簪黃菊 ，花也應羞。楚天晚，白蘋煙盡處，紅蓼水邊頭。芳草有情，夕陽無語，雁橫南浦，人倚西樓。」

〔5〕無情汾水自西流：**汾水**：同汾河，河川名。源出山西省甯武縣西南管涔山，西南流於榮河縣北注入黃河。宋蘇軾〈虞美人〉詞：（波聲拍枕長淮曉）上片：「波聲拍枕長淮曉。隙月窺人小。 無情汴水自東流 。只載一船離恨、向西州。」

〔6〕澹煙衰草：唐無名氏句：「今日江邊容易別，淡煙衰草馬頻嘶。」宋陳人傑〈沁園春〉詞（次韻林南金賦愁。撫劍悲歌。）下片：「 澹煙衰草連秋 。聽鳴鳩聲聲相應酬。歎霸才重耳，泥塗在楚，雄心元德，歲月依劉。夢落蓴邊，神遊菊外，已分他年專一丘。長安道，且身如王粲，時復登樓。」宋王安石〈桂枝香〉詞（登臨送目）下片：「歎門外樓頭，悲恨相續。千古憑高，對此謾嗟榮辱。六朝舊事隨流水， 但寒煙、衰草凝綠 。至今商女，時時猶唱，後庭遺曲。」

〔7〕並作登臨一段愁：唐李白〈長門怨二首〉詩之一：「月光欲到長門殿，別作深宮一段愁。」

四十二、〈鷓鴣天〉

九日寄彥衡濟之，兼簡仲堅景純二弟二首之二。

酒滿金尊客滿樓。美人清唱眼波秋〔1〕。花隨酒令〔2〕筵前散，香逐芳鬚坐上稠。　　山歷歷，水悠悠〔3〕。百年光景去如流〔4〕。直須爛醉酬佳節〔5〕，莫惹人間半點愁〔6〕。

【校】

題序《二妙集》作：「魚簡仲堅景純二弟二首」；《全金元詞》作：

「兼簡仲堅景純二弟二首」，今據《全金元詞》改之。

【箋注】

〔1〕美人清唱眼波秋：美麗歌女清唱，眼如秋波。唐蔣吉〈旅泊〉詩：「霜月正高鸚鵡洲，美人清唱發紅樓。」宋黃庭堅〈浣溪沙〉詞（新婦灘頭眉黛愁）：「新婦灘眉黛愁。女兒浦口眼波秋。驚魚錯認月沈鉤。」

〔2〕酒令：古代宴會中，佐飲助興之遊戲。推一人爲令官，其餘人聽其號令，輪流說詩詞或做其他遊戲，違令或輸者飲酒。

〔3〕山歷歷，水悠悠：群山歷歷，分明可數，流水去悠悠。唐張籍〈別客〉詩：「青山歷歷水悠悠，今日相逢明日秋。」

〔4〕百年光景去如流：宋無名氏〈九張機〉詞（一張機）上片：「一張機，織梭光景去如飛。蘭房夜永愁無寐。嘔嘔軋軋，織成春恨，留著待郎歸。」

〔5〕直須爛醉酬佳節：唐杜甫〈九日齊安（一作齊山）登高〉詩：「但將酩酊酬佳節，不用登臨歎（一作恨）落暉。」宋方岳〈滿江紅〉詞（和程學諭。蒼石棋笭。）上片：「蒼石棋笭，松風外、自調龜息。渾不記、東皋秋事，西湖春色。底處未嫌吾輩在，此心說與何人得。向海棠、爛醉過清明，酬佳節。君莫道，江鱸憶。」

〔6〕莫惹人間半點愁：宋李曾伯〈沁園春〉詞（丙午登多景樓和吳履齋韻。天下奇觀。）下片：「誰爲把中原一戰收。問只今人物，豈無安石，且容老子，還訪浮丘。鷗鷺眠沙，漁樵唱晚，不管人間半點愁。危欄外，渺滄波無極，去去歸休。」

四十三、〈鷓鴣天〉

彥衡諸君皆有和章，因賦仍韻以寫老懷。

不是秋來懶上樓〔1〕。龍鍾〔2〕詩骨不禁秋。舊歡去我如天遠〔3〕。新恨撩人似髮稠。　　空咄咄〔4〕，漫悠悠〔5〕。老來終是少風流。千金買笑佳公子，醉臥瓊樓〔6〕不知愁。

【箋注】

〔1〕懶上樓：宋辛棄疾〈鷓鴣天〉詞（鵝湖歸病起作。枕簟溪堂冷欲秋。）下片：「書咄咄，且休休，一丘一壑也風流。不知筋力衰多少，但覺新

　　　來懶上樓。」

〔2〕龍鍾：年老體衰行動不便之貌。唐劉長卿〈江州重別薛六柳八二員外〉
　　　詩：「今日龍鍾人共老，媿君猶遣慎風波。」

〔3〕舊歡去我如天遠：舊歡離我有如天之遠。宋樂婉〈卜運算元〉詞（答
　　　施。相思似海深。）上片：「相思似海深，舊事如天遠。淚滴千千萬萬
　　　行，更使人愁腸斷。」

〔4〕空咄咄：咄咄：感歎聲、驚怪聲。唐高適〈同觀陳十六史興碑〉詩：「感
　　　歎將謂誰，對之空咄咄。」

〔5〕漫悠悠：悠悠：渺遠無盡之貌。唐李益〈宿馮翊夜雨贈主人〉詩：「危
　　　心驚夜雨，起望漫悠悠。」

〔6〕瓊樓：精美華麗之樓閣。

四十四、〈鷓鴣天〉

　　青陽峽對酒三首之一。

千尺長虹〔1〕下飲溪。兩山環合翠屏圍。非魚定不知魚樂〔2〕，
得鹿還生失鹿悲〔3〕。　　　花藹藹〔4〕，絮霏霏〔5〕。東風不染鬢
邊絲〔6〕。百川尚有西流日〔7〕，一老曾無卻少時。此溪西流故
云。

【編年】

　　此闋應作於元太宗十七（1245）年，時段克己當半百之年。

【箋注】

〔1〕千尺長虹：宋辛棄疾〈沁園春〉詞上片（期思舊呼奇獅，或云碁師，
　　　皆非也。余考之荀卿書云：孫叔敖，期思之鄙人也。期思屬弋陽郡，
　　　此地舊屬弋陽縣。雖古之弋陽、期思，見之圖記者不同，然有弋陽則
　　　有期思也。橋壞復成，父老請余賦，作沁園春以證之。有美人兮。）：
　　　「有美人兮，玉佩瓊琚，吾夢見之。問斜陽猶照，漁樵故里，長橋誰
　　　記，今古期思。物化蒼茫，神遊彷佛，春與猿吟秋鶴飛。還驚笑，向
　　　晴波忽見，千丈虹霓。」

〔2〕非魚定不知魚樂：莊子與惠施於濠梁之上辯論魚樂與否。典出《莊子‧
　　　外篇‧秋水》：「莊子與惠子遊於濠梁之上。莊子曰：『鰷魚出遊從容，

是魚之樂也。』惠子曰：『子非魚，安知魚之樂？』莊子曰：『子非我，安知我不知魚之樂？』惠子曰：『我非子，固不知子矣；子固非魚也，子之不知魚之樂，全矣。』」

〔3〕失鹿：比喻天下無主。語本《漢書‧蒯通傳》：「秦失其鹿，天下共逐之。」

〔4〕藹藹：茂盛貌。晉陶淵明〈和郭主簿〉詩：「藹藹堂前林，中夏貯清陰。」

〔5〕絮霏霏：霏霏：騰起飛揚之貌。屈原〈楚辭‧九章‧惜誦〉：「霰雪紛其無垠兮，雲霏霏而承宇」。唐白居易〈湖亭晚歸〉詩：「柳堤行不厭，沙軟絮霏霏。」

〔6〕東風不染鬢邊絲：唐方干〈春日〉詩：「雖將細雨催蘆筍，卻用東風染柳絲。」宋歐陽修〈聖無憂〉詞（世路風波險）下片：「好酒能消光景，春風不染髭鬚。為公一醉花前倒，紅袖莫來扶。」宋辛棄疾〈鷓鴣天〉詞（有客慨談功名，因追念少年時事戲作。壯歲旌旗擁萬夫。）下片：「追往事，歎今吾，春風不染白髭鬚。都將萬字平戎策，換得東家種樹書。」

〔7〕百川尚有西流日：唐杜甫〈別贊上人〉詩：「百川日東流，客去亦不息。」宋蘇軾〈浣溪沙〉詞（遊蘄水清泉寺，寺臨蘭溪，溪水西流。山下蘭芽短浸溪。）下片：「誰道人生無再少，門前流水尚能西。休將白髮唱黃雞。」

四十五、〈鷓鴣天〉

青陽峽對酒三首之二。

古木寒藤蔭小溪。溪邊更著好山圍。波間容與〔1〕雙鷗淨，空外飄飄一鶚飛〔2〕。　　湍浪瀉〔3〕，萬珠霏。風前天棘舞青絲〔4〕。蘭亭豪逸〔5〕今陳跡，不醉東風〔6〕待幾時。

【編年】

此闋應作於元太宗十七（1245）年，時段克己當半百之年。

【箋注】

〔1〕波間容與：容與：安閒自得。屈原〈楚辭九歌湘夫人〉：「時不可兮驟得，聊逍遙兮容與。」宋趙師俠〈關河令〉詞（己亥宜春舟中。江頭

一軋動柔櫓。）上片：「江頭一軋動柔櫓。漸楚天欲暮。浩蕩輕鷗，波間自容與。岸蓼汀蘋無緒。」

〔2〕空外飄飄一鶚飛：唐李咸用〈投所知〉詩：「誰能借與摶扶勢，萬里飄飄試一飛。」

〔3〕湍浪瀉：宋陳與義〈十七日夜詠月〉詩：「玉盤忽微露，銀浪瀉千頃。」

〔4〕風前天棘舞青絲：棘：植物名。鼠李科棗屬，落葉喬木。幹高三公尺餘。變種形態與棗相似，唯枝具刺。唐杜甫〈巳上人茅齋〉詩：「江蓮搖白羽，天棘夢（一作蔓）青絲。」

〔5〕蘭亭豪逸：王羲之與謝安等人會於蘭亭之豪情逸事。東晉穆帝永和九年（353)三月三日，王羲之與謝安、孫綽等四十一人，會於會稽山陰之蘭亭，眾人賦詩，羲之當場以繭紙、鼠鬚筆書寫詩序，即著名之〈蘭亭集序〉。蘭亭：位於浙江省紹興縣西南。地名蘭渚，渚上有亭，稱為蘭亭。北魏酈道元《水經注‧漸江水注》：「湖口有亭，號曰：蘭亭，亦曰蘭上里。太守王羲之、謝安兄弟，數往造焉。」晉王羲之〈蘭亭集序〉：「會於會稽山陰之蘭亭，修禊事也。」豪逸：豪情逸事。

〔6〕醉東風：宋王重〈燭影搖紅〉詞（煙雨江城）上片：「煙雨江城，望中綠暗花枝少。惜春長待醉東風，卻恨春歸早。」

四十六、〈鷓鴣天〉

青陽峽對酒三首之三。

颭颭輕舟逆上溪〔1〕。何時柳樹已成圍〔2〕。貪看歸鳥投林急〔3〕，不覺殘花入座飛。　　　蘭棹舉〔4〕，曲塵霏〔5〕。新荷挽斷有餘絲〔6〕。酒酣卻對青山笑，面目蒼然不入時〔7〕。

【編年】

此闋應作於元太宗十七（1245）年，時段克己當半百之年。

【箋注】

〔1〕颭颭輕舟逆上溪：颭：因風吹而飄動、搖曳貌。音〔ㄓㄢˇ〕。漢劉歆〈遂初賦〉：「回風育其飄忽兮，回颭颭之冷冷。」唐杜甫〈復愁十二章〉詩之一：「野鵑（一作鶴，一作鶒，一作雉）翻窺草，村船逆上溪。」

〔2〕何時柳樹已成圍：《世說新語‧言語》：「桓公北征經金城，見前為琅邪

時種柳，皆已十圍，慨然曰：『木猶如此，人何以堪！』攀枝執條，泫然流淚。」

〔3〕貪看歸鳥投林急：宋吳潛〈滿江紅〉詞（問何人生）下片：「有水多於竹，竹多於屋。閑看白雲歸岫去，靜觀倦鳥投林宿。那借來、拍板及閘槌，休掀撲。」宋徐理〈瑞鶴仙〉詞（暮霞紅映沼）上片：「暮霞紅映沼。恨柳枝疏瘦，不禁風攪。投林數歸鳥。更枯莖敲荻，慘紅堆蓼。江寒浪小。雁來多、音書苦少。試看盡，水邊紅葉，不見有詩流到。」

〔4〕蘭棹舉：蘭棹：同櫂，划船所用之槳。屈原〈楚辭・九歌・湘君〉：「桂棹兮蘭枻，斲冰兮積雪。」宋盧祖皋〈謁金門〉詞（蘭棹舉）上片：「蘭棹舉。相趁落紅飛去。一隙輕簾凝睇處。柳絲牽不住。」

〔5〕麴塵霏：酒氣飛散。麴塵，酒母上所生之黃塵，此處應指酒。唐白居易〈山石榴寄元九〉詩：「千房萬葉一時新，嫩紫殷紅鮮麴塵。」

〔6〕新荷挽斷有餘絲：宋黃機〈滿庭芳〉詞（次仁和韻，時欲之官永興。二十年間）下片：「噫其，吾甚矣，不慚蹇拙，欲鬥嬋娟。辦輕輿短艇，強載衰顏。人道郴（彬）陽無雁，奈情鍾、藕斷絲聯。須相憶，新詩賦就，時復寄吳箋。」

〔7〕面目蒼然不入時：唐劉長卿〈夜宴洛陽程九主簿宅送楊三山人往天臺尋智者禪師隱居〉詩：「志圖良已久，鬢髮空蒼然。」宋陸游〈長相思五首〉詞之三（面蒼然）上片：「面蒼然。鬢皤然。滿腹詩書不直錢。官閑常晝眠。」宋蘇軾〈紅梅三首〉詩之一：「怕愁貪睡獨開遲，自恐冰容不入時。」

四十七、〈鷓鴣天〉

上巳〔1〕時，再遊青陽峽，用家弟誠之韻三首之一。

瓦釜逢時亦轉雷〔2〕。春江得雨浪崔嵬〔3〕。不才分作溝中斷，偶對溪山一笑開〔4〕。　題姓字〔5〕，拂青苔〔6〕。此翁來後更誰來。不須更待移文〔7〕遣，俗駕聞風已自回。

【編年】

此闋應作於元太宗十七（1245）年，時段克己年屆半百。

【箋注】

〔1〕上巳：漢以前定農曆的三月上旬巳日爲上巳。有修禊之俗，以祓除不祥。魏晉以後，則改在農曆三月三日。《續漢書志‧禮儀志上》：「是月上巳，官民皆絜於東流水上，曰洗濯，袚除去宿垢疢爲大絜。」宋吳自牧《夢梁錄‧卷二‧三月》：「三月三日上巳之辰，曲水流觴故事，起於晉時。」唐朝賜宴曲江，傾都禊飲踏青，亦是此意。

〔2〕瓦釜逢時亦轉雷：陶製鍋具逢時亦會發出如雷巨響。瓦釜鳴雷典出屈原《楚辭‧卜居》：「世溷濁而不清，蟬翼爲重，千鈞爲輕，黃鐘毀棄，瓦釜雷鳴，讒人高張，賢士無名。籲嗟默默兮，誰知吾之廉貞！」比喻平庸無才德的人卻居於顯赫的高位。宋黃庭堅〈再次韻兼簡履中南玉三首〉詩之三：「經術貂蟬續狗尾，文章瓦釜作雷鳴。」宋辛棄疾〈水龍吟〉詞：（用瓢泉韻戲陳仁和兼簡諸葛元亮，且督和詞。被公驚倒瓢泉）：「誰識稼軒心事，似風乎、舞雩之下。回頭落日，蒼茫萬里，塵埃野馬。更想隆中，臥龍千尺，高吟纔罷。倩何人與問，雷鳴瓦釜，甚黃鐘啞。」

〔3〕浪崔嵬：浪濤洶湧。崔嵬：高峻、高大的樣子。此處應指大。唐韓愈〈詠雪贈張籍〉詩：「娥嬉華蕩瀁，胥怒浪崔嵬。」唐胡曾〈東晉〉：「石頭城下浪崔嵬，風起聲疑出地雷。」

〔4〕偶對溪山一笑開：宋蘇軾〈書李公擇白石山房〉詩：「偶尋流水上崔嵬，五老蒼顏一笑開。」

〔5〕題姓字：唐李藻〈梨嶺〉詩：「曾向嶺頭題姓字，不穿楊葉不言歸。」

〔6〕拂青苔：唐馬戴〈春日尋滻川王處士〉詩：「與君同露坐，澗石拂青苔。」

〔7〕移文：應指北公移文，北公移文乃文章名。南朝齊孔稚珪撰。敍述周顒和孔稚珪等初隱居鍾山，周顒後應詔出任海鹽縣令，期滿回京，路過鍾山，孔稚珪遂撰此文，假託山神之意，諷刺周顒違背前約，熱衷功名利祿。

四十八〈鷓鴣天〉

上巳時，再遊青陽峽，用家弟誠之韻三首之二。

樓外殘雲走怒雷。西山晴色晚崔嵬〔1〕。柳熏遲日〔2〕千絲暗，花噴溫馨一夕開〔3〕。　　須席地，更茵苔。素琴橫膝賦歸來。一觴一詠風流在〔4〕，牛背如船〔5〕倒載回。

【編年】

此闋應作於元太宗十七年（1245），時克己年半百。

【箋注】

〔1〕崔嵬：崎嶇不平之山。亦泛指高山。《詩經·周南·卷耳》：「陟彼崔嵬，我馬虺隤。」宋辛棄疾〈沁園春〉詞（期思舊呼奇獅，或云碁師，皆非也。余考之荀卿書云：孫叔敖，期思之鄙人也。期思屬弋陽郡，此地舊屬弋陽縣。雖古之弋陽、期思，見之圖記者不同，然有弋陽則有期思也。橋壞復成，父老請余賦，作沁園春以證之。有美人兮。）下片：「覺來西望崔嵬。更上有青楓下有溪。待空山自薦，寒泉秋菊，中流卻送，桂棹蘭旗。萬事長嗟，百年雙鬢，吾非斯人誰與歸憑闌久，正清愁未了，醉墨休題。」

〔2〕柳熏遲日：宋程垓〈瑞鷓鴣〉詞（春日南園。門前楊柳綠成陰。）上片：「門前楊柳綠成陰。翠塢籠香逕自深。遲日暖熏芳草眼，好風輕撼落花心。」

〔3〕花噴溫馨一夕開：花盛開猶同噴霧，一夕開盡，芬芳四溢。宋蒲壽宬〈漁父詞〉詞（明月愁人夜未央）：「明月愁人夜未央。篷窗如畫水浪浪。何處笛，起淒涼。梅花噴作一天霜。」

〔4〕一觴一詠風流在：邊飲酒，邊賦詩。晉王羲之〈蘭亭集序〉：「雖無絲竹管絃之盛，一觴一詠，亦足以暢敘幽情。」宋仲並〈芰荷香〉詞（中秋在毗陵，不見月，作數語未成。後一日來澄江，途中先寄趙智夫。醉凝眸。）下片：「別去客懷，無賴准擬開愁。冰輪好在，解隨我、天際歸舟。何須舞袂歌喉。一觴一詠，談笑風流。」

〔5〕牛背如船：形容船隻航行極穩。金元好問〈水調歌頭〉詞（少室玉華穀月夕，與希顏欽叔飲，醉中賦此。玉華詩老，宋洛陽耆英劉幾伯壽也。劉有二侍妾，名萱草芳草，吹鐵笛騎牛山間，玉華亭榭遺址在焉。金堂玉堂嵩山事，石城瓊璧少室山三十六峰之名也。山家釀初熟。）上片：「山家釀初熟，取醉不論錢。清溪留飲三日，魚鳥亦欣然。見說玉華詩老，袖有忘憂萱草，牛背穩於船。鐵笛久埋沒，雅曲竟誰傳。」

四十九、〈鷓鴣天〉

上巳時，再遊青陽峽，用家弟誠之韻三首之三。

古獄干將〔1〕未遇雷。一生肝膽〔2〕讒崔嵬〔3〕。不將身向愁中老，剩把懷於笑裏開。　　賢聖骨，長寒苔〔4〕。君如不飲復何來。便從今日為頭數〔5〕，比到春歸醉幾回。

【編年】

此闋應作於元太宗十七年（1245），時克己年半百。。

【箋注】

〔1〕干將：人名。春秋楚國人，相傳善鑄劍。後多借指利劍。《列異志》載其事：楚人干將、莫邪夫婦為楚王作劍，三年而成，劍有雄雌，天下名器也。劍三年方成，干將以誤期，自斟獲罪必死，故藏雄劍在南山之陰，北山之陽，松生石上，囑其妻，若生男，告以劍之所在。干將果被殺，其子長，得客助，為父復仇。漢司馬相如〈子虛賦〉：「曳明月之珠旗，建干將之雄戟。」

〔2〕一生肝膽：**肝膽**：指人有血性。唐顧況〈行路難三首〉詩之一：「一生肝膽向人盡，相識不如不相識。」

〔3〕崔嵬：比喻心中不平。宋黃庭堅〈次韻子瞻武昌西山〉詩：「平生四海蘇太史，酒澆不下胸崔嵬。」

〔4〕賢聖骨，長寒苔：宋陸游〈幽居書事〉詩：「紛紛爭奪成何事，白骨生苔但可哀。」

〔5〕便從今日為頭數：宋辛棄疾〈鵲橋仙〉詞（賀余察院生日。多冠風采。）下片：「東君未老，花明柳媚，且引玉塵沈醉。好將三萬六千場，自今日、從頭數起。」

五十、〈鷓鴣天〉

暮春之初，會飲衛生襲之家。酒酣，諸君請作樂府，因為之賦，使覽者知吾輩之所樂也。五首之一。

幼歲文章已自豪。皤然〔1〕猶記兩垂髫〔2〕。從教酒債生前有，莫待詩瓢〔3〕死後漂。　　三萬日，六千朝。百年強半是羈騷〔4〕。須君自製黃金膾〔5〕，醉我新蒭玉色醪〔6〕。

【編年】

此闋應作於元太宗十七年（1245），時段克己年屆半百。是日，段克己遊於青陽峽，上巳日再遊，會飲於衛襲之家，時日又與友約會西園。

【箋注】

〔1〕皤然：頭髮斑白貌。唐白居易〈白髮〉詩：「白髮生來三十年，而今鬚鬢盡皤然。」

〔2〕垂髫：同垂髮，比喻兒童或童年。髫：毛髮中較長者稱爲「髫」。

〔3〕詩瓢：宋計有功《唐詩紀事・唐球》：「球居蜀之味江山，方外之士也。爲詩撚藁爲圓，納入大瓢中。後臥病，投於江曰：『斯文苟不沉沒，得者方知吾苦心爾。』至新渠，有識者曰：『唐山人瓢也』。後以「詩瓢」指貯放詩稿之器具。宋張炎〈洞仙歌〉詞（觀王碧山花外詞集有感。野鵑啼月。）上片：「野鵑啼月，便角巾還第。輕擲詩瓢付流水。最無端、小院寂厤春空，門自掩，柳發離離如此。可惜歡娛地。雨冷雲昏，不見當時譜銀字。」

〔4〕羈騷：羈旅之憂愁。羈：寄居外地之旅人。同羇。《左傳・昭公十三年》：「爲羇終世，可謂無民。」騷：憂愁。《史記・屈原賈生傳》：「離騷者，猶離憂也。」

〔5〕鱠：細切的魚肉。通膾。音ㄎㄨㄞˋ。

〔6〕醉我新蒭玉色醪：醪：混合渣滓之濁酒。《說文解字》：「醪，汁滓酒也。」宋蘇軾讀孟郊詩二首〉詩之一：「不如且置之，飲我玉色醪。」

五十一、〈鷓鴣天〉

暮春之初，會飲衛生襲之家。酒酣，諸君請作樂府，因爲之賦，使覽者知吾輩之所樂也。五首之二。

釃酒槌牛詫裏豪〔1〕。臨流觴詠賦詩髦〔2〕。紛紛世態浮雲變〔3〕，草草生涯〔4〕斷梗漂。　　愁不寐〔5〕，夜難朝。廣陵散曲〔6〕屈平騷〔7〕。從今有耳都休聽，且復高歌飲楚醪〔8〕。

【箋注】

〔1〕釃酒槌牛：釃：斟。宋蘇軾〈赤壁賦〉：「釃酒臨江，橫槊賦詩。」宋林正大〈括酹江月〉詞（赤壁泛舟）下片：「因念釃酒臨江，賦詩橫槊，

好在今安適。謾寄蜉蝣天地爾，瞬目盈虛消息。江上清風，山間明月，與子歡無極。翻然一笑，不知東方既白。」**椎牛**：張遼爲迎戰孫吳大軍，情急之下「於是遼夜募敢從之士，得八百人，椎牛饗將士，明日大戰。」典出《三國志・魏志・張遼傳》。

〔2〕臨流觴詠賦詩髦：**觴詠**：飲酒賦詩。唐白居易〈老病幽獨偶吟所懷〉詩：「觴詠罷來賓閣閉，笙歌散後妓房空。」宋陳瓘〈阮郎歸〉詞（從來多唱杜鵑辭）下片：「說情話，復何疑。臨流應賦詩。引觴自酌更何之。心閒光景遲。」

〔3〕紛紛世態浮雲變：**世態**：世俗人情狀態。宋陸游〈自詠〉詩：「紛紛世態但堪悲，一念蕭然我亦奇。」唐武元衡〈晨興寄贈寰（一作何）使君〉（一作晨興贈友，寄呈寰使君）詩：「世事浮雲（一作兩鬢候雲）變，功名將奈何。」

〔4〕草草生涯：宋黃庭堅〈漁父二首〉詩之二：「草草生涯事不多，短船身外豈知他。」

〔5〕愁不寐：唐孟浩然〈歲暮歸南山（一題作歸故園作，一作歸終南山）〉詩：「永懷愁不寐（一作寢），松月夜窗（一作堂）虛。」

〔6〕廣陵散曲：三國魏嵇康善彈廣陵散曲，秘不授人，後因反對司馬氏專政而遭讒被害，臨刑索琴彈曰：「廣陵散於今絕矣！」典見《晉書・嵇康傳》。後比喻人事凋零或事無後繼，已成絕響。

〔7〕屈平騷：屈原賦離騷。屈平：同屈原，人名。（343B.C.～？）名平，又名正則，字靈均，戰國時楚人。曾做左徒、三閭大夫，懷王時，遭靳尚等人讒謗，被放逐於漢北，離騷表明忠貞之心；頃襄王時被召回，又遭上官大夫譖言而流放至江南，終因不忍見國家淪亡，懷石自沉汨羅江而死。重要著作有〈離騷〉、〈九章〉、〈天問〉等賦。**騷**：離騷之簡稱。

〔8〕且復高歌飲楚醪：宋曹冠〈使牛子〉詞（晚天雨霽橫雌霓）上片：「晚天雨霽橫雌霓。簾卷一軒月色。紋簟坐苔茵，乘興高歌飲瓊液。」

五十二〈鷓鴣天〉

暮春之初，會飲衛生襲之家。酒酣，諸君請作樂府，因爲之賦，使覽者知吾輩之所樂也。五首之三。

當日元龍氣最豪〔1〕。而今塵土墊冠髦〔2〕。紛紛落絮隨風舞〔2〕，

泛泛輕鷗逐水漂〔3〕。　　抍一醉，便千朝。文章休說僕奴騷。
春來春去容顏改〔4〕，輪我花前把碧醪〔5〕。

【箋注】

〔1〕當日元龍氣最豪：**元龍**：東漢陳登，字元龍，有豪氣。許汜見登，登
久不相與言，自上大床臥，使汜臥下床。見《三國志卷七魏書呂布傳》。
宋張元幹〈水調歌頭〉詞（追和。舉手釣鼇客）下片：「夢中原，揮老
淚，遍南州。元龍湖海豪氣，百尺臥高樓。短髮霜黏兩鬢，清夜盆傾
一雨，喜聽瓦鳴溝。猶有壯心在，付與百川流。」宋蘇軾〈踏莎行〉（山
秀芙蓉）下片：「解佩投簪，求田問舍。黃雞白酒漁樵社。元龍非復少
時豪，耳根洗盡功名話。」

〔2〕紛紛落絮隨風舞：宋楊無咎〈掃花（地）遊〉（乳鶯囀午）：「乳鶯囀午。
□好夢初醒，小軒清楚。水沈細縷。趁遊絲落絮，緩隨風舞。冒起春
心，又是愁雲怨雨。玉人去。遍徙倚舊時，曾並肩處。」

〔3〕泛泛輕鷗逐水漂：唐杜甫〈小寒食舟中作〉詩：「娟娟戲蝶過閑（一作
開）幔，片片輕鷗下急湍。」

〔4〕春來春去容顏改：宋張元幹〈菩薩蠻〉詞（三月晦送春有集，坐中偶
書。春來春去催人老。）上片：「春來春去催人老。老夫爭肯輸年少。
醉後少年狂。白髭殊未妨。」唐劉禹錫〈送春詞〉詩：「佳人對鏡容顏
改，楚客臨江心事違。」

〔5〕輪我花前把碧醪：宋王安石〈即事五首〉詩之一：「莫嫌野外無供給，
更向花前把一杯。」

五十三、〈鷓鴣天〉

暮春之初，會飲衛生襲之家。酒酣，諸君請作樂府，因為之賦，
使覽者知吾輩之所樂也。五首之四。

七字驪珠〔1〕句法豪。老夫倒甲墮縷髦。輿薪不見明何謂〔2〕，
雷雨無聲麥已漂。　　窮硯墨，幾昏朝。星星鬢髮〔3〕半刁騷。
從人笑我冬烘〔4〕甚，猶可尊前舉罰醪。

【箋注】

〔1〕七字驪珠：應指創作極佳之七言句。**驪珠**：古代傳說中驪龍頷下之寶

珠。欲取驪珠，須潛入深淵，待驪龍睡，方能竊得，爲極珍貴之寶物。
典出《莊子‧列御寇》。後比喻爲珍貴事物或事物之精華、文章要旨。
唐元稹〈贈嚴童子〉詩：「楊公莫訝清無業，家有**驪**珠不復貧」。亦稱
爲頷下之珠。宋倪偁〈減字木蘭花〉詞：〈新詩細覽〉上片：「新詩細
覽。<u>滿紙**驪**珠光眩眼</u>。高論傾湖。倒峽詞源世不如。」

〔2〕輿薪不見明何謂：爲何顯而易見之物卻視而不見。**輿薪**：一車木柴。
比喻顯而見之物件。《孟子‧梁惠王上》：「明足以察秋毫之末，而不見
輿薪。」

〔3〕星星鬢髮：鬢髮斑白。星星：頭髮花白之貌。南朝宋謝靈運〈游南亭〉
詩：「戚戚感物歎，星星白髮垂。」唐李賀〈感諷五首〉之二：「我待
紆雙綬，遺我星星髮。」

〔4〕多烘甚：甚迂腐。**多烘**：糊塗、迂腐。唐鄭熏主持考試，誤以爲顏標
是魯公（顏眞卿）之後代，將其取爲狀元。時人作〈嘲鄭熏〉詩：「主
司頭腦太多烘，錯認顏標作魯公。」見《五代漢‧王定保‧唐摭言‧
卷八‧誤放》。後多用以嘲笑古代私塾老師，或不明事理、不識世務之
書呆。宋范成大〈四時田園雜興〉詩：「長官頭腦冬烘甚，乞汝青銅買
酒回。」

五十四、〈鷓鴣天〉

暮春之初，會飲衛生襲之家。酒酣，諸君請作樂府，因之賦，使
覽者知吾輩之所樂也。五首之五。

把酒簪花強自豪。花枝羞上阿翁髦〔1〕。不教春色因循過〔2〕，
忍爲虛名孟浪漂〔3〕。　　醒復醉〔4〕，莫還朝。紛紛四海〔5〕
正兵騷。從渠〔6〕眼底桑田變〔7〕，且樂床頭撥甕醪。

【箋注】

〔1〕把酒簪花強自豪。花枝羞上阿翁髦：宋陸游〈題閭郎中溧水東皋園亭〉
詩：「東皋樂哉日成趣，簪花起舞當自強。」宋蘇軾〈答陳述古二首〉
詩之一：「城西亦有紅千葉，人老簪花卻自羞。」宋袁去華〈南柯子〉
詞〈秋晚霜初肅〉下片：「帶綠根新破，眞醇酒旋篘。<u>簪花莫怪老人羞</u>。
<u>直是黃花、羞上老人頭</u>。」

〔2〕不教春色因循過：因循：蹉跎、延誤。宋王雱〈倦尋芳慢〉（露晞向晚）
上片：「露晞向晚，簾幕風輕，小院閑晝。翠徑鶯來，驚下亂紅鋪繡。
倚危牆，登高樹，海棠經雨胭脂透，算韶華，又因循過了，清明時候。」

〔3〕忍為虛名孟浪漂：孟浪：言行輕率、冒失。《莊子·齊物論》：「夫子以
為孟浪之言，而我以為妙道之行也。」宋蘇軾〈減字木蘭花〉詞（送
東武令趙昶失官歸海州。賢哉令尹）上片：「賢哉令尹。三仕已之無喜
慍。我獨何人。猶把虛名玷搢紳。」

〔4〕醒復醉：唐杜甫〈陪章留後侍御宴南樓（得風字）〉詩：「此身醒復醉，
不擬哭途窮。」

〔5〕四海：古代認為中國四周環海，因而稱四方為四海。泛指天下各處。《書
經·禹貢》：「四海會同，六府孔修。」

〔6〕渠：他，指第三人稱。

〔7〕桑田變：即滄海桑田，大海變為陸地，陸地淪為大海。語本《太平廣
記·卷六十·麻姑》：「接待以來，已見東海三為桑田。」比喻世事無
常，變化極快。唐若虛〈樂仙觀〉：「松傾鶴（一作馬）死桑田變，華
表歸鄉未有年。」

五十五、〈鷓鴣天〉

和答尋正道。

襯步〔1〕金沙村路遙。歸來羞費楚詞招〔2〕。蜂粘落絮行池面，
蝶避遊絲過柳橋。　　方外友〔3〕，仗誰邀。定於驢上作推敲〔4〕。
窮愁正要詩料理〔5〕，莫問春來酒價高。

【箋注】

〔1〕襯步：宋李之儀〈臨江仙〉詞（知有閬風花解語）上片：「知有閬風花
解語，從來只許傳聞。光明休詠漢宮新。擁身疑有月，襯步恨無雲。」

〔2〕楚詞招：《楚辭》中有〈招魂〉篇。宋陸游〈得季長書追懷南鄭幕府慨
然有作〉詩：「惆悵流年又如許，羈魂欲仗楚詞招。」宋高觀國〈浣溪
紗〉（偷得韓香惜未燒）下片：「吹絮繡簾春澹澹，隔香羅帳夜迢迢。
楚魂須著楚詞招。」

〔3〕方外友：世外之友。方外：世外。今指僧道等。《淮南子·俶真》：「馳

於方外，休乎宇內。」唐於頔〈郡齋臥疾贈晝上人〉詩：「晚依方外友，極理探精賾。」

〔4〕推敲：唐賈島的詩句「僧敲月下門」，第二字本用推，又欲改敲，思慮良久，引手做推敲狀。韓愈告之：「作敲字佳。」遂定稿。見《苕溪漁隱叢話・引劉公嘉話錄》。後引喻為思慮斟酌。

〔5〕料理：處理。宋趙以夫〈沁園春〉詞（次劉後村。秋入書幃。）上片：「秋入書幃，漏箭初長，熏爐未灰。向酒邊陶寫，韓情杜思，<u>案頭料理</u>，漢蠹秦煨。」

五十六、〈臨江僊〉

壽周景純。

仲蔚〔1〕門牆蓬藋〔2〕滿，幽居〔3〕不用聲華。醜妻惡妾勝無家〔4〕。學須勤苦就，富貴豈天耶。　　鼻堊未除斤未運〔5〕，相望咫尺天涯〔6〕。芹溪猶有折殘麻。此心終莫展，遲〔7〕汝對巖花。

【箋注】

〔1〕仲蔚：即張仲蔚。《高士傳》：「張仲蔚者，平陵人也，與同郡魏景卿俱修《道德》，隱身不仕。明天官博物，善屬文，好詩賦，常居窮素，所處蓬蒿，沒人閉門，養性不治榮名，時人莫識，唯劉龔知之。」

〔2〕蓬藋：蓬草與蓊藋。蓬：植物名。菊科飛蓬屬，多年生草本。莖多分枝，葉形似柳而小，有剛毛，花色白。秋枯根拔，風捲而飛，故亦稱為「飛蓬」。藋：植物名藜葉大。《爾雅・釋草》：「拜蓊藋。」《邢昺・疏》：此亦似藜而葉大者，名拜，一名蓊藋。

〔3〕幽居：隱居。《後漢書・逸民傳・法眞傳》：「幽居恬泊，樂以忘憂。」

〔4〕醜妻惡妾勝無家：宋蘇軾〈薄薄酒二首〉詩之一：「薄薄酒，勝茶湯，粗粗布勝無裳，醜妻惡妾勝空房。」

〔5〕鼻堊未除斤未運：語出《莊子・徐無鬼》：「匠石運斤成風，聽而斲之，盡堊而鼻不傷。」堊：白色土。

〔6〕咫尺天涯：形容相距雖近，卻無緣相見，如同相隔千里。

〔7〕遲：等待、期望。《後漢書・肅宗孝章帝紀》：「朕思遲直士，側席異聞。」南朝宋謝靈運〈南樓中望所遲客〉詩：「登樓為誰思？臨江遲來客。」

五十七、〈臨江僊〉

三月十日，與諸君約會西園，久而不至，花又狼藉，因賦此以排悶。

人道花開春爛熳〔1〕，花殘春便無情。小園獨自遶花行〔2〕。是非何日定，洗耳聽江聲〔3〕。芍藥牡丹俱不見，風枝猶有殘英〔4〕。階前梨葉已成陰。所期猶未至，何日倒吾瓶〔6〕。

【編年】

以上〈臨江僊〉二闋應作於元太宗十七（1245）年，時段克己當半百之年。

【箋注】

〔1〕春爛熳：春光燦爛。爛熳：光彩煥發貌。唐元稹〈酬竇校書二十韻〉詩：「遊春爛熳，晴望月團圓。」宋王安石〈重將〉詩：「花鳥總知春爛熳，人間自有傷心。」

〔2〕小園獨自遶花行：唐白居易〈酬韓侍郎張博士雨後游曲江見寄〉詩：「小園新種紅纓樹，閑遶花行便當遊。」

〔3〕洗耳聽江聲：宋李呂：〈水調歌頭〉詞（和伯稱。山雨喜開霽。）下片：「一星子，名與利，漫浮沈。塞翁禍福無定、此理古猶今。妙處祇應親到，物從渠舒卷，出處我無心。袖手無新語，洗耳聽清音。」

〔4〕猶有殘英：宋仲殊〈鵲踏枝〉詞：（斜日平山寒已薄）上片：「斜日平山寒已薄。雪過松梢，猶有殘英落。晚色際天天似幕。」

〔5〕梨葉已成陰：唐元稹〈送友封二首〉詩之一：「桃葉成陰燕引雛，南風吹浪颭檣烏。」

〔6〕倒吾瓶：唐韓愈〈獨酌四首〉詩之三：「所嗟無可召，不得倒吾缾。」

五十八、〈臨江僊〉

幽韻，用前韻

白首老儒身連蹇〔1〕，不隨時世紛華〔2〕。盡他人笑魯東家〔3〕。皇天〔4〕如欲治，舍我復誰耶。　　此道未行應有待，何須思慮無涯。男供耕獲女桑麻。薄軀何所事，問柳與尋花〔5〕。

【箋注】

〔1〕蹇：困苦、艱難、不順利。唐白居易〈與元九書〉：「況詩人多蹇，如陳子昂、杜甫，各授一拾遺，而迍剝至死。」

〔2〕時世紛華：宋陳瓛〈滿庭芳〉詞（擾擾匆匆）上片：「擾擾匆匆，紅塵滿袖，自然心在溪山。尋思百計，真個不如閑。浮世紛華夢影，囂塵路、來往迴圈。江湖手，長安障日，何似把魚竿。」

〔3〕魯東家：同東風靈雨，《楚辭·九歌·山鬼》：「若有人兮山之阿，被薜荔兮帶女羅。既含睇兮又宜笑，子慕予兮善窈窕。乘赤豹兮從文狸，辛夷車兮結桂旗。被石蘭兮帶杜衡，折芳馨兮遺所思。余處幽篁兮終不見天，路險難兮獨後來。表獨立兮山之上，雲容容兮而在下。杳冥冥兮羌晝晦，東風飄兮神靈雨。留靈脩兮憺忘歸，歲既晏兮孰華予。采三秀兮於山間，石磊磊兮葛蔓蔓。怨公子兮悵忘歸，君思我兮不得閒。山中人兮芳杜若，飲石泉兮蔭松柏。君思我兮然疑作。填填兮雨冥冥，？啾啾兮又夜鳴。風颯颯兮木蕭蕭，思公子兮徒離憂。」「東風飄兮神靈雨」漢王逸《楚辭補註·九歌·山鬼》注：「飄，風貌。《詩》曰：『匪風飄兮。』言東風飄然而起，則神靈應之而雨。以言陰陽通感，風雨相和。屈原自傷獨無和也。」

〔4〕皇天：皇，大。皇天為對天之尊稱。《書經·大禹謨》：「眷命，奄有四海，為天下君。」

〔5〕問柳與尋花：遊賞春天景色。唐杜甫〈嚴中丞枉駕見過〉：「元戎小隊出郊坰，問柳尋花到野亭。」

五十九、〈浣溪沙〉

壽衛生行之。

莫說長安行路難〔1〕。休歌骯髒〔2〕倚門邊。且將見在鬥尊前〔3〕。人意十分如月滿，月明一夕向人圓〔4〕。年年人月似今年〔5〕。

【箋注】

〔1〕長安行路難：長安之路難行。金元好問〈阮郎歸〉詞（為李長源賦帝城西下望西山。城居歲又殘。）下片：「城居歲又殘。萬家風雪一家寒。青燈語夜闌。人□甕，鬼門關。無窮人往還。求官莫要近長安。長安

　　　　行路難。」

〔2〕骯髒：高亢剛直貌。宋文天祥〈得兒女消息〉詩：「骯髒到頭方是漢，
　　　娉婷更欲向何人」。金元好問〈古意〉詩：「梗楠千歲姿，骯髒空穀
　　　中。」

〔3〕且將見在鬥尊前：鬥酒。唐牛僧孺〈席上贈劉夢得〉詩：「休論世上昇
　　　沉事，且鬥樽前見在身。」宋蔡伸〈浣溪沙〉詞（且鬥尊前見在身）
　　　上片：「且鬥尊前見在身。遊如夢可銷魂。玉容依約舊精神。」送辛棄
　　　疾〈沁園春〉詞（戊申歲，奏邸忽騰報，謂余以病掛慣，因賦此。老
　　　子平生）下片：「況抱甕年來自灌園。但淒涼顧影，頻悲往事，殷懃對
　　　佛，欲問前因。卻怕青山，也妨賢路，休鬥尊前見在身。山中友，試
　　　高吟楚些，重與招魂。」

〔4〕向人圓：唐杜甫〈宿贊公房〉詩：「相逢成夜宿，隴月向人圓。」

〔5〕年年人月似今年：金元好問〈婆羅門引〉詞（望月。素蟾散彩。）下
　　　片：「尋常月圓。恨都向、別時偏。幾度郵亭枕上，野店尊前。珠明玉
　　　秀，算一日、相看一日仙。人共月、長似今年。」

六十、〈浣溪沙〉

　　元夜後復一日，史生仲恭久客初還，喜而賦此。

馬上風吹醉帽偏〔1〕。一川晴雪嫋吟鞭〔2〕。冷雲堆裏指家山。　　慈
母已占烏鵲喜〔3〕，佳人望月拜嬋娟〔4〕。今宵人月十分圓。

【編年】

　　此闋應作於元定宗三年（1248），時段克己年五十有三。

【箋注】

〔1〕馬上風吹醉帽偏：吹帽：《晉書》：「後為征西桓溫參軍，溫甚重之。九
　　　月九日，溫燕龍山，僚佐畢集。時佐吏並著戎服，風至，吹嘉帽墮落，
　　　嘉不之覺。溫使左右勿言，欲觀其舉止。嘉良久如廁，溫令取還之，
　　　命孫盛作文嘲嘉，著嘉坐處。嘉還見，即答之，其文甚美，四坐嗟歎。」
　　　唐杜甫〈九日藍田崔氏莊〉詩：「羞將短髮還吹帽，笑倩旁人為正冠。」
　　　宋陸游〈幽事〉詩：「潮通支浦漁舟活，露濕繁花醉帽偏。」宋辛棄疾
　　　〈雨中花慢〉詞（子似見和，再用韻為別。馬上三年。）上片：「馬上

三年，醉帽吟鞭，錦囊詩卷長留。悵溪山舊管，風月新收。明便關河
杳杳，去應日月悠悠。笑千篇索價，未抵蒲萄，五鬥涼州。停雲老子，
有酒盈尊，琴書端可消憂。」

〔2〕嫋吟鞭：嫋：搖曳、擺動。宋楊無咎〈柳梢青〉詞（山曲水傍）下
片：「爲一駐馬橫塘。漫立盡、煙村夕陽。空嫋鞭，幾多詩句，不入
思量。」

〔3〕慈母已占烏鵲喜：宋黃庭堅〈次韻王穉川客舍二首〉詩之一：「慈母每
占烏鵲喜，家人應賦屐屩歌。」

〔4〕嬋娟：形容月色明媚或指明月。

六十一〈浣溪沙〉

壽菊軒弟。

白髮相看老弟兄〔1〕。閑身無辱亦無榮。兒孫已可代躬耕〔2〕。　　了
卻文章千載事，不須談笑話功名〔3〕。青山高臥〔4〕待昇平。

【箋注】

〔1〕白髮相看老弟兄：金元好問〈定風波〉詞（楊叔能歸淄川。舊遊回首
一悽然。）下片：「白髮相看老弟兄。恨無一語送君行。至竟交情何處
好。向道。不如行路本無情。少日龍門星斗近。爭信。淒涼湖海寄餘
生。耆舊風流誰復似。從此。休將文字占時名。」

〔2〕躬耕：親自耕種。諸葛亮〈出師表〉：「臣本布衣，躬耕於南陽。」

〔3〕談笑話功名：宋蔣思恭〈水調歌頭〉詞（壽張運使。紫府挈金鑰。）
上片：「紫府挈金鑰，銀漢夜乘槎。老仙暫駐幢節，來佐玉皇家。翠髮
朱顏好在，肘後有方醫國，寶鼎養丹砂。談笑功名了，身退飯胡麻。
遊物外，聚紫腦，煉青芽。」

〔4〕高臥：比喻隱居而不出任官職。

六十二〈訴衷情〉

初夏偶成

東風簾幕雨絲絲，梅子半黃時〔1〕。玉簪〔2〕微醒，醉夢開卻兩
三枝〔3〕。　　初睡起，曉鶯啼〔4〕。倦彈碁。芭蕉新綻，徙倚

湖山，彩筆題詩〔5〕。

【箋注】

〔1〕東風簾幕雨絲絲，梅子半黃時：宋謝逸〈玉樓春〉詞（王守生日。青
　　錢點水圓荷綠。）上片：「青錢點水圓荷綠。解籜新篁森嫩玉。輕風冉
　　冉揀花香，⬚小雨絲絲梅子熟⬚。」

〔2〕玉簪：植物名。百合科紫萼屬，多年生草本。具毒性，高約一公尺。
　　葉大，呈綠色，卵形。六、七月開白或淡紫色花，含蕊如簪頭，有香
　　味。其葉可治蛇傷，花可治喉痛。

〔3〕開卻兩三枝：宋李坦然〈風流子〉詞（東君雖不語）上片：「東君雖不
　　語，年華事、今歲恰如期。向寒雨望中，曉霜清處，領些春意，⬚開兩
　　三枝⬚。又不是、山桃紅錦爛，溪柳綠搖絲。別是一般，孤高風韻，絳
　　裁纖萼，冰剪芳蕤。」

〔4〕曉鶯啼：清晨鶯鳥啼叫。唐許景先〈陽春怨〉：「紅樹曉鶯啼，春風暖
　　翠閨。」

〔5〕彩筆題詩：宋晁補之〈金盞倒垂蓮〉詞。（次韻同寄霸師楊仲謀安撫。
　　休說將軍）上片：「休說將軍，解彎弓掠地，昆嶺河源。⬚彩筆題詩⬚，綠
　　水映紅蓮。算總是、風流餘事，會須行樂□年。況有一部，隨軒脆管
　　繁弦。」宋陸游〈初春探花有作〉詩：「金羈絡馬閒遊處，彩筆題詩半
　　醉中。」

六十三、〈生查子〉

　　正月上旬日，夜寐間聞雪作。詰旦起視，但雲煙出沒，小山濃淡
如畫，西望長河，僅一髮耳。作長短句，以寫一時勝槩。

澹月晃書窗，夜靜雲撩亂〔1〕。欹枕瀟瀟聽雪聲〔2〕，落葉閑階
滿〔3〕。　　清曉獨開門，淡蕩東風軟〔4〕。詩句成時墮渺茫〔5〕，
眼底江天遠〔6〕。

【箋注】

〔1〕雲撩亂：宋吳潛〈賀新郎〉詞（寄趙南仲端明。煙樹瓜洲岸。）下片：
　　「揚州十里朱簾卷。想桃根桃葉，依稀舊家庭院。誰把青紅吹到眼，
　　知有醉翁局段。便回首、舟移帆轉。渺渺江波愁未了，⬚正淮山、日暮

雲撩亂。閣酒琖，倚歌扇。」

〔2〕聽雪聲：宋陸游〈雜感十首以野曠沙岸淨天高秋月明爲韻〉詩之十：「會
揀最幽處，煨芋聽雪聲。」

〔3〕落葉閑階滿：唐白居易〈長恨歌〉詩：「西宮南內多秋草，落葉滿階紅
不掃。」唐盧綸〈題伯夷廟〉詩：「落葉滿階塵滿座，不知澆酒爲（一
作是）何人。」

〔4〕東風軟：唐曹唐〈小遊仙詩九十八首〉詩之八十六：「梨花新折東風軟，
猶在緱山樂笑聲。」

〔5〕墮渺茫：宋蘇軾〈舟中聽大人彈琴〉詩：「無情枯木今尚爾，何況古意
墮渺茫。」

〔6〕江天遠：唐錢起（一作錢珝詩）〈江行無題一百首〉詩之三十：「漸覺
江天遠，難逢故國書。」

六十四、〈南鄉子〉

壽縣大夫薛君寶臣。

五福〔1〕幾人全。我見君侯得處偏。素著藹然〔2〕鄉曲譽，喧傳。
盡道新官似舊官。五袴復歌廉。竹馬兒童〔3〕更可憐〔4〕。萬室
春風和氣〔5〕裏，鳴弦。好似今年勝去年〔6〕。

【編年】

此闋應作於元定宗二年（1247），時段克己年五十有二。

【箋注】

〔1〕五福：指壽、富、康寧、攸好德、考終命等五種福氣。一說五福指壽、
富、貴、安樂、子孫眾多。

〔2〕藹然：和悅貌。唐張賁〈奉和襲美醉中即席見贈次韻〉詩：「桂枝新下
月中仙，學海詞鋒譽藹然。」

〔3〕竹馬兒童：騎竹馬玩耍之兒童。竹馬：一種童玩。多以竹竿製成，充
作馬騎。《後漢書・郭伋傳》：「到西河美稷，有童兒數百，各騎竹馬，
道次迎拜。」宋趙汝恂〈念奴嬌〉詞（金塘瑞溢）下片：「應爲今日生
申，銀鉤照坐，光滿圖書壁。竹馬兒童傳好語，小住湖山開國。玉璽
成文，金蓮賜封，劍履登玄石。丹砂九轉，功成依舊頭黑。」

〔4〕可憐：惹人喜愛。唐李白〈清平調三首〉詩之二：「借問漢宮誰得似，可憐飛燕倚新妝。」唐杜甫〈秋日夔府詠懷奉寄鄭監李賓客一百韻〉詩：「春草何曾歇，寒花亦可憐。」

〔5〕和氣：天地間陰陽調合而成的氣，萬物由此而生。唐劉商〈金井歌〉詩：「文明化洽天地清，和氣氤氳孕至靈。」

〔6〕今年勝去年：宋楊萬里〈武陵春〉詞（長鋏歸乎逾十暑）上片：「長鋏歸乎逾十暑，不著鵷鸞冠。道是今年勝去年。特地減清歡。」

六十五、〈最高樓〉

衛生行之，少流寓兵革中。既長，始知讀書，其立志剛，通道篤，而家苦貧。年饑，諸幼滿前，雖併日而食不卹也。暇日，與賓友飲酒賦詩為樂。余既嘉其有守，喜為稱道。於其始生之日，作樂府以歌詠之，俾觀者知吾行之為人矣。

貧而樂〔1〕，天命復奚疑〔2〕。兒女聚嬉嬉。東村邀飲香醪嫩〔3〕，西家羞饌〔4〕蕨芽肥〔5〕。　把年華，都付與〔6〕，錦囊詩〔7〕。白髮青衫〔8〕，是人所惡。金印碧幢〔9〕，是人所慕。顧吾道是耶非。山妻解〔10〕煮胡麻飯〔11〕，山音自製薜蘿衣〔12〕。問人生，須富貴，是何時〔13〕。

【箋注】

〔1〕貧而樂：《論語‧學而》：「子貢曰：貧而無諂，富而無驕，何如？子曰：『可也。未若貧而樂道，富而好禮者也。』」

〔2〕天命復奚疑：為何要對天命有所疑惑。天命：天神所主宰之命運。《書經盤庚上》「先王有服，恪謹天命。」晉陶潛〈歸去來辭〉：「聊乘化以歸盡，樂夫天命復奚疑？」

〔3〕香醪嫩：醪：混合渣滓之濁酒。《說文解字》：「醪，汁滓酒也。」唐杜甫〈九日奉寄嚴大夫〉詩：「小驛香醪嫩，重巖細菊（一作雨）斑。」唐白居易〈宿張雲舉院〉詩：「美（一作家）醞香醪嫩，時新異果鮮。」唐姚合〈過張雲峰（一作舉）院宿〉詩：「家醞香醪嫩，時新異果鮮。」

〔4〕羞饌：美味佳餚。羞：精緻美味之食物。同饈。枚乘〈七發〉：「旨酒嘉肴，羞炰膾炙，以御賓客。」；饌：泛指酒食菜餚。

〔5〕蕨芽肥：**蕨**：植物名。碗蕨科蕨屬，多年生草本。地下莖橫生，於春
季發嫩芽，形如拳狀，全株披白線毛茸。葉剛硬似三角形，爲三回羽
狀複葉。子囊群生於葉背，靠孢子繁殖。嫩葉可食，根莖有解熱、利
尿等功用。宋陸游〈晚春感事〉詩：「風惡房櫳燕子歸，雨多山路蕨芽
肥。」宋陸游〈贈石帆老人〉詩：「溪叟旋分菰米滑，山童新採蕨芽肥」

〔6〕把年華，都付與：宋沈晦〈小重山〉詞（湖上秋來蓮蕩空）上片：「湖
上秋來蓮蕩空，<u>年華都付與</u>，木芙蓉。採菱舟子兩相逢。雙媚嫵，一
笑與誰濃。」

〔7〕錦囊詩：比喻優美詩作。唐人李賀七歲便能作辭章，每日背一錦囊，遇
有靈感即創作詩句投入囊中的故事。典出《新唐書‧李賀傳》。後用以
稱讚優美詩句。宋蘇軾〈次韻王晉卿奉詔押高麗燕射〉詩：「錦囊詩草
勤收拾，莫遣雞林得夜光。」宋陸游〈還家〉詩：「天津橋上醉騎驢，
一錦囊詩一束書。」宋曹冠〈青玉案〉詞（煙村茂樾灣溪畔）下片：「班
荊對飲垂楊岸。枝上鶯歌如解勸。山映斜陽霞綺散。醉吟乘興，<u>錦囊詩
滿</u>，愛月歸來晚。」宋辛棄疾〈生查子〉詞（山行寄楊民瞻。昨宵醉裏
行。）下片：「今宵醉裏歸，明月關山笛。<u>收拾錦囊詩</u>，要寄揚雄宅。」

〔8〕白髮青衫：唐劉禹錫〈酬令狐相公寄賀遷拜之什〉詩：「白髮青衫誰比
數，相憐只是有梁王。」

〔9〕金印碧幢：比喻位高富貴者。**金印**：黃金鑄成之印章，唯有公卿貴人
方能佩帶。《漢書‧百官公卿表上》：「相國、丞相，皆秦官，金印紫綬，
掌丞天子助理萬機。」宋陸游〈長歌行〉詩：「金印煌煌未入手，白髮
種種來無情。」**碧幢**：同油碧幢：古代加在車蓋上之裝飾，爲貴婦人
所用。唐崔塗〈泛楚江〉詩：「金印碧幢如見問，一生安穩是長閒。」

〔10〕解：會、能夠。晉陶淵明〈九日閑居〉詩：「酒能祛百慮，菊解制頹
齡。」唐李白〈月下獨酌四首〉詩之一：「月既不解飲，影徒隨我身。」

〔11〕胡麻飯：上灞有芝麻之飯。**胡麻**：胡麻科胡麻屬，一年生草本。高達
一點五公尺，莖方形，基部木質化。葉長呈橢圓形或卵形，對生或互
生。花通常單生於葉腋，表面有毛，向側方下垂；花萼小，花冠呈脣
形筒狀，色白。果實爲長橢圓形之蒴角，熟後縱裂，種子小而扁平，
有白色及黑色等數種。嫩葉可食，種子則可供食用或榨油。產於中國、
印度、非洲等地。亦稱爲芝麻、脂麻、油麻。唐白居易〈宿張雲舉院〉

詩：「不食胡麻飯，杯中自得仙。」唐姚合〈過張雲峰（一作舉）院宿〉詩：「不喫胡麻飯，杯中自得仙。」

〔12〕薜羅衣：比喻隱士服裝。**薜羅**：薜荔與女蘿。語本《楚辭・九歌・山鬼》：「若有人兮山之阿，被薜荔兮帶女羅。」後比喻隱士的服裝。《晉書・謝尚等傳・史臣曰》：「墜於褫薜羅而襲朱組，去衡泌而踐丹墀，庶績於是用康，彝倫以之載穆。」唐孟浩然〈送友人之京〉詩：「雲山從此別，淚溼薜蘿衣。」

〔13〕須富貴，是何時：宋辛棄疾〈最高樓〉詞（吾擬乞歸，犬子以田賦未置止我，賦此罵之。吾衰矣。）上片：「吾衰矣，須富貴何時。富貴是危機。暫忘設醴抽身去，未曾得米棄官歸。穆先生，陶縣令，是吾師。待葺個、園兒名佚老。更作箇、亭兒名亦好。」宋辛棄疾〈臨江仙〉詞（和王道夫信守韻，謝其爲壽，時作閩憲。記取年年爲壽客。）上片：「記取年年爲壽客，只今明月相隨。莫教絃管便生衣。引壺觴自酌，須富貴何時。」

六十六、〈點絳唇〉

暮秋晨起書所見。

愛酒淵明〔1〕，無錢休對黃花語〔2〕。一杯誰舉〔3〕。寂寞空歸去〔4〕。　屋上青山〔5〕，山上行雲度。悠然處〔6〕。是中真趣〔7〕。欲寫還無句。

【箋注】

〔1〕愛酒淵明：宋王炎〈念奴嬌〉詞（菊。小妝朱檻。）上片：「小妝朱檻，護秋英千點，金鈿如簇。黃葉白蘋朝露冷，只有孤芳幽馥。華髮蒼頭，宦情羈思，來伴花幽獨。巡簷無語，清愁何啻千斛。因念愛酒淵明，東籬雅意，千載無人續。」

〔2〕休對黃花語：唐貫休〈陪馮使君遊六首・遊靈泉院〉詩：「對花語合希夷境，坐石苔黏黻黼衣。」

〔3〕一杯誰舉：宋辛棄疾〈山鬼謠〉詞（兩岩有石狀怪甚，取離騷九歌名曰山鬼，因賦摸魚兒，改今名。問何年。）上片：「問何年，此山來此，西風落日無語。君似是羲皇上，直作太初名汝。溪上路。算只有、紅

塵不到今猶古。一杯誰舉。笑我醉呼君，崔嵬未起，山鳥覆杯去。」

〔4〕空歸去：唐劉長卿〈棲霞寺東峰尋南齊明征君故居〉詩：「惆悵空歸去，
猶疑林下逢。」

〔5〕屋上青山：位於青山上之屋舍。宋張炎〈瑤臺聚八仙／新雁過妝樓〉
詞（屋上青山）上片：「屋上青山。青未了、凌虛試一憑欄。亂峰疊嶂，
無限古色蒼寒。正喜雲閒雲又去，片雲未識我心閒。對林巒。底須謝
屐，何用躋攀。」

〔6〕悠然處：宋陳與義〈漁家傲〉詞（福建道中。今日山頭雲欲舉。）下
片：「我欲尋詩寬久旅。桃花落盡春無所。渺渺籃輿穿翠楚。悠然處。
高林忽送黃鸝語。」

〔7〕真趣：自然純真之趣味。南朝梁江淹〈殷東陽〉詩：「晨游任所華，悠
悠蘊真趣。」唐李白〈日夕心中忽然有懷〉詩：「素心自此得，真趣非
外惜。」

六十七、〈西江月〉

久雨新霽〔1〕，秋氣益清，與二三子登高賦之。

人與寒林共瘦，山和老眼俱青〔2〕。琤〔3〕然一葉不須驚。葉本
無心〔4〕入聽。　　氣爽雲天改色，潦〔5〕收煙水無聲。夕陽洲
外延片霞明〔6〕。涵泳〔7〕一江秋影。

【箋注】

〔1〕霽：晴朗天氣。

〔2〕山和老眼俱青：青眼：青，黑色。青眼語出《晉書·卷四十九·阮籍
傳》：「籍大悅，乃見青眼。人正視時黑色的眼珠在中間。」

〔3〕琤：玉器相擊所發出之聲音。《說文解字》：「琤，玉聲也。」，此處應
指葉落於地所發出之聲。

〔4〕無心：沒有心情、心緒。

〔5〕潦：水多之貌。

〔6〕片霞明：宋黃岩叟〈望海潮〉詞（梅天雨歇）下片：「靈均逝魄無憑。
但湘沅一水，到底澄清。菰黍萬家，絲桐五彩，年年吊古深情。錦幟
片霞明。使操舟妙手，翻動心旌。向晚魚龍戲罷，千里浪花平。」

〔7〕涵泳：沉潛。西晉左思〈吳都賦〉：「黿鼉鯖鱷，涵泳乎其中。」

〈二妙詞〉編年箋注（段成己撰）

一、〈滿江紅〉

張丈信夫林亭小酌，感事懷人，敬用遯菴先生韻。

光景催人〔1〕，還又是、西風吹袂〔2〕。青鏡裏、滿簪華髮〔3〕，不堪憔悴〔4〕。一月幾逢開口笑〔5〕，十年滴盡傷時淚〔6〕。倩一尊、相對說清愁，花前醉〔7〕。 初未識，名為累。今始覺，身如寄〔8〕。把閑情換了，平生豪氣〔9〕。致主安民非我事，求田問舍〔10〕真良計。看野雲、出岫卻飛回〔11〕，元無意。

【編年】

此闋應作於金哀宗正大元年（1224），時成己年二十六歲。

【箋注】

〔1〕光景催人：**光景**：比喻時光、歲月。唐李白〈相逢行〉詩：「光景不待人，須臾髮成絲。」

〔2〕西風吹袂：宋劉學箕〈臨江仙〉詞（富池岸下。人在空江煙浪裏。）下片：「兩岸荻蘆青不斷，四山崗嶺綢繆。晚風吹袂冷颼颼。誰知三伏暑，全似菊花秋。」宋蘇軾〈真興寺閣禱雨〉詩：「已覺微風吹袂冷，不堪殘日傍山明。」

〔3〕青鏡裏、滿簪華髮：唐劉長卿〈酬滁州李十六使君見贈〉詩：「滿鏡悲華髮，空山寄此身。」唐崔塗〈春夕（一本下有旅懷二字）〉詩：「故園書動經（一作多）年絕（一作別），華髮春唯（一作移）滿鏡（一作兩鬢）生。」唐齊己〈贈樊處士〉詩：「小子聲名天下知，滿簪霜雪白麻衣。」宋陸九言〈沁園春〉詞（五十五自述。五十五年。）上片：「五十五年，滿簪華髮，儼然遂良。又何曾戚戚，門圭竇，何曾汲汲，玉帶金章。困後高眠，饑來飽□，老矣狂夫老更狂。空回首，歎世間名利，傀儡開場。」

〔4〕不堪憔悴：極憔悴。**不堪**：極。**憔悴**：枯槁瘦病之貌。《楚辭‧屈原‧

漁父》：「顏色憔悴，形容枯槁。」唐顧非熊〈長安清明言懷〉詩：「春色來年誰是主，不堪憔悴（一作惆悵）更無成。」

〔5〕開口笑：唐杜牧〈九日齊安（一作齊山）登高〉詩：「塵世難逢開口笑，菊花須插頭歸。」

〔6〕傷時淚：唐韋莊〈和鄭拾遺秋日感事一百韻〉詩：「話別心重結，傷時淚一滂。」

〔7〕花前醉：唐獨孤及〈垂花塢醉後戲題〉詩：「歸時自負花前醉，笑向鰷魚問樂無。」

〔8〕身如寄：唐韋莊〈出還〉詩：「咨嗟日復老，錯莫身如寄。」宋陸游〈雙頭蓮〉詞呈範至能待制。華鬢星星。）上片：「華鬢星星，驚壯志成虛，此身如寄。蕭條病。向暗裏。消盡當年豪氣。夢斷故國山川，隔重重煙水。身萬里。舊社凋零，青門遊誰記。盡道錦裏繁華，歎官閑晝永，柴荊添睡。」

〔9〕平生豪氣：宋崔敦禮〈水調歌頭〉詞（垂虹橋亭詞。倚棹太湖畔。）下片：「平生豪氣安用，江〔海〕興無窮。身在冰壺千里，獨倚朱欄一嘯，驚起睡中龍。此樂豈多得，歸去莫匆匆。」宋辛棄疾〈念奴嬌〉詞（和趙錄國興韻。為沽美酒）上片：「為沽美酒，過溪來、誰道幽人難致。更覺元龍樓百尺，湖海生豪氣。自歎年來，看花索句，老不如人意。東風歸路，一川松竹如醉。怎得身似莊周，夢中蝴蝶，底人間世。」

〔10〕求田問舍：只知購置田宅家產而無遠大志向。《三國志魏書呂布傳》：「君有國士之名，今天下大亂，帝主失所，望君憂國忘家，有救世之意；而君求田問舍，言無可采。」唐戴叔倫〈題招隱寺〉詩：「昨日臨川謝病還，求田問舍獨相關。」宋蘇軾〈踏莎行〉詞（山秀芙蓉）下片：「解佩投簪，求田問舍。黃雞白酒漁樵社。元龍復少時豪，耳盡功名話。」宋石孝友〈滿庭芳〉詞（寄別。修竹按藍）上片：「修竹按藍，梅山聳小小佳處西安。從來聞說，今日遠來看，便好求田問舍，耳溪澗、目飽林巒。爭知，塵緣未了，無計與盤桓。小蠻。」

〔11〕看野雲、出岫卻飛回：岫：峰巒。晉陶潛〈歸去來兮辭〉：「雲無心以出岫，鳥倦飛而知還。」唐徐鉉〈九日落星山登高〉詩：「巖影晚看雲出岫，湖光遙見客垂綸。」宋洪适〈檢字木蘭花〉（曾鉉父落成小閣，次其韻。藩車容裔。）詞下片：「疏簾披繡。共看橫雲晴出岫。新月如

鉤。來照瓊彝醉小樓。」

二、〈滿江紅〉

新春敬用遯菴韻。

料峭東風〔1〕，吹醉面〔2〕、向人如舊。凝竚立、野禽聲裏，無言搔首〔3〕。庭下梅花開盡也〔4〕，春痕已到江邊柳。待人間、事了覓清歡，身先朽。　　菟裘〔5〕計，何時有。林下約〔6〕，床頭酒。怕流年不覺〔7〕，鬢邊還透。往事不堪重記省〔8〕，舊愁未斷新愁又〔9〕。把春光、分付少年場〔10〕，從今後。

【箋注】

〔1〕料峭東風：春風極冷。**料峭**：形容風冷。宋蘇軾〈浣溪沙〉（料峭東風翠幕驚）詞上片：「料峭東風翠幕驚。雲何不飲對公榮。水晶盤瑩玉鱗赬。」

〔2〕吹醉面:唐唐彥謙〈敍別〉詩：「夜合花香開小院，坐愛涼風吹醉面。」宋高觀國〈留春令〉詞（淮南道中。斷霞低映）下片：「馬上東風吹醉面。問此情誰管。花裏清歌酒邊情，問何日、重相見。」

〔3〕無言搔首：宋辛棄疾〈水龍吟〉詞（次年南澗用前韻爲僕壽。僕與公生日相去一日，再和以壽南澗。玉皇殿閣微涼）上片：玉皇殿閣微涼，看公重試熏風手。高門畫戟，桐陰合道，青青如舊。蘭佩空芳，蛾眉誰妒，無言搔首。甚年年卻有，呼韓塞上，人爭問、公安否？宋辛棄疾〈賀新郎〉詞（用前韻再賦。肘後俄生柳。）下片：「問新來、蕭蕭木落，頗堪秋否？總被西風都瘦損，依舊千巖萬岫。把萬事、無言搔首，翁比渠濃人誰好，是我常、與我周旋久。寧作我，一杯酒。」

〔4〕庭下梅花開盡也：唐孟郊〈望遠曲〉詩：「庭花開盡復幾時，春光駘蕩阻佳期。宋蘇軾〈贈嶺上梅〉詩：「梅花開盡百花開，過盡行人君不來。」

〔5〕菟裘：城市名。春秋時魯邑，在今山東省泗水縣北。魯隱公嘗有「使營菟裘，吾將老焉」之語。見《左傳隱公十一年》。後遂以菟裘比喻退休養老之所。

〔6〕林下約：唐岑參〈春半與群公同遊元處士別業〉詩：「況有林下約，轉懷方外蹤。」

〔7〕流年不覺：不覺逝水年華已過。**流年**：如流水般消逝之時間。唐齊己

—329—

　　〈江居寄關中知己〉詩：「多多慵漢水邊，流年不覺已皤然。」

〔8〕往事不堪重記省：宋周紫芝〈天仙子〉詞（雪似楊花飛不盡）下片：「酒
　　入離腸愁欲凝。往事不堪重記省。勸君莫上玉樓梯，風力勁。山色暝。
　　忍看去時樓下逕。」

〔9〕舊愁未斷新愁又：宋無名氏〈望海潮〉詞（弔楊芳與黃岩妓投江。彩
　　箭角黍。）上片：「彩箭角黍，蘭橈畫舫，佳時競弔沅湘。古意未收，
　　新愁又起，斷魂流水茫茫。堪笑又堪傷。有臨皋仙子，連璧檀郎。暗
　　約同歸，遠煙深處弄滄浪。倚樓魂已飛揚。」

〔10〕少年場：宋辛棄疾〈最高樓〉（花知否）下片：「著一陣、霎時間底雪。
　　更一箇、缺些兒底月。山下路，水邊牆。風流怕有人知處，影兒守定
　　竹旁。且饒他、桃李趁，少年場。」

三、〈滿江紅〉

　　偶覩春事闌珊，謹用兄韻，以寫所懷。

點檢花枝〔1〕，風雨外、雪堆瓊〔2〕矗。春去也、朱絲弦斷〔3〕，
鸞膠難續〔4〕。眼底光陰容可惜，舊遊回首〔5〕尋無跡。對青山、
一餉倚枯藤〔6〕，灘聲急〔7〕。　　人已老，身猶客。家在邇〔8〕，
歸猶隔。縱語音如舊，形容〔9〕非昔。芳草綿綿〔10〕隨意綠，
平波渺渺傷心碧〔11〕。到愁來〔12〕、惟覺酒杯寬，人間窄〔13〕。

【箋注】

〔1〕點檢花枝：點檢：清點、檢核。宋李子正〈減蘭十梅〉詞（急催銀漏）
　　上片：「急催銀漏。漸漸紗窗明欲透。點檢花枝。曉笛吹時幾片飛。」

〔2〕瓊：美好、精美。

〔3〕朱絲弦斷：知音絕。《說苑·尊賢》：「伯牙子鼓琴，鍾子期聽之，方鼓
　　而志在太山，鍾子期曰：『善哉乎鼓琴！巍巍乎若太山。』少選之間，
　　而志在流水，鍾子期復曰：『善哉乎鼓琴！湯湯乎若流水。』鍾子期死，
　　伯牙破琴絕弦，終身不復鼓琴，以為世無足為鼓琴者。」宋辛棄疾〈蝶
　　戀花〉詞（月下醉書兩岩石浪。九畹芳菲蘭佩好。）上片：「九畹芳菲
　　蘭佩好。空谷無人，自怨蛾眉巧。寶瑟泠泠千古調。朱絲弦斷知音少。」
　　唐杜甫〈寄岳州賈司馬六丈巴州嚴八使君兩閣老五十韻〉詩：「貝錦無

停織，朱絲有斷弦。」宋岳飛〈小重山〉詞（昨夜寒蛩不鳴）下片：「白
首爲功名。舊山松竹老，阻歸程。欲將心事付瑤琴。知音少，弦斷有
誰聽。」

〔4〕鸞膠難續：言以鸞膠續之，亦難。鸞膠：漢武帝時西海進獻鸞鳥脂肪
製成之膠，帝用以黏續斷弦，弦遂終日不斷。見《通俗編婦女類引漢
武外傳》。後用以比喻男子喪妻後再娶。唐劉兼〈秋夕書懷呈戎州郎中〉
詩：「鸞膠處處難尋覓，斷盡相思寸寸腸。」宋周密〈浣溪沙〉（效顰
十解：擬梅川。鼃巳三眠柳二眠。）上片：「魚素不傳新信息，鸞膠難
續舊因緣。薄情明月幾番圓。」

〔5〕舊遊回首：宋陸游〈舊在成都初春無事日訪昭覺保福正法諸刹甚可樂
也追懷慨然因賦長句〉：「客路逢春增感慨，舊遊回首已微涼。」宋曾
紆〈上林春〉詞（起東苑梅繁）下片：「惜花心、未甘鬢白。南枝上、
又見尋芳消息。舊遊回首，前歡如夢，誰知等閒拋擲。稠紅亂蕊，漫
開遍、楚江南北。獨銷魂，念誰寄、故園春色。」

〔6〕對青山、一餉倚枯藤：對青山，暫時倚枯藤。一餉：片刻、暫時。唐
杜牧〈貴遊〉詩：「門通碧樹開金鎖，樓對青山倚玉梯。」

〔7〕灘聲急：唐杜牧（一說爲許渾）〈宿東橫山（一作小）瀨〉詩：「溪雨
灘聲急，巖風樹勢斜。」唐李頻〈八月上峽（一作八月峽口作）〉：「洶
洶灘聲急，冥冥樹色愁。」

〔8〕邇：近處、眼前。

〔9〕形容：容顏、容貌。《管子內業》：「全心在中，不可蔽匿，和於形容，
見於膚色。

〔10〕芳草綿綿：綿綿：形容連續不絕。《詩經王風葛藟》：「綿綿葛藟，在
河之滸。」五代馮延巳〈采桑子〉（馬嘶人語春風岸）上片：「馬嘶人
語春風岸，芳草綿綿。楊柳橋邊，落日高樓酒斾懸。」

〔11〕傷心碧：唐李白〈菩薩蠻〉詞（平林漠漠煙如織）上片：「平林漠漠
煙如織，寒山一帶傷心碧。瞑色入高樓，有人樓上愁。」

〔12〕到愁來：宋黃庭堅〈和陳君儀讀太眞外傳五首〉詩之二：「人到愁來
無處會，不關情處總傷心。」

〔13〕酒杯寬，人間窄：唐杜甫〈遣悶戲呈路十九曹長〉詩：「晚節漸於詩
律細，誰家數去酒杯寬。」宋辛棄疾〈鷓鴣天〉詞（秋水長廊水石間）

下片：「窮自樂，懶方閑。人間路窄酒杯寬。看君不了癡兒事，又似
風流靖長官。」宋劉克莊〈沁園春〉（答九華葉賢良。我夢見君。）

下片：「誰摸索當年劉與曹。歎事機易失，功名難偶，誅茅西崦，種
秫東皋。柵有雞豚，庭無羔雁，道是先生索價高。人間窄，待相期海
上，共摘蟠桃。」

四、〈滿江紅〉

遯菴兄以閔菊樂府見示，三復之餘，倚歌和之。

誰把秋香[1]，偏著意[2]、植根姑射。塵土外、鮮鮮元有，可
人容質。日久漸隨蕉共沒，歲寒還與松同潔。傲新霜、還有兩
三枝[3]，天應惜。　　巾自漉[4]，醅[5]微白。人已老，歡猶
昔[6]。愛此花不負，淵明[7]清節。醉裏不知人世換[8]，悠然
獨倚西風立。問此中、時復慰窮途[9]，何須泣。

【箋注】

[1] 秋香：應指菊花。

[2] 著意：刻意。

[3] 傲新霜、還有兩三枝：宋蘇軾〈贈劉景文〉詩：「荷盡已無擎雨蓋，菊
殘猶有傲霜枝。」

[4] 巾自漉：以葛布作成的頭巾濾酒。典出《宋書隱逸傳陶潛傳》：值其酒
熟，取頭上葛巾漉酒，畢，還復著之。形容愛酒成癖、嗜酒如命者，
亦比喻其人率真超脫。

[5] 醅：未過濾之酒。

[6] 人已老，歡猶昔：宋辛棄疾〈滿江紅〉詞（和廓之雪。天上飛瓊。）
下片：「人已老，歡猶昨。對瓊瑤滿地，與君酬酢。最愛霏霏迷遠近，
卻收擾擾還寥廓。待羔兒、酒罷又烹茶，揚州鶴。」

[7] 淵明：指陶潛，人名。（365～427）東晉潯陽柴桑人，陶侃曾孫，一名
淵明，字元亮，安貧樂道，嘗作五柳先生傳以自比，世稱靖節先生，
詩名尤高，堪稱古今隱逸詩人之宗師。

[8] 醉裏不知人世換：唐徐弦〈柳枝詞十二首〉詩之六：「醉裏不知時節改，
漫隨兒女打秋千。」

〔9〕慰窮途：**窮途**：比喻非常艱困之處境。唐李白〈古風〉詩：「晉風日已
　　頹，窮途方慟哭。」宋梅堯臣〈道中謝晏相公寄酒〉詩：「賴泥墨印幾
　　壺醸，將慰窮途阮步兵。」

五、〈大江東去〉

寄衛生襲之

干戈蠻觸〔1〕，問渠〔2〕爭直有，幾何〔3〕而已。畢竟顛狂成底
事〔4〕，謾〔5〕把良心戕毀〔6〕。生穴〔7〕藤床，磨穿鐵硯〔8〕，
自有人知己〔9〕。摩挲〔10〕面目，不應長為人泚〔11〕。　　過眼
一線浮華〔12〕，辱隨榮後〔13〕，身外那須此。便恁歸來嗟已晚〔14〕，
荒盡故園桃李〔15〕。秋菊堪餐，春蘭可采〔16〕，免更煩鄰里。孫
郎〔17〕如在，與君共枕流水。

【箋注】

〔1〕干戈蠻觸：干戈：比喻兵事、戰亂。《論語季氏》：「邦分崩離析而不能
　　守也，而謀動干戈於邦內」。陸機〈辯亡論上〉：「齊民免干戈之患，戎
　　馬無晨服之虞。」**蠻觸**：蠻氏乃蝸牛右角上之國，觸氏爲蝸牛左角上之
　　國，兩國爭北方之地，十五日就戰一回，死傷逾萬。指何須爲小利功名
　　而爭。典出《莊子·雜篇·則陽》：「國於蝸之左角者曰觸氏，有國於蝸
　　之右角者曰蠻氏，時相與爭地而戰，伏尸數萬，逐北旬有五日而後反。」
　　唐白居易〈禽蟲十二章〉詩之七：「蟭螟殺敵蚊巢上，蠻觸交爭蝸角中。」
　　宋辛棄疾〈鷓鴣天〉（睡起即事。水荇參差動綠波）下片：「名利處，戰
　　爭多。門前蠻觸日干戈。不知更有槐安國，夢覺南柯日未斜。」

〔2〕渠：他，指第三人稱。如：渠等、渠輩。

〔3〕幾何：多少。《史記·孔子世家》：「衛靈公問孔子：『居魯得祿幾何？』
　　對曰：『奉粟六萬。』」

〔4〕底事：何事、甚麼事。《通俗常言疏證人事底事引陔餘叢考》：「江南俗
　　語，問何物爲底物，何事爲底事，唐以來已入詩詞中。」

〔5〕謾：應指輕易。

〔6〕戕毀：戕：殺害、傷害。《孟子告子上》「：將戕賤杞柳，而後以爲梧
　　桊也。」曹操〈蒿里行〉詩：「勢利使人爭，嗣還自相戕。」毀：傷害、

破壞。《左傳文公十八年》:「毀則爲賊,掩賊爲藏」。《孝經開宗明義章》:「身體髮膚,受之父母,不毀傷,孝之始也。」

〔7〕生穴:應指在世時所居之處所。穴:人居的土室。《詩經大雅緜》:「陶復陶穴,未有室家。」

〔8〕磨穿鐵硯:晉桑維翰初考進士時,主司惡其姓,以爲桑、喪同音。人勸其以他法求仕,維翰慨然,乃鑄鐵硯以示人曰:「硯弊則改而他仕。」終及進士第。典出《新五代史晉臣傳桑維翰傳》。後比喻勤學苦讀,終有所成。宋陸游〈寒夜讀書〉詩:「韋編屢絕鐵硯穿,口誦手鈔那計年。」宋陸游〈夙興弄筆偶書〉詩:「道旁歲晚貂裘弊,燈下書成鐵硯穿。」宋陸游〈小園春思〉詩:「若論此詩吟思苦,縱磨鐵硯也成凹。」

〔9〕自有人知己:唐張謂(一作劉愼虛詩)〈贈喬琳〉:「丈夫會應有知己,世上悠悠何足論。」

〔10〕摩娑:用手撫摩。北朝無名氏〈琅琊王歌〉詩:「新買五尺刀,懸著中樑柱,一日三摩娑,劇於十五女。」

〔11〕泚:流汗貌。《孟子滕文公上》:「其顙有泚,睨而不視。」趙岐《孟子注》:「泚,汗出泚泚然也。」

〔12〕過眼一線浮華:宋魏了翁〈洞仙歌〉詞(和虞萬州所惠叔母生日詞韻。人生一世)下片:「更得故人書,遺我新詞,把寸心、分明指似。信過眼、浮華幾何時,剩培植根心,等閒千歲。」

〔13〕辱隨榮後:唐李山甫〈寓懷〉詩:「老逐少來(一作年)終不放,辱隨榮後直(一作定)須勻。」

〔14〕嗟已晚:感嘆歸來已晚。嗟:表示感傷、哀痛之語氣。宋陸游〈術家言予今歲畏四孟月而秋尤甚自初秋小疾屢作戲題長句〉詩:「耄齒覺衰嗟已晚,孟秋屬疾信如占。」宋陳與義〈研銘〉詩:「嗟已晚,覺非是。」

〔15〕荒盡故園桃李:任學生荒廢學業。

〔16〕秋菊堪餐,春蘭可采:宋辛棄疾〈沁園春〉詞(帶湖新居將成。起三徑初成)下片:「好都把軒窗臨水開。要小舟行釣,先應種柳,疏籬護竹,莫礙觀梅。秋菊堪餐,春蘭可佩,留待先生手自栽。沈吟久,怕君恩未許,此意徘徊。」

〔17〕孫郎:應指孫山。相傳吳人孫山應試,考中最後一名,與其同往之鄉

人兒子落選。回鄉後，鄉人問兒子有考取，孫山回答：「解名盡處是孫山，賢郎更在孫山外。」

六、〈大江東去〉

送楊國瑞西歸

西風汾浦〔1〕，鴈初飛〔2〕，秋水渺茫〔3〕無際。有底忙時〔4〕來復去，泛若虛舟不繫〔5〕。籬菊將開，村醪初熟〔6〕，且住為佳耳。笑言相答，箇中吏隱〔7〕無愧。　　　　歲月不貸閑人〔8〕，君顏非少〔9〕，我髮白如此。好把金杯休去手，萬事惟消沉醉〔10〕。日轉山腰，馬嘶柳外，歌闋〔11〕行人起。憑高西望，相思目斷煙水。

【箋注】

〔1〕汾浦：汾河岸、汾河邊。汾，同汾河。**汾河**：河川名。源出山西省甯武縣西南管涔山，西南流於滎河縣北注入黃河。**浦**：河岸、水邊。《呂氏春秋孝行覽本味》：「江浦之橘，雲夢之柚。」

〔2〕鴈初飛：唐杜牧〈九日齊安（一作齊山）登高〉詩：「江涵秋影雁初飛，與客攜壺上翠微。」

〔3〕秋水渺茫：唐李宏皋〈題桃源〉詩：「山翠參差水渺茫，秦人昔在楚封疆。」

〔4〕有底忙時：唐韓愈〈同水部張員外籍曲江春遊寄白二十二舍人〉詩：「曲江水滿花千樹，有底忙時不肯來。」

〔5〕虛舟不繫：**虛舟**：空船。《晉書卷七十九謝安傳贊曰》：「太保沉浮，曠若虛舟。」南朝謝靈運〈游赤石進帆海〉詩：「溟漲無端倪，虛舟有超越。」唐李白〈贈僧崖公〉詩：「虛舟不繫物，觀化游江濆。」

〔6〕村醪初熟：唐李紳〈聞里謠效古歌〉詩：「濁醪初熟勸翁媼（一作嫂），鳴鳩拂羽知年好，齊和楊花踏春草。」

〔7〕吏隱：謂不以利祿縈心，雖居官而猶似隱者。唐宋之問〈藍田山莊〉詩：「宦遊非吏隱，心事好幽偏。」

〔8〕歲月不貸閑人：宋陸游〈對酒歎〉詩：「兒女何足顧，歲月不貸人。」宋陸游〈置酒梅花下作短歌〉：「歲月不貸人，綠髮成華顛。」

〔9〕君顏非少：宋陸游〈朱子雲園中觀花〉詩：「我鬢忽已白，君顏非復朱。」

〔10〕萬世惟消沉醉：宋王之道〈賀新郎〉詞（送鄭宗承。又是春殘去）上
片：「又是春殘去。倚東風、寒雲淡日，墮紅飄絮。燕社鴻秋人不問，
儘管吳笙越鼓。但短髮、星星無數。萬事惟消彭澤醉，也何妨、袖卷
長沙舞。」

〔11〕闋：曲終。唐韓愈〈感春詩五首〉之二：「孤吟屢闋莫與和，寸恨至
短誰能裁。」

七、〈大江東去〉

贈答楊彥衡。

暮年懷抱，對水光林影〔1〕，欣然忘食〔2〕。推手功名非我事〔3〕，
閑處聊為閑客〔4〕。世故多虞〔5〕，人生如寄〔6〕，一榻容安息〔7〕。
鬢絲千丈〔8〕，誰家機杼堪織。　　三徑松菊猶存〔9〕，誅茅〔10〕
薙穢〔11〕，時借鄰翁力。酒滿芳尊〔12〕山滿眼〔13〕，此意無今無
昔。平地風波，東華塵土〔14〕，不到幽人〔15〕席。興來獨往，
溪南還又溪北。

【箋注】

〔1〕水光林影：金元好問〈太常引〉詞（水光林影入憑闌。）上片：「水光
林影入憑闌。花柳占春寬。三月錦成團。為洗盡、山陰暮寒。」

〔2〕欣然忘食：晉陶潛〈五柳先生傳〉：「閑靜少言，不慕榮利，好讀書，
不求甚解，每有會，便欣然忘食。」

〔3〕功名非我事：南朝宋鮑照〈擬行路難十八首〉詩之五：「功名竹帛非我
事。存亡貴賤付皇天。」

〔4〕閑處聊為閑客：在閒處作一閒人。唐白居易〈答戲林園〉詩：「豈獨西
坊來往頻，偷閒處處作遊人。」宋米友人〈小重山〉詞（雨過風來午
暑清）下片：「引滿聽新聲。小軒簾半卷，遠山青。幾人閑處見閑情。
醒還醉，為趣妙難名。」

〔5〕世故多虞：世間險惡多欺瞞。唐耿湋〈贈別劉員外長卿〉詩：「清如寒
玉直如絲，世故多虞事莫期。」

〔6〕人生如寄：比喻人生短促，有如暫時寄居於世間。魏曹丕〈善哉行〉

詩：「人生如寄，多憂何爲？」

〔7〕一榻容安息：一床足以容身。唐白居易〈訪陳二〉詩：「兩餐聊過日，
　　　一榻足容身

〔8〕髮絲千丈：愁思多。髮絲猶愁絲。唐李白〈秋浦歌十七首〉詩之十五：
　　　「白髮三千丈，綠愁似個長。」

〔9〕三徑松菊猶存：家園松菊猶在。晉陶淵明〈歸去來兮辭〉：「三徑就荒，
　　　松菊猶存。」

〔10〕誅茅：剪除茅草。北周庾信〈哀江南賦〉：「誅茅宋玉之宅，穿徑臨江
　　　之府。」唐杜甫〈柟樹爲風雨所拔歎〉：「誅茅卜居總爲此，五月髣髴
　　　聞寒蟬。」

〔11〕薙穢：清除雜草穢物。薙，音ㄊㄧˋ，除草。宋蘇軾〈甘露寺〉詩：
　　　「薙草得斷碑，斬崖出金棺。」

〔12〕酒滿芳罇：唐鄭谷〈訪姨兄王斌渭口別墅（一本無王斌二字）〉詩：「苦
　　　澀詩盈篋，荒唐酒滿尊。」

〔13〕山滿眼：唐李端〈贈康洽〉詩：「步出東城風景洽，青山滿眼少年多。」
　　　宋劉仙倫〈滿江紅〉詞（壽胡漕，六月初一。夜半天風。）下片：「招
　　　壯士，增王旅。漕廩粟，資淮浦。濟江南嘉績，久聞當寧。明弼堂前
　　　山滿眼，來鴻庭後花無數。看召環、即到壽星邊，朝明主。」

〔14〕東華塵土：東華應指京城。唐劉仁本〈元盛熙明與友同游普陀二律〉
　　　詩之二：「驚起東華塵土夢，滄州到處即爲家。」宋蘇軾〈薄薄酒二
　　　首〉詩之二：「隱居求志義之從，本不計較東華塵土，北窗風。」

〔15〕幽人：幽隱山林者。班固〈幽通賦〉：「夢登山而迥眺兮，覿幽人之髣
　　　髴。」唐許敬宗〈遊清都觀尋沈道士得清字〉詩：「幽人蹈箕穎，方
　　　士訪蓬瀛。」唐韋應物〈秋夜寄丘二十二員外〉詩：「空山松子落，
　　　幽人應未眠。」

八、〈木蘭花慢〉

元宵感舊

金吾不禁夜〔1〕，放簫鼓，恣遊遨〔2〕。被萬里長風，一天星斗〔3〕，
吹墮層霄。御樓外、香暖處〔4〕，看人間、平地起仙鼇〔5〕。華
燭紅搖勒〔6〕，瑞煙翠惹吟袍。　　　老來懷抱〔7〕轉無聊〔8〕。虛

負可憐宵〔9〕。遇美景良辰，詩情漸減，酒興全消〔10〕。思往事，今不見，對清尊、瘦損沈郎腰〔11〕，惟有當時好月〔12〕，照人依舊梅梢。

【箋注】

〔1〕金吾不禁夜：元宵節夜晚：元宵節夜晚，敕許金吾衛弛禁，前後各一日。金吾：職官名。掌管京師之治安警衛。《漢書卷十九百官公卿表上》：「鐘尉，秦官，掌徼循京師，有兩丞、侯、司馬、千人。武帝太初元年，更名執金吾。」顏師古注：「金吾，鳥名也，主辟不祥。天子出行，職主先導，以御非常，故執此鳥之象，因以名官。」唐蘇味道〈正月十五夜（一作上元）〉詩：「金吾不禁夜，玉漏莫相（一作頻）催。」

〔2〕恣遊遨：唐柳宗元〈遊南亭夜還敘志七十韻〉詩：「夙抱丘壑尚，率性恣遊遨。」

〔3〕一天星斗：唐李中〈江行夜泊〉詩：「半夜風雷過，一天星斗寒。」宋閻蒼舒〈水龍吟〉詞（少年聞說京華。）上片：「少年聞說京華，上元景色烘晴晝。朱輪畫轂，雕鞍玉勒，九衢爭驟。春滿鼇山，夜沈陸海，一天星斗。正紅球過了，鳴鞘聲斷，回鸞馭、鈞天奏。」

〔4〕香暖處：宋晁端禮〈菩薩蠻〉詞（薄衾小枕重門閉）下片：「深閨香暖處。還解憐人否。只道不來歸。那知心似飛」宋辛棄疾〈鷓鴣天〉詞（和趙文鼎雪。莫上扁舟向剡溪。）下片：「香暖處，酒醒時。畫簷玉箸已垂。笑君解釋春風恨，倩拂蠻箋只費詩。」

〔5〕仙鼇：應指鼇山。元宵節時佈置花燈，迭成鼇形，高峻如山，稱為鼇山。《大宋宣和遺事亨集》：「自冬至日，下手架造鼇山高燈，長一十六丈，闊二百六十五步，中間有兩條鼇柱。」

〔6〕華燭紅搖勒：宋柳永〈晝夜樂〉詞二首之二（秀香家住桃花徑。）下片：「擁香衾、歡心稱。金爐麝嫋青煙，鳳帳燭搖紅影。無限狂心乘酒興。這歡娛、漸入嘉景。猶自怨鄰雞，道秋宵不永。」

〔7〕老來懷抱：宋方千里〈霜葉飛〉詞（起塞雲垂地。）下片：「無限靜陌幽坊，追歡尋賞，未落人後先到。少年心事轉頭空，況老來懷抱。盡綠葉紅英過了。離聲慵整。問麗質，從憔悴，消減腰圍，似郎多少。」宋陸游〈秋興〉詩：「欲把一杯終覺懶，老來懷抱為誰傾？」

〔8〕無聊：精神空虛、愁悶。《楚辭王逸九思逢尤》：「心煩憒兮意無聊，嚴

載駕兮出戲遊。」

〔9〕虛負可憐宵：宋蘇軾〈臨江仙〉詞（疾愈登望湖樓贈項長官。多病休
　　文都瘦損。）下片：「酒醒夢回清漏永，隱床無限更潮。佳人不見董嬌
　　饒。徘徊花上月，空度可憐宵。」宋李呂〈鷓鴣天〉詞（寄情。臉上
　　殘霞酒半消。）下片：「人悄悄，漏迢迢。瑣窗虛度可憐宵。一從恨滿
　　丁香結，幾度春深荳蔻梢。」

〔10〕詩情漸減，酒興全消：詩情：作詩之情思、興味。唐劉禹錫〈秋詞二
　　首〉詩之一：「晴空一鶴排雲上，便引詩情到碧霄。」宋范成大〈荊公
　　墓詩二首〉詩之一：「半世青苗法意，當年雪竹詩情。」酒興：飲酒之
　　興致。唐白居易〈詠懷詩〉：「白髮滿頭歸得也，詩情酒興漸闌珊。」

〔11〕瘦損沈郎腰：沈郎：當指沈約（西元441～513）字休文，南朝梁武康
　　人（今浙江省武康縣）。篤志好學，博通群書，撰四聲譜，分字為平上
　　去入四聲，為聲韻學上大變遷。累官尚書僕射、尚書令，卒謚隱。著
　　有晉書、宋書、齊紀、梁武紀等，有文集百卷。晚唐詩人李商隱〈韓
　　冬郎即席為詩相送一座盡驚他日余方追吟連宵侍坐裴回久之句有成之
　　風因成二絕寄酬兼呈畏之員外〉：「為憑何遜休聯句，瘦盡東陽姓沈人。」
　　又〈有懷在蒙飛卿〉詩：「哀同庾府開，瘦極沈尚書。」宋趙長卿〈小
　　重山〉詞（秋雨。一夜西風響翠條。）下：坐久篆煙銷。多情人去後，
　　信音遙。即今消瘦沈郎腰。悲秋切，虛度可人宵。」

〔12〕惟有當時好月：宋蘇軾〈和鮮於子駿鄆州新堂月夜二首〉詩之二：「惟
　　有當時月，依然照杯酒。」

九、〈滿庭芳〉

齋居有感，繼邐菴兄韻。

鏖戰文場〔1〕，橫揮筆陣〔2〕，萬言一策平邊〔3〕。青雲穩步〔4〕，
逸氣〔5〕蓋賢關。致主堯虞堂上〔6〕，真儒事〔7〕、直欲追前。回
頭錯，閑中風味〔8〕，一笑覺都還。　　百年都幾日〔9〕，何須
抵死〔10〕，著意〔11〕其間。尋一丘一壑〔12〕，此固無難。遁跡〔13〕
月蘿深處，風吹夢、不到長安〔14〕。渾無事，床頭睡起，簷日
已三竿〔15〕。

【箋注】

〔1〕鏖戰文場：於文場上進行激烈筆戰。**鏖戰**：激烈戰鬥，鏖，音ㄠˊ。〈新
唐書王翃傳〉：「翃乃移書義、藤二州刺史，約皆進討，引兵三千與賊
鏖戰，日數遇。」唐仁裕〈賀王浦入相〉：「一戰文場拔趙旗，便調金
鼎佐無爲。」

〔2〕筆陣：形容筆力雄健而有法度，有如戰陣。南朝梁蕭統〈錦帶書十二
月啓太簇正〉：「談叢發流水之源，筆陣引崩雲之勢。」唐杜甫〈醉歌行〉
詩：「詞源（一作賦）倒流（一作傾）三峽水，筆陣獨掃千人軍。」

〔3〕萬言一策平邊：萬字平邊策論。辛棄疾〈鷓鴣天〉詞（有客慨然談功
名，因追念少年時事戲作。壯歲旌旗擁萬夫。）下片：「追往事，歎今
吾。春風不染白髭鬚。都將萬字平戎策，換得東家種樹書。」

〔4〕青雲穩步：應同於平步青雲，比喻順利無阻，迅速晉升高位。

〔5〕逸氣：超脫塵俗之氣質。三國魏曹丕〈與吳質書〉：「公幹有逸氣，但
未遒耳。」

〔6〕致主堯虞堂上：輔佐君主政績勝於上古堯舜帝。**堯**：帝陶唐氏之號。
相傳爲帝嚳次子，初封於陶，又封於唐，在位百年，有德政，後傳位
於舜。**虞**：上古帝王舜之稱號。姓姚，名重華。因建國於虞，故稱爲
虞舜或有虞氏。性至孝，堯用之，使攝位三十年，後受禪爲天子，都
於蒲阪（今山西省永濟縣）。在位四十八年，南巡，崩於蒼梧之野。傳
位於禹。亦稱爲大舜。

〔7〕眞儒事：輔國治民之本事。辛棄疾〈水龍吟〉詞（渡江天馬南來。）
上片：「渡江天馬南來，幾人眞是經綸手？長安父老，新亭風景，可憐
依舊！夷甫諸人，神州沉陸，幾曾回首。算平戎萬里，功名本是，眞
儒事、君知否？」

〔8〕閑中風味：唐徐鉉〈和鍾大監汎舟同遊見示〉詩：「老去交親難暫捨，
閒中滋味更無過。」

〔9〕百年都幾日：百歲有幾日，意謂人生苦短。唐元稹〈悟禪三首寄胡果〉
詩之二：「百年都幾日，何事苦囂然。」

〔10〕何須抵死：不需拼命。孫洙〈菩薩蠻〉詞（樓頭上有三多鼓。）上片：
「樓頭上有三多鼓。何須抵死催人去。上馬苦匆匆。琵琶曲未終。」

〔11〕著意：用心。宋蘇軾〈中秋月〉詩：「天公自著意，此會那可輕？」

〔12〕一丘一壑：山丘和谿壑。一丘一壑指隱居者所居處。後亦用以比喻歸
隱在野，縱情山水。語本《漢書敘傳上》：「漁釣於一壑，則萬物不奸
其志；棲遲於一丘，則天下不易其樂。」《晉書・謝鯤列傳》：「嘗使
至都，明帝在東宮見之，甚相親重。問曰：『論者以君方庾亮，自謂
何如？』答曰：『端委廟堂，使百僚準則，鯤不如亮。丘一壑，自謂
過之。』溫嶠嘗謂鯤子尚曰：『尊大君豈惟識量淹遠，至於神鑒沈深，
雖諸葛瑾之喻孫權不過也。』」

〔13〕遁跡：隱避行蹤，不為人所知。指隱居。北齊顏之推《顏氏家訓養生》：
而「望遁跡山林，超然塵滓，千萬不遇一爾。」

〔14〕風吹夢、不到長安：唐李白〈江夏贈韋南陵冰〉詩：「西憶故人不可
見，東風吹夢到長安。」

〔15〕簷日已三竿：太陽已上升到三根竹竿相接之高度，表示時候不早。唐
劉禹錫〈雜曲歌辭〉詩：「日出三竿春霧消，江頭蜀客駐蘭橈。」宋
蘇軾〈題潭州徐氏春暉亭〉：「瞳瞳曉日上三竿，客向東風競倚欄。」

十、〈望月婆羅門引〉

清明後，醉書於史氏之別墅二首之一

東風嫋嫋〔1〕，飛花一片點征衣〔2〕。等閑〔3〕耗損香霏〔4〕。春
去春來無跡〔5〕，靜裏幾人知。問沈郎〔6〕何事，帶減腰圍〔7〕。
功名願違。筭此計、未應非。剩把閒愁殢酒〔8〕，幽興裁詩〔9〕。
溪山好在悵眼〔10〕中、渺渺故人稀〔11〕。回首處、清淚如絲〔12〕。

【編年】

此闋應作於元定宗元年（1248），時成己年五十歲。

【箋注】

〔1〕東風嫋嫋：**嫋嫋**：風動之貌。《楚辭屈原九歌湘夫人》：「嫋嫋兮秋風，
洞庭波兮木葉下。」宋蘇軾〈海棠〉詩：「東風嫋嫋泛崇光，香霧霏霏
月轉廊。」宋吳則禮〈滿庭芳〉詞（立春。聲促銅壺。）下片：「隼旟，
人未老，東風嫋嫋，已傍高牙。漸園林月永，迭鼓凝笳。小字新傳秀
句，歌扇底、深把流霞。聊行樂，他時畫省，歸近紫皇家。」

〔2〕飛花一片點征衣：宋程顥〈郊行即事〉詩：「莫辭盞酒十分勸，只恐風

花一片飛。」宋王觀〈江城梅花引〉詞（年年江上見寒梅。）下片：「暮霞散綺，楚天碧、片片輕飛。爲我多情，特地點征衣。花易飄零人易老，正心碎，那堪塞管吹。」

〔3〕等閒：無端。

〔4〕霏：雲氣。宋歐陽修〈醉翁亭記〉：「日出而霏開，雲歸而岩穴暝。」

〔5〕春去春來無跡：宋辛棄疾〈滿江紅〉詞（暮春。可恨東君。）：「可恨東君，把春去春來無跡。便過眼、等閒輸了，三分之一。畫永暖翻紅杏雨，風晴扶起垂楊力。更天涯、芳草最關情，烘殘日。湘浦岸，南塘驛。」

〔6〕沈郎：應指沈約，（441～513）字休文，南朝梁武康人（今浙江省武康縣）。篤志好學，博通群書，撰四聲譜，分字爲平上去入四聲，爲聲韻學上一大變遷。累官尚書僕射、尚書令，卒諡隱。著有晉書、宋書、齊紀、梁武紀等，有文集百卷。晚唐詩人李商隱〈韓冬郎即席爲詩相送一座盡驚他日余方追吟連宵侍坐裴回久之句有成之風因成二絕寄酬兼呈畏之員外〉詩：「爲憑何遜休聯句，瘦盡東陽姓沈人。」又道：〈有懷在蒙飛卿〉：：「哀同庾府開，瘦極沈尚書。」此處指沈約瘦極。

〔7〕帶減腰圍：唐杜甫〈傷秋〉詩：「懶慢頭時櫛，艱難帶減圍。」宋歐陽修〈歲暮書事〉：「跨鞍驚髀骨，數帶減腰圍。」

〔8〕愁殢酒：因愁而困於酒。殢酒：困於酒。宋辛棄疾〈賀新郎〉詞下片（賦水仙。雲臥衣裳冷。）：「靈均千古懷沙恨。當時、匆匆忘把，此仙題品。煙雨淒迷僝僽損，翠袂搖搖誰整。謾寫入、瑤琴幽憤。弦斷招魂無人賦，但金杯的皪銀臺潤。愁殢酒，又獨醒。」

〔9〕幽興裁詩：裁詩：作詩。唐杜甫〈江亭〉詩：「故林歸未得，排悶強裁詩。」唐鄭璧〈和襲美索友人酒〉詩：「乘興閒來小謝家，便裁詩句乞榴花。」

〔10〕悵眼：含悲之眼。悵：悲愁、失意。

〔11〕渺渺故人稀：渺渺：遼闊而蒼茫。故人：老友。唐劉長卿〈平蕃曲三首〉詩之一：「渺渺戍煙孤，茫茫塞草枯。」唐王勃〈九日懷封元寂〉：「九秋良會少，千里故人稀。」

〔12〕清淚如絲：唐王維〈齊州送祖二（一作送別）〉詩：「送君南浦淚如絲，君向東州（一作周）使我悲。」宋辛棄疾〈滿庭芳〉（柳外尋春。）

下片：「只今江海上，鈞天夢覺，清淚如絲。算除非，痛把酒療花冶。明日五湖佳興，扁舟去、一笑誰知。溪堂好，且拼一醉，倚杖讀韓碑。」

十一、〈望月婆羅門引〉

清明後，醉書於史氏之別墅二首之二

繁華夢斷〔1〕，吹花風起卻添衣。滿庭紅雨霏霏〔2〕。獨倚繩床微歎，此意竟誰知。悵西園轉眼〔3〕，翠幙成圍〔4〕。　　事無我違。覺四十九年非〔5〕。便好忙開蔣徑〔6〕，細和陶詩〔7〕。風流已置，撫遺編、三歎賞音稀〔8〕。人不覺、弦斷朱絲〔9〕。

【編年】

此闋應作於元定宗元年（1248），時成己年五十歲。

【箋注】

〔1〕繁華夢斷：宋賀鑄〈於飛樂〉詞（日薄雲融）上片：「日薄雲融。滿城羅綺芳叢。一枝粉淡香濃。幾銷魂，偏健羨、紫蝶黃蜂。繁華夢斷，酒醒來、掃地春空。」金段克己〈望月婆羅門引〉詞（癸卯元宵，與諸君各賦詞以為樂。寂寞山村，無可道者，因述昔年京華所見，以望月婆羅門引歌之。酒酣擊節，將有墮開元之淚者。暮雲收盡。）下片：「漏聲未殘。人半醉、尚追歡。是處燈圍轂，花簇雕鞍。繁華夢斷，醉幾度、春風霜鬢班。回首處、不見長安。」

〔2〕霏霏：雨雪煙雲盛密貌。宋范仲淹〈嶽陽樓記嶽陽樓記〉：「若夫霪雨霏霏，連月不開。」

〔3〕轉眼：眼睛一轉。比喻時間極短。宋劉克莊〈祝英台近〉詞（雨淒迷）下片：「綠陰繞。青帝結束匆匆，轉眼朱明瞭。怕與春辭，茗芋玉山倒。後期覺做明年，春年年好，卻不道、明年人老。」

〔4〕翠幙成圍：唐宋之問〈早入清遠峽（一作下桂江龍目灘）〉詩：「翳潭花似織，緣嶺竹成圍。」宋陸游〈丁酉上元〉詩：「翠袖成圍欺月冷，氈車爭道覺塵香。」

〔5〕覺四十九年非：唐駱賓王〈帝京篇〉詩：「且論三萬六千（一作二八千金）是，寧知四十九年非。」唐李白〈尋陽紫極宮感秋作尋陽紫極宮感秋作〉：「四十九年非，一往不可復。」宋魏了翁〈水調歌頭〉詞（叔

母生日。人道三十九。）上片：「人三十九，歲暮日斜時。兒今如許，才覺三十九年非。昨被玉山摟取，今仗牛山挽住，役役不知疲。自己未能信，漫仕亦何為。」

〔6〕蔣徑：應指蔣舍三徑。西漢末年，王莽篡漢奪權，兗州刺史蔣詡告病辭官，隱居杜陵。居處荊棘塞門，蔣氏不出門戶。舍中有三徑，唯羊仲，求仲二人與其往來。典出漢趙岐《三輔決錄‧逃名之士》。後比喻隱居不出仕。

〔7〕細和陶詩：用心和陶淵明之詩。詩：應指陶潛所作之詩。宋趙必𤩽像〈念奴嬌〉詞（餞朱滄洲。中年怕別。）下片：「菊松盡可歸歟，歎折腰為米，淵明已錯。相越平吳，終成底事，一舸五湖差樂。細和陶詩，徑尋坡隱，時訪峰頭鶴。羅浮咫尺，春風寄我梅萼。」宋陸游〈客有見過者既去喟然有作〉詩：「研朱點周易，飲酒和陶詩。」

〔8〕撫遺編、三歎賞音稀：遺編：前人所遺留下來之書籍、文字。宋陸游〈山家〉詩：「微言誰復領，浩歎撫遺編。」宋張炎〈霜葉飛〉詞（悼澄江吳立齋。故園空杳。）下片：「不見換羽移商，杏梁塵遠，可憐都付殘照。坐中泣下最誰多，歎賞音人少。恨一夜、梅花頓老。今年因甚無詩到。待喚起清魂□，說與淒涼，定應愁了。」

〔9〕弦斷朱絲：知音絕。《說苑‧尊賢》：「伯牙子鼓琴，鍾子期聽之，方鼓而志在太山，鍾子期曰：『善哉乎鼓琴！巍巍乎若太山。』少選之間，而志在流水，鍾子期復曰：『善哉乎鼓琴！湯湯乎若流水。』鍾子期死，伯牙破琴絕弦，終身不復鼓琴，以為世無足為鼓琴者。」宋辛棄疾〈滿庭芳〉詞（和洪丞相景伯韻呈景盧舍人。急管哀弦。）下片：「誰將春色去，鸞膠難覓，弦斷朱絲。恨牡丹多病，也費醫治。夢裏尋春不見，空腸斷、怎得春知。休惆悵，一觴一詠，須刻右軍碑。」宋辛棄疾〈蝶戀花〉詞（月下醉書雨岩石浪。九畹芳菲蘭佩好。）上片：「九畹芳菲蘭佩好。空谷無人，自怨蛾眉巧。寶瑟泠泠千古調，朱絲弦斷知音少。」唐杜甫〈寄岳州賈司馬六丈巴州嚴八使君兩閣老五十韻〉詩：「貝錦無停織，朱絲有斷弦。」宋嶽飛〈小重山〉詞（昨夜寒蛩不鳴）下片：「白首為功名。舊山松竹老，阻歸程。欲將心事付瑤琴。知音少，弦斷有誰聽。」

十二、〈望月婆羅門引〉

翌日，封生仲堅見和，因復用韻以答。

小窗睡起〔1〕，曉寒特地怯春衣〔2〕。篝爐〔3〕坐擁殘霏。衰衰愁來何處〔4〕，獨有兩眉知。倩一尊聊爾〔5〕，為解重圍。　　賞心莫違。桃李事〔6〕、轉頭非。幾曲昇平舊譜〔7〕，數首新詩。花開正好，篝一番、風雨未應稀〔8〕。舒醉袖、惹住遊絲〔9〕。

【編年】

此闋應作於元定宗元年（1248），時成己年五十歲。

【箋注】

〔1〕小窗睡起：宋呂渭老〈撲蝴蝶近〉詞（風荷露竹。）下片：「當初欲憑，燕翼西飛寄歸信。小窗睡起，梁間都去盡。夜長旅枕先知，秋杪黃花漸近。一成為一銷損。」

〔2〕怯春衣：金元好問〈浪淘沙〉詞（春瘦怯春衣）上片：「春瘦怯春衣。春思低迷。雨聲偏與睡相宜。懊惱離愁尋□酒，已被愁知。」

〔3〕篝爐：竹制火爐。篝：盛器物之竹籠。宋陸游〈宿魚梁驛五鼓起行有感〉詩：「投魚梁溪遠屋，五更聽雨擁篝爐。」

〔4〕愁來何處：宋程過〈昭君怨〉詞（試問愁來何處）上片：「試問愁來何處。門外山無重數。芳草不知人。翠連雲。」

〔5〕倩一尊：請拿一尊酒。倩：請人代為做事。尊：酒器。此處代指一尊酒。唐杜甫〈九日藍田崔氏莊〉詩：「羞將短髮還吹帽，笑倩旁人為正冠。」宋黃庭堅〈即席〉詩：「不當愛一醉，倒倩路人扶。」

〔6〕桃李事：應指春事。唐韓愈〈感春三首〉詩之二：「黃黃蕪菁花，桃李事已退。」

〔7〕幾曲昇平舊譜：唐鄭穀〈回鑾〉詩：「浩浩昇平曲，流歌徹百蠻。」

〔8〕篝一番、風雨未應稀：金元好問〈江城子〉詞（效花間體詠海棠。蜀禽啼血染冰蕤。）下片：「一番風雨未應稀。怨春遲。怕春歸。恨不高張，紅錦百重圍。多載酒來連夜看，鹹化作，彩雲飛。」

〔9〕遊絲：蟲類所吐之絲，飛揚於空中，稱為遊絲。春夏兩季常見。唐盧照鄰〈長安古意〉詩：「百丈遊絲爭繞樹，一群嬌鳥共啼花。」唐皎然〈效古〉詩：「萬丈遊絲是妄心，惹蝶縈花亂相續。」亦作遊絲。

十三、〈望月婆羅門引〉

晨起，與仲堅偶坐，少焉雨作，其聲灑灑然，絕似文場下筆時。因借前韻，戲成一篇。

蹉跎歲晚〔1〕，床頭鐵硯〔2〕已生衣。破窗風送輕霏，暗裏隨風入夜，花上早先知。聽一時下筆，鏖戰文圍〔3〕。　　天心〔4〕不違，更問甚、是和非〔5〕。便著春衫換酒，醉墨題詩〔6〕。逢場作戲〔7〕，覺賞心、樂事未全稀〔8〕。還自歎、蟲吐餘絲。

【編年】

此闋應作於元定宗元年（1248），時成己年五十歲。

【箋注】

〔1〕蹉跎歲晚：**蹉跎**：虛度光陰。阮籍〈詠懷詩十七首〉詩之八：「娛樂未終極，白日忽蹉跎。」唐李頎〈送魏萬之京〉詩：「莫是長安行樂處，空冷歲月易蹉跎。」宋程珌〈念奴嬌〉詞（平生有意。）上片：「平生有意，把六經膏澤，人人沾受。白被子明康節輩，浪說乘除先後。遇合一時，英雄千古，誰是高強手。蹉跎歲晚，臨風浩然搔首。」

〔2〕鐵硯：晉桑維翰初考進士，主司惡其姓，以為桑、喪同音。人勸其以他方法求仕，維翰慨然，乃鑄鐵硯以示人曰：「硯弊則改而他仕。」終及進士第。典出《新五代史晉臣傳桑維翰傳》。鐵硯磨穿，後比喻勤學苦讀，終有所成。

〔3〕鏖戰文圍：以文字詞章較勁，情況激烈。**鏖戰**：激烈戰鬥。《新唐書王翃傳》：「翃乃移書義、藤二州刺史，約皆進討，引兵三千與賊鏖戰，日數遇。」

〔4〕天心：天帝之意志。《書經咸有一德》：「咸有一德，克享天心。」

〔5〕更問甚、是與非：宋朱敦儒〈驀山溪〉詞（夜來雨）下片：「西池瓊苑。游賞人何限。玉勒擁朱輪，各騁些、新歡舊怨。都齊醉也，說甚是和非，我笑他，他不覺，花落春風晚。」宋辛棄疾〈最高樓〉詞（吾擬乞歸，犬子以田賦未置止我，賦此罵之。吾衰矣。）下片：「待葺個、園兒名佚老。更作個、亭兒名亦好。閑飲酒，醉吟詩。千年田換八百主，一人口插幾張匙。休休休，更說甚，是和非。」

〔6〕醉墨題詩：宋黃機〈沁園春〉詞（次嶽總干韻。日過西窗。）上片：「日
　　過西窗，客枕夢回，庭空放衙。記海棠洞裏，泥金寶斝，酴醿架下，
　　油壁鈿車。醉墨題詩，薔薇露重，滿壁飛鴉行整斜。爭知道，向如今
　　漂泊，望斷天涯。」

〔7〕逢場作戲：隨事應景，偶爾遊戲玩耍。宋孫惟信〈水龍吟〉詞（除夕。
　　小童教寫桃符。）下片：「飲量添教不醉，好時節、逢場作戲。驅儺爆
　　竹，軟餳酥豆，通宵不睡。四海皆兄弟，阿鵲也、同添一歲。願家家
　　戶戶，和和順順，樂昇平世。」

〔8〕覺賞心、樂事未全稀。賞心：愉悅心情。樂事：歡樂之事。宋辛棄疾
　　〈聲聲慢〉詞（旅次登樓作。征埃成陣）下片：「千古懷嵩人去，應笑
　　我、身在楚尾吳頭。看取弓刀，陌上車馬如流。從今賞心樂事，剩安
　　排、酒令詩籌。華胥夢，願年年、人似舊遊。」

十四、〈望月婆羅門引〉

仲堅復見和，文勢疊疊，殊覺逼人，可謂不負忍窮矣。而其言若
有所感，因取舊韻，述己意以答之。雖知荒於辭章，猶賢於無所用心也。
長安倦客〔1〕，不堪重整舊朝衣〔2〕。天香〔3〕尚帶餘霏。蓋世虛
名何用〔4〕，政爾畏人知。愛青山屋上〔5〕，面面屏圍。　　十
朋〔6〕弗違。好事外、卜皆非。辦取殘年香火，暇日歌詩。東
塗西抹〔7〕，笑顛狂、如我向來稀。休看鏡、鬒髮如絲〔8〕。

【編年】

此闋應作於元定宗元年（1248），時成己年五十歲。

【箋注】

〔1〕長安倦客：宋周密〈水龍吟〉詞（燕翎誰寄愁箋）上片：「燕翎誰寄愁
　　箋，天涯望極王孫草。新煙換柳，光風浮蕙，餘寒尚峭。倚仗看雲，
　　篝燈聽雨，幾番詩酒。歎長安倦客，江南舊恨，飛花亂、清明後。」

〔2〕重整舊朝衣：唐杜牧〈歲旦（一作日）朝回口號〉詩：「星河猶在整朝
　　衣，遠望天門再拜歸。」宋陸游〈眉州披風榭拜東坡先生遺像〉詩：「看
　　鏡已添新雪鬢，聽雞重拂舊朝衣。」

〔3〕天香：自天上傳來之香氣。唐沈佺期〈樂城白鶴寺〉詩：「潮聲迎法鼓，

雨氣濕天香。」

〔4〕蓋世虛名何用：唐李白〈月下獨酌四首〉詩之四：「當代不樂飲，虛名安用哉。」

〔5〕青山屋上：宋辛棄疾〈水調歌頭〉詞（十里深窈窕）下片：「十里深窈窕，萬瓦碧參差。 青山屋上 ，流水屋下綠橫溪。眞得歸來笑語，方是閑中風月，剩費酒邊詩。點檢歌舞了，琴罷更圍棋。」

〔6〕朋：量詞。古代計算貨幣之單位。《詩經小雅菁菁者莪》：「既見君子，錫我百朋。」

〔7〕東塗西抹：從事寫作者之自謙語。宋吳潛〈八聲甘州〉詞（任渠儂、造物自兒嬉。）上片：「任渠儂、造物自兒嬉。安能止吾歸。有秋來竹徑，春時花塢，夏裏荷漪。 何事東塗西抹 ，空遣鬢毛稀。矯首看鴻鵠，遠舉高飛。」

〔8〕鬢髮如絲：唐杜甫〈薄暮〉詩：「人生不再好，鬢髮白（一作自）成絲。」

十五、〈江城子〉

季春〔1〕五日，有感而作，歌以自適也。

百年光景〔2〕霎時間。鏡中看，鬢成斑〔3〕。歷遍人間〔4〕，萬事不如閑〔5〕。斷送餘生消底物〔6〕，蘭可佩，菊堪餐〔7〕。　　功名場上稅征鞍⑧。退時難。處時安。生怕紅塵，一點汙儒冠〔9〕。便甚歸來嗟已晚〔10〕，那更待，買青山〔11〕。

【箋注】

〔1〕季春：春季之第三個月，即農曆三月。《禮記月令》：「季春之月，日在胃，昏七星中，且牽牛中。」三國魏曹植〈槐樹賦〉：「在季春以初茂，踐朱夏而乃繁。」亦稱爲暮春。

〔2〕百年光景：長久歲月。宋陸游〈東窗遣興〉詩：「百年光景輸欹枕，萬里風煙入倚樓。」宋辛棄疾〈臨江仙〉詞（老去渾身無著處）上片：「老去渾身無著處，天教只住山林。 百年光景百年心 。更歡須歡息，無病也呻吟。」

〔3〕鏡中看，鬢成斑：鏡中見自己髮鬢斑白。唐耿湋〈送耿湋拾遺聯句〉詩：「鏡中看齒髮，河上有煙塵。」宋嚴羽〈滿江紅〉詞（送廖叔仁

赴闕。起日近觚棱。）下片：「天下事，吾能說。今老矣，空凝絕。對西風慷慨，唾壺歌缺。不灑世間兒女淚，難堪親友中年別。問相思、他日鏡中看，蕭蕭髮。」金元好問〈江城子〉詞（來鴻去鴈十年間。）上片：「來鴻去鴈十年間。鏡中看。各衰顏。恰待蒙泉，東畔買青山。夢裏鄰村新釀熟，攜竹杖，款柴關。」金段克己〈江城子〉詞（塵世鞅掌，每與願違，緬懷山林蕭散之處。九衢塵土浣儒冠。）上片：「九衢塵土浣儒冠。鏡中看，失朱顏。顛倒囊貲，欲買青山。剩種閑花多釀酒，塵土外，覓清歡。」

〔4〕歷遍人間：宋王安石〈真州東園作〉詩：「十年歷遍人間事，卻繞新花認故叢。」宋朱敦儒〈念奴嬌〉詞（老來可喜）上片：「老來可喜，是歷遍人間，諳知物外。看透虛空，將恨海愁山，一時挼碎。免被花迷，不為酒困，到處惺惺地。飽來覓睡，睡起逢場作戲。」

〔5〕不如閑：唐韓愈〈游城南十六首·遣（一作遠）興〉詩：「斷送一生惟有酒，尋思百計不如閑。」

〔6〕斷送餘生消底物：**斷送**：度過。唐韓愈〈游城南十六首·遣（一作遠）興〉詩：「斷送一生惟有酒，尋思百計不如閑。」宋蘇軾〈七年九月，自廣陵召還，復館於浴室東堂，八年六月，乞會稽，將去，汶公乞詩，乃復前韻三首〉詩之三：「斷送一生消底物，三年光景六篇詩。」宋蘇軾〈永和清都觀道士，童顏鬒髮，問其年，生於丙子，蓋與予同，求此詩〉詩：「自笑餘生消底物，半篙清漲百灘空。」

〔7〕蘭可佩，菊堪餐：屈原〈離騷〉：「朝飲木蘭之墜露兮，夕餐秋菊之落英」。宋辛棄疾〈沁園春〉詞（帶湖新居將成。三徑初成。）下片：「好都把軒窗臨水開。要小舟行釣，先應種柳，疏籬護竹，莫礙觀梅。秋菊堪餐，春蘭可佩，留待先生手自栽。沈吟久，怕君恩未許，此意徘徊。」

〔8〕功名場上稅征鞍：借戰事建功取得功名。**征鞍**：置於戰馬上之馬鞍，應指戰事。

〔9〕生怕紅塵，一點汙儒冠：生怕紅塵沾染上身。**冠**：儒者所戴之帽，一說為儒生。宋陳與義〈十月〉詩：「十月北風催歲蘭，九衢黃土汙儒冠。」金段克己〈江城子〉詞（塵世鞅掌，每與願違，緬懷山林蕭散之處。九衢塵土浣儒冠。）上片：「九衢塵土浣儒冠。鏡中看，失朱顏。顛倒

囊貲，欲買青山。剩種閑花多釀酒，塵土外，覓清歡。」

〔10〕便甚歸來嗟已晚：歸來嘆息天色已晚。嗟：歎息。宋辛棄疾〈滿江紅〉
（暮春。可恨東君。）下片：「湘浦岸，南塘驛。恨不盡，愁如積。
算年年孤負，對他寒食，便恁歸來能幾許，風流已自非疇昔。憑畫欄、
一線數飛鴻，沈空碧。」宋陳與義〈研銘〉詩：「嗟已晚，覺非是。」

〔11〕買青山：金元好問〈江城〉詞（來鴻去鴈十年間）上片：「來鴻去燕
鴈十年間。鏡中看。各衰顏。恰待蒙泉，東畔買青山。夢裏鄰村新釀
熟，攜竹杖，款柴關。人生誰得老來閑。」金段克己〈江城子〉詞（塵
世鞅掌，每與願違，緬懷山林蕭散之處。九衢塵土浣儒冠。）上片：
「九衢塵土浣儒冠。鏡中看，失朱顏。顛倒囊貲，欲買青山。剩種閑
花多釀酒，塵土外，覓清歡。」

十六〈江城子〉

階前流水玉鳴渠〔1〕。愛吾廬〔2〕，愜幽居。屋上青山〔3〕，山鳥
喜相呼。少日功名空自許〔4〕，今老矣，欲何如〔5〕。　　閑來活
計未全踈。月邊漁，雨邊鋤。花底風來，吹亂讀殘書。誰喚九原
〔6〕摩詰〔7〕起，添畫我，輞川圖〔8〕。（一作憑畫作，倦遊圖。）

【箋注】

〔1〕階前流水玉鳴渠：階前流水潺潺，其聲如玉珮。辛棄疾〈卜運算元〉
詞（答晉臣，渠有方是閑，得歸二堂。百郡怯登車）下片：「野水玉鳴
渠，急雨珠跳瓦。一榻清風方是閑，真得歸來也。」

〔2〕愛吾廬：愛吾家。晉陶潛〈讀山海經十三首〉詩之一：「眾鳥欣有託，
吾亦愛吾廬。」唐白居易〈玩松竹二首〉詩之一：「吾亦愛吾廬，廬中
樂吾道。」宋陸游〈白帝泊舟〉詩：「倦遊思稅駕，更覺愛吾廬。」

〔3〕屋上青山：位於屋舍上之青山。宋張炎〈瑤台聚八仙／新雁過妝樓〉
詞屋上青山上片：「屋上青山。青未了、凌虛試一憑欄。亂峰迭嶂，
無限古色蒼寒。正喜雲閑雲又去，片雲未識我心閑。對林巒。底須謝
屐，何用躋攀。」宋辛棄疾〈水調歌頭〉詞（十里深窈窕）下片：「十
里深窈窕，萬瓦碧參差。青山屋上，流水屋下綠橫溪。真得歸來笑語，
方是閑中風月，剩費酒邊詩。點檢歌舞了，琴罷更圍棋。」金段克己

〈點絳唇〉詞（暮秋晨起書所見。愛酒淵明。）下片：「屋上青山，山上行雲度。悠然處。是中眞趣。欲寫還無句。」

〔4〕功名空自許：自許功名到頭來是空。**功名**：功業、名聲。宋陸游〈晚登望雲〉詩：「看鏡功名空自許，上樓懷抱若爲寬。」

〔5〕今老矣，欲何如：如今垂老，能奈何？宋袁去華〈水調歌頭〉詞（鳥影度疏木）下片：「功名事，今老矣，待何如。拂衣歸去，誰道張翰爲蓴鱸。且就竹深荷靜，坐看山高月小，劇飲與誰俱。長嘯動林木，意氣欲淩虛。」

〔6〕九原：春秋時晉國卿大夫之墓地在九原。後泛指墓地。唐韋莊〈感懷〉詩：「四海故人盡，九原新塚多。」唐皎然〈短歌行〉：「蕭蕭煙雨九原上，白楊青松葬者誰？」亦可指人死後居住的地方。宋蘇軾〈亡妻王氏墓誌銘〉：「君得從先夫人於九原，余不能。嗚呼哀哉！」

〔7〕摩詰：應指王維。王維（西元 699～7〔5〕）字摩詰，唐太原人。開元進士，玄宗時官至尚書右丞，世稱爲王右丞。工詩，善書畫，蘇東坡稱其「詩中有畫，畫中有詩」，所畫山水重渲染，爲畫家南宗之祖。營別墅於輞川，著有《王右丞集》。

〔8〕輞川圖：內容爲輞川楓景之圖。**輞川**：在陝西省藍田縣南，自輞谷出，唐代詩人王維隱居於此。或稱爲輞谷水。

十七、〈江城子〉

幽棲〔1〕追和邋菴先生韻

昔年兄弟共彈冠〔2〕。轉頭看〔3〕。各蒼顏。千古功名，都待似東山〔4〕。慷慨一杯風露下，追往事，敍幽歡。　　晨霞翠柏尚堪餐〔5〕。養餘閒。未全慳〔6〕。十丈冰花〔7〕，況有藕如船。醉裏忽乘鸞鶴〔8〕去，塵土外，兩腋仙〔9〕。

【編年】

此闋應作於元憲宗四年（1254），時成己年五十六歲。

【箋注】

〔1〕幽棲：隱居。

〔2〕彈冠：整理帽冠。語出《漢書王吉傳》：「吉與貢禹爲友，世稱王陽在

位，貢公彈冠。言其取捨同也。」比喻準備出仕做官。《三國志魏書楊俊傳》：「自初彈冠，所歷垂化。」宋李曾伯〈八聲甘州〉詞（嶺青油車騎出郊坰）下片：「休說參軍往事，意當時凝眺，不到長安。賴座間小異，豪氣眇塵寰。到如今、祇成佳話，記封姨、曾薦眾賓歡。吾曹事，有如此酒，要共彈冠。」

〔3〕轉頭看：宋蘇軾〈江神子〉詞（東武雪中送客。相從不覺又初寒。）下片：「轉頭山上轉頭看。路漫漫。玉花翻。雲海光寬，何處是超然。知道故人相念否，攜翠袖，倚朱闌。」

〔4〕東山：此處應指東山之志。晉謝安曾隱居東山不仕。典出南朝宋劉義慶《世說新語‧排調》。後用以指隱居不仕的志願。宋陸游〈賀呂知府啟〉：「雖北闕之書，至於屢上，然東山之志，甯許遽從。」

〔5〕晨霞翠柏尚堪餐：唐杜甫〈空囊〉詩：「翠柏苦猶食，晨（一作明）霞高（一作朝）可餐。」

〔6〕慳：阻礙、磨難。

〔7〕十丈冰花，況有藕如船：冰花：結晶呈花狀之冰。唐韓愈〈古意〉詩：「太華峰頭玉井蓮，開花十丈藕如船。」宋葛郯〈江神子〉詞（亭亭鶴羽戲芝田）下片：「憑闌有恨不堪言。倩誰傳。曲聲圓。寫盡清愁，香弄晚風妍。不羨山頭窺玉井，花十丈，藕如船。」金蔡松年〈南鄉子〉（霜籟入枯桐。）上片：「霜籟入枯桐。山壓江城秀藹濃。誰著夜光松竹裏，玲瓏。十丈冰花射好風。」

〔8〕鸞鶴：鸞和鶴。相傳為仙人所乘之禽鳥。唐常建〈宿王昌齡隱居〉詩：「余亦謝時去，西山鸞鶴群。」唐韓翃〈經月岩山〉詩：「瑤池何悄悄，鸞鶴煙中棲。」

〔9〕兩腋仙：宋陸游〈奉送薑邦傑出關〉詩：「君似襄陽孟浩然，蹇驢風帽一腋仙。」

十八、〈江城子〉

東園牡丹盛開，二三子邀余飲花下，酒酣，即席賦之。

水南名品〔1〕幾時栽。映池臺〔2〕，待誰開？應為詩人，著意巧安排。調護正須宮樣錦〔3〕，遮麗日〔4〕，障飛埃。　　曉風吹綻瑞雲堆。怨春回，要詩催〔5〕。醉墨淋漓〔6〕，隨手灑瓊瑰〔7〕。

歸去不妨簪一朵，人也道，看花來。

【箋注】

〔1〕水南名品：水南之牡丹花。水南：地名，在洛陽附近。

〔2〕映池臺：宋王安石〈題儀眞致政孫學士歸來亭〉詩：「更作園林負城郭，常留花月映池臺。」

〔3〕調護正須宮樣錦：照顧牡丹花須用宮中特製之錦緞。調護：調養、護理。北朝齊之推《顏氏家訓養生》：「若其愛養神明，調護氣息，愼節起臥，均適寒暄。」

〔4〕遮麗日：遮蔽陽光。麗日：明亮耀眼之太陽。北朝周王襃〈燕歌行〉詩：「初春麗日鶯欲嬌，桃花流水沒河橋。」北朝周庾信〈春和夏日應令〉詩：「朱簾卷麗日，翠幕蔽重陽。」宋曹勳〈金盞倒垂蓮〉詞（牡丹。穀雨初晴。）下片：「遮麗日、更著輕羅深護。半開微吐，隱非煙非霧。正宜夜闌秉燭，況更有、姚黃嬌妒。徘徊縱賞，任放濛濛柳絮。」

〔5〕要詩催：宋陳與義〈竇園醉中前後五絕句〉詩之二：「海棠脈脈要詩催，日暮紫綿無數開。」

〔6〕醉墨淋漓：酒後所寫文字氣勢酣暢。醉墨：酒後所寫文字。宋蘇舜欽〈檢書〉詩：「軒昂醉墨鬧，纖悉新書雜。」宋歐陽修〈奉送原甫侍讀出守永興〉詩：「新詩醉墨時一揮，別後寄我無詞遠。」或稱爲「醉瀋」。淋漓：形容氣勢充盛酣暢。唐李商隱〈韓碑〉詩：「公退齋戒坐小閣，濡染大筆何淋漓。」宋陸游〈憶山南〉詩：「醉墨淋漓酒百杯，轅門山色碧崔嵬。」

〔7〕瓊瑰：珠玉、美石之類，亦用以比喻美好珍貴之物。《詩經秦風渭陽》：「何以贈之？瓊瑰玉佩。」唐李商隱〈贈庾十二朱版〉詩：「固漆投膠不可開，贈君珍重抵瓊瑰。」

十九、〈行香子〉

書舍偶成。

自歎勞生〔1〕。枉了經營。到而今、一事無成〔2〕。不如趁早，覓箇歸程〔3〕。向渭川〔4〕漁，東市卜，富春耕。　眼底浮榮。身外虛名〔5〕。盡輸他、時輩崢嶸〔6〕。得偷閑處〔7〕，且適閑情

〔8〕。有坐忘篇〔9〕，傳燈錄〔10〕，洗心經〔11〕。

【箋注】

〔1〕自歎勞生：自歎勞苦人生。**勞生**：語本《莊子大宗師》：「夫大塊載我以形，勞我以生，佚我以老，息我以死。」指勞碌辛苦之人生。唐駱賓王〈與博昌父老書〉：「雖蒙莊一指，殆先覺於勞生；秦佚三號，詎忘情於恆化。」唐杜甫〈陪章留後惠義寺餞嘉州崔都督赴州〉詩：「勞生共幾何？離恨兼相仍。」宋周邦彥〈一寸金〉詞（夾州蒼崖）下片：「自歎勞生，經年何事，京華信漂泊。念渚蒲汀柳，空歸閑夢，風輪雨楫，終羞前約。情景牽心眼，流連處、利名易薄。回頭謝、冶葉倡條，便入漁釣樂。

〔2〕一事無成：在事業功名上無任何成就。爲慨嘆之詞。唐白居易〈除夜寄微之〉：「詩：鬢毛不覺白毿毿，一事無成百不堪。」宋陸游〈鷓鴣天〉詞（家住東吳近帝鄉）下片：「身易老，恨難忘。尊前贏得是淒涼。君歸爲報京華舊，一事無成兩鬢霜。」

〔3〕不如趁早，覓箇歸程：宋李邴〈女冠子〉詞（帝城三五）下片：「東來西往誰家女。買玉梅爭戴，緩步香風度。北觀南顧。見畫燭影裏，神仙無數。引人魂似醉，不如趁早，步月歸去。這一雙情眼，怎生禁得，許多胡覷。」

〔4〕渭川：河川名。源出甘肅省渭源縣西之鳥鼠山，東南流經陝西省，至高陵縣會涇水，又東流至朝邑縣會洛水，注入黃河。亦稱爲渭水。

〔5〕眼底浮榮，身外虛名：唐白居易〈初除戶曹喜而言志〉詩：「浮榮及虛位，皆是身之賓。」唐權德輿〈獨酌〉詩：「身外皆虛名，酒中有全德。」

〔6〕崢嶸：人品出眾之貌。唐杜荀鶴〈送李鐔遊新安〉詩：「邯鄲李鐔才崢嶸，酒狂詩逸難干名。」

〔7〕偷閑處：**閑處**：在繁忙中抽出空暇。唐白居易〈歲假內命酒贈周判官蕭協律〉詩：「聞健此時相勸醉，偷閑何處共尋春。」唐白居易〈戲答林園〉詩：「豈獨西坊來頻，偷閑處處作遊人。」

〔8〕適閑情：悠閑之情趣。唐徐夤〈酒醒〉詩：「酒醒欲得適閑情，騎馬那勝策杖行。

〔9〕坐忘篇：應指《莊子》。**坐忘**：語出《莊子大宗師》：「墮肢體，黜聰明，離形去知，同於大通，此謂坐忘。」

〔10〕傳燈錄：書名。宋僧道原著，三十卷。記釋迦以來諸祖相傳的脈絡，並錄其法語因其成書於宋眞宗景德元年，故又名《景德傳燈錄》。爲禪宗史的著作。

〔11〕洗心經：《易經》之代稱，因《易‧繫辭上》有「聖人以此洗心」句，故稱。《易經》由伏羲制卦，文王繫辭，孔子作十翼。共六十四卦、三百八十四爻。易經內容最早只是記載大自然、天文和氣象等變化，古代帝王作爲施政之用，百姓用爲占卜事象。至孔子作傳，始爲哲理之書，爲儒家重要典籍。亦稱爲《羲經》、《周易》。

二十、〈月上海棠〉

謹次遯菴兄繼玉清韻。

酒杯何似浮名好。一入枯腸〔1〕泰山〔2〕小。喚省夢中身〔3〕，鵜鴂數聲春曉〔4〕。昂頭處，幾點青山〔5〕屋杪。人生得計〔6〕魚遊沼。視過眼光陰向來少〔7〕。須卜一枝安〔8〕，笑月底驚烏三繞〔9〕。無窮事，畢竟何時是了。

【箋注】

〔1〕枯腸：腸內空枯，指饑餓。唐鄭嵎〈津陽門〉詩：「開壚引滿相獻酬，枯腸渴肺忘朝饑。」

〔2〕泰山小：泰山：山名。起於山東省膠州灣西南，橫亙省境中部，盡於運河東岸。主峰在泰安縣北，爲五嶽中的東嶽。或稱爲岱山、岱宗、岱嶽、頂上、太山、泰岱。唐杜牧〈獨酌〉詩：「獨佩一壺游，秋毫泰山小。」

〔3〕喚省夢中身：宋陸游〈對酒〉詩：「捩回灩澦柂，喚省邯鄲枕。」唐王維〈疑夢〉詩：「黃帝孔丘何處問，安知不是夢中身。」

〔4〕鵜鴂數聲春曉：鵜鴂：杜鵑之別名。動物名。鳥綱鵑形目。口大尾羽長，嘴黑色，上嘴末端稍曲，身體灰褐色，尾巴有白色橫斑，胸腹部有黑色橫條紋，與鷹相似，初夏時常晝夜不停啼叫，鳴聲凄厲，能動旅客歸思。相傳爲古蜀王杜宇之魂所化。或稱爲杜宇、鶗鴂、啼鴂、子規。春曉：春天之早晨。唐趙存約〈鳥散餘花落〉詩：「春曉游禽集，幽庭幾樹花。」唐陳陶〈雞鳴曲〉詩：「雞聲春曉上林中，一聲驚落蝦

蟆宮。」宋蘇軾〈西江月〉詞（春夜行蘄水山中，過酒家飲，酒醉，乘月至一溪橋上，解鞍曲肱，醉臥少休，及覺已曉，亂山攢擁，流水鏘然，疑非塵世也，書此詞橋柱上。照野彌彌淺浪。）下片：「可惜一溪明月，莫教踏碎瓊瑤。解鞍敧枕綠楊橋。杜宇一聲春曉。」

〔5〕幾點青山屋杪：杪：末端、末尾。宋向子諲〈減字木蘭花〉詞（無窮白水）上片：「無窮白水。無限芰荷紅翠裏。幾點青山。半在雲煙晻靄間。」

〔6〕得計：計謀獲得實現。唐白居易〈山中洞中蝙蝠〉詩：「遠害全身誠得計，一生幽暗又如何？」

〔7〕視過眼光陰向來少：宋方千里〈西平樂〉詞（倦踏征塵）上片：「倦踏征塵，厭驅匹馬，凝望故國猶賒。孤館今宵，亂山何許，平林漠漠煙遮。恨過眼光陰似瞬，回首歡娛異昔，流年迅景，霜風敗葦驚沙。無奈輕離易別，千里意，制淚獨長嗟。」

〔8〕須卜一枝安：須卜卦尋一處安居之所。卜：泛指一般預測吉凶之法。唐何贊〈書事〉詩：「到頭須卜林泉隱，自愧無能繼臥龍。」唐杜甫〈宿府〉詩：「已忍伶俜十年事，強移棲息一枝安。」

〔9〕驚鳥三繞：唐李白〈贈柳圓〉詩：「還同月下鵲，三繞未安枝。」宋李彌遜〈感皇恩〉詞（次韻尙書兄老山堂作。入夜月華清。）上片：「入夜月華清，中天方好。更著山光兩相照。星稀雲淨，玉樹驚鳥三繞。廣寒風露近，秋光老。」

二十一、〈月上海棠〉

重九之會彥衡賦詞侑觴，尊兄遯菴公與坐客往復賡〔1〕歌至於再三，語意益妙，殆不容後來者措手。彥衡堅請余繼其後，勉爲賦之。

黃花未入淵明手〔2〕。日攪空腸幾回九〔3〕。山色繞吾廬〔4〕，猶是當年明秀〔5〕。忘言處〔6〕，此意何嘗在酒。　　等閒莫把良辰負〔7〕。恨不見平生舊親友〔8〕。三徑久荒涼〔9〕，籬下落英誰嗅。傷時淚〔10〕，不覺沾襟漬袖〔11〕。

【校】

猶是當年明秀，其中「明」字《二妙集》缺，據《全金元詞》補。

【編年】

此闋應作於元太宗十五年（1243），時成己年四十五歲。

【箋注】

〔1〕賡：連續、繼續，音《ㄥ。《書經益稷》：「乃賡載歌曰：『元首明哉，股肱良哉。』乃賡載歌曰：『元首明哉，股肱良哉。』」孔安國《書經傳》：「賡，續。」唐李白〈明堂賦〉：「千里鼓舞，百寮賡歌。」

〔2〕淵明手：**淵明**：陶潛，（365～427）東晉潯陽柴桑人，陶侃曾孫，一名淵明，字元亮，安貧樂道，嘗作五柳先生傳以自比，世稱靖節先生，詩名尤高，堪稱古今隱逸詩人宗師。宋楊無咎〈醉花陰〉詞（金鈴玉屑嫌非巧）下片：「淵明手把誰攜酒。把簪烏帽。寄與綺窗人，百種妖嬈，不似酴醾好。」

〔3〕日攪空腸幾回九：言腹空飢餓。

〔4〕山色繞吾廬：唐皇甫冉〈奉和王相公早春登徐州城〉詩：「川流通楚塞，山色遶徐方。」唐李建勳〈溪齋〉詩：「水木遶吾廬，搴簾晚檻虛。」

〔5〕明秀：聰明俊秀。《晉書謝安傳》：「子重，字景重，明秀有才名，為會稽王道子驃騎長史。」

〔6〕忘言處：**忘言**：不藉言語而心領神會。《晉書山濤傳》：「後遇阮籍，便為竹林之交，著忘言之契。」陶淵明〈飲酒詩二十首〉之五：「此中有真意，欲辨已忘言。」唐錢起〈題蕭丞小池〉詩：「林沼忘言處，駕鴻養翮時。」

〔7〕等閒莫把良辰負：**等閒**：隨便、不留意。唐白居易〈琵琶行〉詩：「今年歡笑復明年，秋月春風等閒度。」唐揚發〈東齋夜宴酬紹之起居見贈〉詩：「漸老舊交情更重，莫將美（一作文）酒負良晨。」

〔8〕恨不見平生舊親友：宋蘇軾〈和歐陽少師寄趙少師次韻〉：「平生親友半遷逝，公雖不怪旁人愕。」

〔9〕三徑久荒涼：晉陶潛〈歸去來兮辭〉：「三徑就荒，松菊猶存。」唐韋莊〈過渼陂懷舊〉詩：「三徑荒涼迷竹樹，四鄰凋謝變桑田。」

〔10〕傷時淚：感傷時事世局而落之淚。唐韋莊〈和鄭拾遺秋日感事一百韻〉詩：「話別心重結，傷時淚一滂。」

〔11〕沾襟漬袖：漢張衡〈四愁詩〉：「側身南望涕沾襟。美人贈我琴琅玕。」宋柳永〈笛家弄〉詞（花發西園。）下片：「別久。帝城當日，蘭堂

夜燭，百萬呼廬，畫閣春風，十千沽酒。未省、宴處能忘管弦，醉裏不尋花柳。豈知秦樓，玉簫聲斷，前事難重偶。空遺恨，望仙鄉，一餉消凝，涙沾襟袖。」

二十二、〈月上海棠〉

老來還我扶犁手〔1〕。想豪氣〔2〕十分已無九。都把濟時心〔3〕，分付與一時英秀〔4〕。還自笑〔5〕，潦倒〔6〕猶堪殢酒〔7〕。　　從前枉被虛名負。何似尊前聖賢友。纖手斫金虀〔8〕，一嚼不妨時嗅。頹然醉〔9〕，臥印蒼苔〔10〕半袖。

【箋注】

〔1〕扶犁手：**扶犁**：從事農業活動，以耕田為業。宋蘇軾〈次韻答錢穆父以軾得汝陰用杭越唱酬韻作詩見〉詩：「玉堂不著扶犁手，霜鬢偏宜畫鹿轓。」

〔2〕豪氣：豪放氣概。唐李白〈答王十二寒夜獨酌有懷〉詩：「君不見李北海，英風豪氣今何在。」

〔3〕濟時心：救濟時艱之心。濟時：救濟時艱。《晉書武帝紀》：「暨漢德既衰，太祖武皇帝撥亂濟時，扶翼劉氏，又用受命於漢。」宋蘇軾〈次韻子由送千之姪〉詩：「白髮未成歸隱計，青衫倘有濟時心。」

〔4〕一時英秀：**英**：才華特出者。**秀**：才智傑出者。《晉書王導傳》：「顧榮、賀循、紀瞻、周玘，皆南土之秀。」宋無名氏〈醉蓬萊〉詞（見筍成新竹）下片：「又值生初，故鄉何在，三楚雲高，謾勞回首。睡起情懷，況淵明止酒。賴有賓朋，惠來顧，盡一時英秀。旋滌瑤觴，重歌金縷，與公同壽。」

〔5〕還自笑：唐趙嘏〈贈解頭賈嵩〉詩：「顧我先鳴還自笑，空沾一第是何人。」

〔6〕潦倒：不得志或生活貧困。嵇康〈與山巨源絕交書〉：「足下舊知吾潦倒麤疏，不切事情，自惟亦皆不如今日之賢能也。」唐杜甫〈登高〉詩：「艱難苦恨繁霜鬢，潦倒新停濁酒杯。艱難苦恨繁霜鬢，潦倒新停濁酒杯。」

〔7〕殢酒：困於酒。唐李商隱〈魏候第東北樓堂郢叔言別聊用書所見成篇〉詩：「鎖香金屈戌（戍），殢酒玉昆侖。」宋秦觀〈夢揚州〉詞（晚雲

收）下片：「長記陪燕遊。酬妙舞清歌，麗錦纏頭，殢酒爲花，十載因
　　誰淹留。醉鞭拂面歸來晚，望翠樓、簾卷金鉤。佳會阻，離情正亂，
　　頻夢揚州。」

〔8〕蘁：用以調味之辛辣食物或菜末，音ㄐㄧ。同薑。《三國志魏書方技傳
　　華陀傳》：「向來道邊有賣餅家蒜薑大酢，從取三升飲之，病自當去。」

〔9〕頹然醉：頹然：乏力欲倒貌。《晉書·李胤傳》：「容貌質素，頹然若不
　　足者，而知度沉邃，言必有則。」唐柳宗元〈始得西山宴遊記〉：「引
　　觴滿酌，頹然就醉。」宋陸游〈橋南納涼〉詩：「碧筒莫惜頹然醉，人
　　事還隨日出忙。」

〔10〕臥印蒼苔：宋陸游〈新涼書事〉詩：「臥看鳥篆印蒼苔，窗戶涼生亦
　　樂哉。」

二十三、〈月上海棠〉

冬至後一日，獨居無憁，復用前韻。

光陰輸與閒人手。屈指〔1〕窮冬〔2〕又初九。風雪擁柴關〔3〕，
竹外一枝梅秀〔4〕。醅甕熟〔5〕，似笑淵明止酒〔6〕。　　溪山舊
約吾無負。便結無情歲寒友〔7〕。世味盡醇醲〔8〕，掩鼻向一慵
嗅。蓬茅〔9〕底，有手何妨且袖。

【編年】

此闋應作於元太宗十五年（1243），時成己年四十五歲。

【箋注】

〔1〕屈指：用手指計算事物之數量。比喻數量很少。《三國志魏書張合傳》：
　　「屈指計亮糧，不至十日。」

〔2〕窮冬：深冬。唐杜甫〈別董頲〉詩：「窮冬急風水，逆浪開帆難」。唐
　　韓愈〈天星送楊凝郎中賀正〉詩：「正當窮冬寒未已，借問君子行安之。」

〔3〕風雪擁柴關：唐元稹〈西歸絕句十二首〉詩之十：「寒窗風雪擁深爐，
　　彼此相傷指白鬚。」

〔4〕一枝梅秀：宋辛棄疾〈惜奴嬌〉詞（戲同官。風骨蕭然）：「風骨蕭然，
　　稱獨立、群仙首。春江雪、一枝梅秀。小樣香檀，映朗玉、纖纖手。
　　未久。轉新聲、冷冷山溜。」〔5〕醅甕熟：甕中釀酒已熟。醅：未過

濾之酒。《廣韻平聲灰韻》：「醅，酒未漉也。」唐杜甫〈客至〉詩：「盤餐市遠無兼味，樽酒家貧只舊醅。」唐白居易〈問劉十九〉詩：「綠蟻新醅酒，紅泥小火爐。」宋黃庭堅〈觀化十五首〉詩之八：「恐是鄰家醅甕熟，竹渠今夜滴春泉。」

〔6〕淵明止酒：**淵明**：人名。（365～427）東晉潯陽柴桑人，陶侃之曾孫，一名淵明，字元亮，安貧樂道，嘗作五柳先生傳以自比，世稱靖節先生，詩名尤高，堪稱古今隱逸詩人宗師。宋無名氏〈醉蓬萊〉詞（生朝日。見筍成新竹。）下片：「又值生初，故鄉何在，三楚雲高，謾勞回首。睡起情懷，況淵明止酒。賴有賓朋，惠來相顧，盡一時英秀。旋滌瑤觴，重歌金縷，與公同壽。」

〔7〕歲寒友：應指松、竹、梅。

〔8〕醇醲：醇美醲厚。

〔9〕蓬茅：茅屋。形容屋舍簡陋。唐杜荀鶴〈山中寡婦〉詩：「夫因兵死守蓬茅，麻苧衣衫鬢髮焦。」

二十四、〈月上海棠〉

詩社諸君復相屬和，又不免步韻獻笑。

秋風鶴髮雙龜手〔1〕。不如意事十常九〔2〕。蓬藋〔3〕映閑階，嗟叢菊汝奚〔4〕為秀〔5〕。衡門掩〔6〕，問字無人載酒〔7〕。 永為道德初心負〔8〕。向上將求古人友。三歎抱遺編〔9〕，藹餘馥殘膏〔10〕誰嗅。趨時樣，競衒〔11〕羔裘豹袖〔12〕。

【箋注】

〔1〕鶴髮雙龜手：年老。**鶴髮**：白髮。南朝梁庾肩吾〈八關齋夜賦四城門更作四首〉詩之四：「鶴髮辭軒冕。鮐背烹葵菽。」。**龜手**：手部皮膚如龜皮之皺。唐白居易〈杏園中棗樹〉詩：「皮皺似龜手，葉小如鼠耳。」

〔2〕不如意事十常久：不稱心之事常常發生。《晉書‧羊祜列傳》：「會秦涼屢敗，祜復表曰：『吳平則胡自定，但當速濟大功耳。』而議者多不同，祜歎曰：『天下不如意，恒十居七八，故有當斷不斷。天與不取，豈非更事者恨於後時哉！』」唐李德裕〈懷山居邀松陽子同作〉詩：「人生

不如意，十乃居七八。」宋辛棄疾〈賀新郎〉詞（肘後俄生柳）上片：
「肘後俄生柳。歎人生、不如意事，十常八九。古手淋浪縷有用，閑
卻持螯左手。謾贏得、傷今感舊。投閣先生惟寂寞，笑是非、不了身
前後。持此語，問烏有。」宋黃庭堅〈用明髮不寐有懷二人爲韻寄李
秉彝德叟〉：「人生不如意，十事恒八九。」宋陸游〈娥江野飲贈劉道
士〉詩：「客堪共醉百無一，事不諧心十常九。」

〔3〕蓬藋：蓬草與商藋。蓬：植物名。菊科飛蓬屬，多年生草本。莖多分
枝，葉形似柳而小，有剛毛，花色白。秋枯根拔，風捲而飛，故亦稱
爲飛蓬。藋：即商藋，植物名。藋，音ㄉㄧㄠˋ似藜而葉大。《爾雅釋
草》：「拜蔏藋」。《邢昺疏》：「此亦似藜而葉大者，名拜，一名蔏藋。」
南朝梁沈約〈郊居賦〉：「披東郊之寥廓。入蓬藋之荒茫。」

〔4〕奚：爲何、爲什麼。表示疑問的語氣。《論語爲政》：「或謂孔子曰：子
奚不爲政？」《韓非子和氏》：「子奚哭之悲也？」

〔5〕秀：清麗、俊美。唐韓愈〈送李願歸盤穀序〉：「清聲而便體，秀外而
惠中。」

〔6〕衡門掩：衡門：比喻隱者居住之住處。晉陶淵明〈癸卯歲十二月中作
與從弟敬遠〉詩：「寢跡衡門下，邈與世相絕。」唐劉得仁〈通濟里居
酬盧肇見尋不遇〉詩：「衡門掩綠苔，樹下絕塵埃。」

〔7〕問字無人載酒：無人攜酒來請教學問。問字載酒：漢揚雄家貧，酷嗜
飲酒，時有好事者載酒餚向其學習，而劉棻嘗從雄學奇字。見《漢書
揚雄傳下》。後用以比喻人勤學好問。問字：比喻向人請教學問。宋陸
游〈小園〉詩：「客因問字來攜酒，僧趁分題就賦詩。」

〔8〕初心負：辜負最初之心意。初心：最初之心意。唐張九齡〈祠紫蓋山
經玉泉山寺〉詩：「高僧聞逝者，遠（一作絕）俗是初心。」宋陸游〈馬
上口占〉詩：「關河隔絕初心負，憂患侵尋舊學衰。」

〔9〕抱遺編：遺編：前人所遺下的文字、書籍。唐僧貫休〈雜曲歌辭〉：「休
說遺編幾，至竟終須合天理。」宋黃庭堅〈次韻伯氏寄贈蓋郎中喜學
老杜詩〉：「潛知有意升堂室，獨抱遺編校舛差。」

〔10〕馥殘膏：殘餘、剩下之油脂和香氣。比喻祖先遺留下來之遺蔭。《新
唐書文藝傳上審言傳》贊曰：「殘膏賸馥，沾丐後人多矣。」亦作餘
膏剩馥。

〔11〕衒：炫示、誇耀，音ㄒㄩㄢˋ。唐柳宗元〈梓人傳〉：「不衒能，不矜名。」

〔12〕羔裘豹袖：《詩經‧羔裘》：「羔裘豹袖，自我人究究。」

二十五、〈鷓鴣天〉

重九日敬用遯菴兄韻三首之一。

那得工夫上酒樓。誰能皮裏更陽秋〔1〕。但教閒事心頭少，免致清霜鏡裏稠。　　休咄咄〔2〕，盡悠悠。佳時來往亦風流。百年光景〔3〕無多子，請向尊前聽解愁〔4〕。

【箋注】

〔1〕皮裏更陽秋：言語不評好壞，而心中有所褒貶。語本《晉書外戚傳褚裒傳》：「譙國桓彝見而目之曰：『季野有皮裏春秋。言其外無臧否，而內有所褒貶也』。」爲避晉簡文帝母后阿春的名諱，後改爲皮裏陽秋。宋史浩〈菩薩蠻〉詞（清明。提壺漫欲尋芳去。）下片：「何須從外討。皮裏陽秋好。堪羨個中人。無時不是春。」

〔2〕咄咄：感歎聲、驚怪聲。《後漢書逸民傳嚴光傳》：「咄咄子陵，不可相助爲理邪？」唐袁郊〈紅線〉：「嵩聞之，日夜憂悶，咄咄自語，計無所出。」

〔3〕百年光景：形容極長之時間。

〔4〕聽解愁：解愁：排遣愁悶。晉陸雲〈與兄平原書〉：「文章既可自羨，且解愁忘憂。但作之不工，煩勞而棄力，故久絕意耳。」宋王之道〈南鄉子〉詞（追和東坡重九。風急斷虹收。）下片：「君唱我當酬。千里湖山照眼秋。不見故人思故國，休休。一闋清歌聽解愁。」

二十六、〈鷓鴣天〉

重九日敬用遯菴兄韻三首之二。

手段慚非五鳳樓〔1〕。題詩把菊負清秋〔2〕。黃柑旋拆金苞嫩〔3〕，白酒新蒭〔4〕玉液稠。　　身外事，付悠悠〔5〕。牛山何必涕空流〔6〕。不如且進杯中物〔7〕，一酹能消萬古愁〔8〕。

【箋注】

〔1〕五鳳樓：應指五鳳樓手。五鳳樓爲古樓名。唐於洛陽建五鳳樓，玄宗曾於其下聚飲，命三百里內縣令、刺使帶聲樂參加。梁太祖朱溫即位，重建五鳳樓，去地百丈，高入半空，上有五鳳翹翼。後喻文章巨匠爲五鳳樓手。李白〈古意〉詩：「隱隱五鳳樓，峨峨橫三川。」

〔2〕負清秋：宋葉夢得〈臨江仙〉詞（乙卯八月九日，南山絕頂作台新成，與客賞月作。絕頂參差千嶂列。）下片：「卷盡微雲天更闊，此行不負清秋。忽驚河漢近人流。青霄元有路，一笑倚瓊樓。」

〔3〕黃柑旋拆金苞嫩：唐杜牧〈新轉南曹未敍朝散初秋暑退出守吳興書此篇以自見志〉詩：「越浦黃柑嫩，吳溪紫蟹肥。」

〔4〕白酒新篘：篘：音彳ㄡ，用以漉酒去糟之竹籠。《玉篇竹部》：「篘，酒籠。」唐白居易〈詠家醞十韻〉詩：「釀糯豈勞炊範黍，撇篘何假漉陶巾。」宋張掄〈朝中措〉詞（漁父十首之四。沙明波淨小汀洲）下片：「鱸魚釣得，銀絲旋鱠，白酒新篘。一笑月寒煙暝，人間萬事都休。」

〔5〕身外事，付悠悠：唐白居易〈諭懷〉詩：「況彼身外事，悠悠通與塞。」

〔6〕牛山何必涕空流：齊景公登牛山，北臨國城，而感歎年華不能長久，人終有一死之故事。典出《晏子春秋內篇諫上》。比喻不知滿足，自尋煩惱。宋王安石〈正肅吳公挽辭三首〉詩之三：「此時辜怨寵，西望涕空流。」

〔7〕且進杯中物：唐白居易〈思舊〉詩：「且進（一作盡）杯中物，其餘皆付天。」宋辛棄疾〈卜運算元〉詞（飲酒不寫書。一飲動連宵。）下片：「請看塚中人，塚似當時筆。萬箚千書只恁休，且進杯中物。」

〔8〕一酌能消萬古愁：唐李白〈將進酒〉詩：「呼兒將出換美酒，與爾同銷萬古愁。」唐翁綬〈詠酒〉詩：「百年莫惜千回醉，一酌能消萬古愁。」

二十七、〈鷓鴣天〉

九日敬用遜菴兄韻三首之三。

豪氣消磨百尺樓。憂來一日抵三秋〔1〕。故人落落晨星〔2〕少，新塚累累〔3〕塞草稠。 　　思往事，去悠悠。夕陽回首忽西流。葉聲偏入愁人耳〔4〕，聲本無心人自愁〔5〕。

【箋注】

〔1〕一日抵三秋：宋呂渭老〈卜運算元〉詞（一日抵三秋）上片：「一日抵三秋，半月如千歲。自夏經秋到雪飛，一向都無計。」

〔2〕晨星：清晨稀疏之星。唐韋應物〈餞雍聿之潞州謁李中丞〉詩：「絲竹促飛觴，夜燕達晨星。」

〔3〕新塚累累：宋陸游〈書齋壁〉詩：「流年冉冉功名誤，新塚累累故舊稀。」

〔4〕偏入愁人耳：唐白居易〈秋蟲〉詩：「秋天思婦心，雨夜愁人耳。」唐韓愈〈秋懷十一首〉詩之一：「微燈照空床，夜半偏入耳。」

〔5〕人自愁：唐李群玉〈南莊春晚二首〉詩之二：「沅江（一作湘）寂寂春歸盡，水綠蘋香人自愁」宋劉辰翁〈減字木蘭花〉詞（玩月答蒙庵和詞。何須翦紙。）下片：「君何忽忽。宇宙人生都是客。月在雲端。人自愁人不解看。」

二十八、〈鷓鴣天〉

上巳日陪邂菴兄遊青陽峽四首之一。

瀧瀧〔1〕春江走怒雷。翠巖千丈〔2〕立崔嵬〔3〕。山英〔4〕似與遊人約，盡放浮雲一夕開。　　傾綠酒〔5〕，坐蒼苔〔6〕。大書歲月記曾來。直將酩酊酬佳節〔7〕，挽住春光〔8〕不放回。

【編年】

此闋應作於元太宗十七年（1245），時成己四十七歲。

【箋注】

〔1〕瀧瀧：水流聲，音ㄏㄨㄛˋ。唐韓愈〈藍田縣丞廳壁記〉：「水瀧瀧循除鳴，斯立痛溉。」

〔2〕翠巖千丈：青色巖壁極高聳。唐杜牧〈正初奉酬歙州刺史邢群〉詩：「翠巖千尺倚溪斜，曾得嚴光作釣家。」

〔3〕崔嵬：崎嶇不平的山。亦泛指高山。《詩經周南卷耳》：「陟彼崔嵬，我馬虺隤。」

〔4〕山英：山中之花卉。或作山神，典出南朝齊孔稚珪〈北山移文〉：「鍾山之英，草堂之靈。馳煙驛路，勒移山庭。夫以耿介拔俗之標，蕭灑出塵之想。度白雪以方絜，干青雲而直上，吾方知之矣。」

〔5〕綠酒：酒之一種。唐陸龜蒙〈相和歌辭·子夜警歌二首〉詩之一：「鏤
　　　碗傳綠酒，雕爐熏紫煙。」

〔6〕坐蒼苔：唐杜甫〈書事〉詩：「坐看蒼苔色，欲上人衣來。」金元好問
　　　〈阮郎歸〉詞（崢嶸秋氣動千崖）下片：「欹亂石，坐蒼苔。一杯復一
　　　杯。田家次第有新醅。黃花細細開。」

〔7〕酩酊酬佳節：以酒酬謝重陽佳節。**酩酊**：大醉貌。唐杜牧〈九日齊安
　　　（一作齊山）登高〉詩：「但將酩酊酬佳節，不用登臨歎（一作恨）落
　　　暉。」

〔8〕挽住春光：挽留春光。宋陳義山〈樂語〉詞（十樣仙葩天也愛）下片：
　　　「十樣仙葩天也愛，留住春光，一一嬌相賽。萬里鶯花開世界。園林
　　　點檢隨時採。」

二十九、〈鷓鴣天〉

上巳日陪邂菴兄遊青陽峽四首之二。

不恤枯腸〔1〕殷〔2〕夜雷。一杯胷次失崔嵬〔3〕。暫將平昔看書
眼〔4〕，移向溪山好處開。　　從健倒，臥莓苔〔5〕。明朝有酒〔6〕
更重來。百年光景〔7〕無多子，爛醉溪頭得幾回。

【編年】

此闋應作於元太宗十七年（1245），時成己四十七歲。

【箋注】

〔1〕枯腸：應指為賦詩詞，搜索枯腸。**搜索枯腸**：比喻竭力思索。

〔2〕殷：紅黑色。《廣韻平聲山韻》：「殷，赤黑色。」

〔3〕一杯胷次失崔嵬：酒無法平撫胸心中不平。胷次：心裡、心中。《莊子
　　　田子方》：「喜哀樂，不入於胸次。」崔嵬：比喻心中不平。宋黃庭堅
　　　〈次韻子瞻武昌西山詩〉：「平生四海蘇太史，酒澆不下胸崔嵬。」

〔4〕看書眼：宋蘇軾〈弔李臺卿〉詩：「看書眼如月，罅隙靡不照。」

〔5〕莓苔：唐陳陶〈雜歌謠辭·步虛引〉：「小隱山人十洲客，莓苔為衣雙
　　　耳白。」

〔6〕明朝有酒：宋周邦彥〈定風波〉詞（莫倚能歌斂黛眉）下片：「苦恨城
　　　頭更漏永，無情豈解惜分飛。休訴金尊推玉臂。從醉。明朝有酒遣誰

持。」

〔7〕百年光景：形容極長之時間。

三十、〈鷓鴣天〉

上巳日陪邂菴兄遊青陽峽四首之三。

冷臥空齋鼻吼雷。野禽呼我上崔嵬〔1〕。幽懷畢竟憑誰寓，笑口何妨〔2〕對酒開。　　岩鎖蔦〔3〕，徑封苔〔4〕。愛閑能有幾人來〔5〕。虛名蓋世將何用〔6〕，引斷長繩喚不回。

【編年】

此闋應作於元太宗十七年（1245），時成己四十七歲。

【箋注】

〔1〕上崔嵬：崔嵬：崎嶇不平之山。亦泛指高山。《詩經周南卷耳》：「陟彼崔嵬，我馬虺隤。」宋陸游〈登東山〉詩：「老慣人間歲月催，強扶衰病上崔嵬。」

〔2〕笑口何妨：宋陸游〈即事〉詩：「人情萬變吾何預，笑口何妨處處聞。」

〔3〕蔦：植物名。落葉小灌木。莖略能蔓爬，寄生于桑、榆等樹上；直立，下部有時橫臥，高約六十公分。葉呈掌狀分裂，略作圓形，邊緣有鈍鋸齒狀，葉柄長，表面有細毛。花白微帶綠色，果實球形。生長在四川等地之深山中。種子煎服，可治水腫，亦可作利尿劑與通經藥。或稱爲桑寄生。

〔4〕徑封苔：小徑長滿苔蘚宋辛棄疾〈水調歌頭〉詞（湯波見和，用韻爲謝。白日射金闕。）下片：「笑吾廬，門掩草，徑封苔。未應兩手無用，要把蟹螯杯。說劍論詩餘事，醉舞狂歌欲倒，老子頗堪哀。白髮甯有種，一一醒時栽。」

〔5〕愛閑能有幾人來：宋王安石〈浣溪沙〉詞（百畝中庭半是苔）上片：「百畝中庭是苔。門前白道水縈回。愛閑能有幾人來。」

〔6〕虛名蓋世將何用：唐李白〈月下獨酌四首〉詩之四：「當代不樂飲，虛名安用哉。」

三十一、〈鷓鴣天〉

上巳日陪遯菴兄遊青陽峽四首之四。

三月寒潭未起雷。臨流照影〔1〕笑崔嵬〔2〕。詩無好句〔3〕頤〔4〕難解，尊有芳醪〔5〕手自開。　　山下石〔6〕，水邊苔。春風來似不曾來。酒闌〔7〕偶趁飛花去，路斷前溪〔8〕笑卻回。

【編年】

此闋應作於元太宗十七年（1245），時成己四十七歲。

【箋注】

〔1〕臨流照影：宋周密〈清平樂〉詞（小橋縈綠）下片：「臨流照影何人。悠然倚仗看雲。柳色翠迷山色，泉聲清和蟬聲。」

〔2〕崔嵬：崎嶇不平之山。亦泛指高山。《詩經周南卷耳》：「陟彼崔嵬，我馬虺隤。」

〔3〕詩無好句：宋陳與義〈定風波〉詞（九日登臨有故常。）上片：「九日登臨有故常。隨晴隨雨一傳觴。多病題詩無好句。孤負。黃花今日十分黃。」

〔4〕頤：用於加強語氣，無義。《史記陳涉世家》：「夥頤，涉之為王沉沉者！」

〔5〕芳醪：芬芳之酒。醪：混含渣滓的濁酒。《說文解字》：「醪，汁滓酒也。」晉劉伶〈酒德頌〉：「先生於是方捧罌承槽，銜杯漱醪。」唐李賀〈惱公〉詩：「細管吟朝幌，芳醪落夜楓。」

〔6〕山下石：宋王安石〈結屋山澗曲〉詩：「礫礫山下石，泠泠手中弦。」

〔7〕酒闌：飲宴過半，即將結束之時。隋煬帝〈獻歲讌宮臣〉詩：「酒闌鐘磬息，欣觀禮樂成。」唐杜甫〈魏將軍歌〉：「吾為子起歌都護，酒闌插劍肝膽露。」

〔8〕路斷前溪：唐崔塗〈題授陽鎮路〉：「越鳥巢邊溪路斷，秦人耕處洞門開。」

三十二、〈鷓鴣天〉

再遊青陽峽，奉和遯菴兄韻二首之一。

行徹南溪到北溪。山回萬馬合長圍。花如有舊迎人笑〔1〕，雲自無心出岫飛〔2〕。　　揮醉墨〔3〕，帶煙霏。婆娑醉舞〔4〕拂青絲。

昔時心賞今猶在，但恐風流〔5〕異昔時。

【編年】

此闋應作於元太宗十七年（1245），時成己四十七歲。

【箋注】

〔1〕迎人笑：宋石孝友〈漁家傲〉詞（送李惠言、徐元集赴試南宮。射虎將軍搴繡帽。）上片：「射虎將軍搴繡帽。西園公子南山豹。共跨龍媒銜鳳沼。風色好。宮花御柳迎人笑。」

〔2〕雲自無心出岫飛：岫：峰巒。陶淵明〈歸去來兮辭〉：「雲無心以出岫，鳥倦飛而知還。」比喻事非有意。唐杜甫〈江梅〉詩：「故園不可見，巫岫鬱嵯峨。」唐白居易〈白雲泉〉詩：「天平山上白雲泉，雲自無心水自閑。」唐呂溫〈白雲起封中詩（題中用韻，六十字成。）〉：「無心已出岫，有勢欲淩風。」宋趙子發〈南歌子〉詞（人有紉蘭佩。）上片：「人有紉蘭佩，雲無出岫心。扁舟來入碧濤深。坐見楚咻、兒女變齊音。」宋辛棄疾〈賀新郎〉詞（題傅巖叟悠然閣。路入門前柳。）下片：「是中不減康廬秀。倩西風、為君喚起，翁能來否。鳥倦飛還平林去，雲肯無岫。剩準備、新詩幾首。欲辨忘言當年意，慨遙遙、我去羲農久。天下事，可無酒。」盧祖皋〈洞仙歌〉詞（上壽。梅窗雪屋。）上片：「梅窗雪屋，還賦蓬仙壽。聞說今年勝於舊。有芝書催下，竹史頒春，山好處，留待文章太守。商霖消息近，縹緲閑雲，一笑無心又出岫。」宋陳著〈瑞鶴仙〉詞（壽趙德修檢討必普。雲無心出岫。）上片：「雲無心出岫。遊戲間、聲名掀揭宇宙。紅塵事看透。任高官惟有，隨詩瘦。溪山如繡。小軒亭、籌新話舊。想時時，夢到家林，但未有歸時候。」

〔3〕揮醉墨：飲酒時揮灑墨彩，作文章。金蔡松年〈江城子〉（半年無夢到春溫）下片：「好風歸路軟紅塵。暖冰魂。縷金裙。喚取一天，星月入金尊。留取木樨花上露，揮醉墨，灑行雲。」

〔4〕婆娑醉舞：醉時盤旋舞蹈。婆娑：舞蹈之貌。《詩經陳風東門之枌》：「子仲之子，婆娑其下。」唐白居易〈胡吉鄭劉盧張等六賢皆多年壽予亦次焉偶于弊居合成尚齒之會七老相顧既醉且歡靜而思之此會稀有因成七言六韻以紀之傳好事者〉詩：「峴峨狂歌教婢拍，婆娑醉舞遣孫扶。」

〔5〕風流：流風餘韻。

三十三、〈鷓鴣天〉

再遊青陽峽，奉和遯菴兄韻二首之二。

瀑布岩前水滿溪〔1〕。青陽廟下四山圍。歌殘白雪〔2〕雲猶佇，
舞落烏紗〔3〕鳥忽飛。　　迷晚色，鎖晴霏〔4〕。野花如綺〔5〕
柳如絲。一尊不惜頹然醉〔6〕，明日重來已後時〔7〕。

【編年】

此闋應作於元太宗十七年（1245），時成己四十七歲。

【箋注】

〔1〕水滿溪：唐司空曙〈送張煉師還峨眉山〉詩：「春山一入尋無路，鳥響
　　煙深（一作深林）水滿溪。」

〔2〕白雪：同於陽春白雪。樂曲名。傳說爲春秋時晉師曠或齊劉涓子所作。
　　陽春取其「萬物知春，和風淡蕩」之義。白雪則取其「凜然清潔，雪
　　竹琳琅之音」之義。或爲較深奧難懂之音樂，相對於通俗音樂而言。
　　宋玉〈對楚王問〉：「客有歌於郢中者，其始曰下里巴人，國中屬而和
　　者數千人。其爲陽阿薤露，國中屬而和者數百人。其爲陽春白雪，國
　　中屬而和者不過數十人。」後亦用以比喻精深高雅的文學藝術作品。
　　此處應指樂曲名。

〔3〕舞落烏紗：宋陸游〈春晚坐睡忽夢泛舟飲酒樂甚既覺悵然有賦〉詩：「舞
　　落烏紗從歲去，歌酣白紵奈情何。」宋陸游〈小飲房園〉詩：「斟酌人
　　生要行樂，燈前起舞落烏紗。」

〔4〕晴霏：晴時雲氣。霏：雲氣。宋歐陽修〈醉翁亭記〉：「日出而霏開，
　　雲歸而岩穴暝。」

〔5〕野花如綺柳如絲：綺：華麗、美麗。江淹〈雜體詩三十首〉之四：「高
　　文一何綺？小儒安足爲？」唐駱賓王〈代女道士王靈妃贈道士李榮〉
　　詩：「梅花如雪柳如絲，年去年來不自持。」宋黃庭堅〈踏莎行〉詞（臨
　　水夭桃。）下片：「明日重來，落花如綺。芭蕉漸展山公啓。欲箋心事
　　寄天公，教人長對花前醉。」

〔6〕一尊不惜頹然醉：頹然：乏力欲倒貌。《晉書・李胤傳》：「容貌質素，

頹然若不足者，而知度沉邃，言必有則。」唐柳宗元〈始得西山宴遊記〉：「引觴滿酌，頹然就醉。」宋陸游〈橋南納涼〉詩：「碧筒莫惜頹然醉，人事還隨日出忙。」

〔7〕明日重來已後時：唐白居易〈木蓮樹生巴峽山谷間巴民亦呼爲黃心樹大者高五丈涉多不凋身如青楊有白文葉如桂厚大無脊花如蓮香色豔膩皆同獨房蕊有異四月初始十日忠州西北十里有鳴玉溪生者穠茂尤異元和十四年夏命道士毋丘元志寫惜其遐因題三絕句云〉詩之二：「山中風起無時節，明日重來得在無。」唐祖詠〈汝墳秋同仙州王長史翰聞百舌鳥〉詩：「卻念殊方月，能鳴已後時。」

三十四、〈鷓鴣天〉

立春後數日，盛寒不出，因賦鄙語，敬呈邈菴尊兄一笑四首之一。

擺脫浮名儘自閑〔1〕。**人間萬事一蒲團**〔2〕。**歸田老去方知樂，行路今來始覺難。**　　　**山雪盛**〔3〕，**草堂寬**〔4〕。**客床輾轉若為安**〔5〕。**甫能望得春消息，一夜東風特地寒**〔6〕。

【箋注】

〔1〕擺脫浮名儘自閑：金元好問〈鷓鴣天〉詞（拋卻浮名恰到閑）上片：「拋卻浮名恰到閑。卻因猥懶得顢頇。從教道士誇懸解，未信禪和會熱謾。」

〔2〕蒲團：用蒲草編成之圓形墊子。以供佛教徒打坐時用。現在臺灣形式或作方形，材料或用布內裝棉絮。或作蒲甸兒、蒲墩兒、蒲墊子。唐顧況〈宿湖邊山寺〉詩：「蒲團僧定風過席，葦岸漁歌月墮江。」宋陳與義〈休日早起〉詩：「蒲團著身寬，安取萬戶邑。」

〔3〕山雪盛：唐杜甫〈乾元中寓居同穀縣作歌七首〉詩之二：「黃精（一作獨）無苗山雪盛，短衣數挽不掩脛。」

〔4〕草堂寬：金元好問〈鷓鴣天〉詞（拋卻浮名恰到閑。）下片：「山院靜，草堂寬。一壺濁酒兩蒲團。題詩寄與王夫子，乘興時來看藥欄。」

〔5〕客床輾轉若為安：**輾轉**：曲折、間接。唐羅隱〈早秋宿葉墮所居〉詩：「蠅蚊猶得志，簟席若爲安。」

〔6〕一夜東風特地寒：唐王建〈春去曲〉詩：「就中一夜東風惡，收紅拾紫無遺落。」宋劉學箕〈蝶戀花〉（北津夜雪。燈火已收正月半。）上片：

「燈火已收正月半。一夜東風，吹得寒威轉。怪得美人貪睡暖。飛瑛
積玉千林變。」宋王安石〈涿州〉詩：「涿州沙上望桑幹，鞍馬春風特
地寒。」

三十五、〈鷓鴣天〉

立春後數日，盛寒不出，因賦鄙語，敬呈遯菴尊兄一笑四首之二。

誰伴閒人閑處閑。梅花枝上月團團〔1〕。陶潛自愛吾廬好〔2〕，
李白休歌蜀道難〔3〕。　　　林壑靜〔4〕，水雲寬〔5〕。十年無夢到
長安〔6〕。五更門外霜風惡〔7〕，千尺青松〔8〕傲歲寒。

【箋注】

〔1〕月團團：唐劉瑤〈古意曲〉詩：「梧桐階下月團團，洞房如水秋夜闌。」
〔2〕陶潛自愛吾廬好：晉陶潛〈讀山海經十三首〉詩之一：「眾鳥欣有託，
　　吾亦愛吾廬。」宋陸游〈小舟晚歸〉：「秋晚吾廬好，柴門映斷山。」
　　宋袁去華〈六州歌頭〉詞（淵明祠。柴桑高隱。）上片：「柴桑高隱，
　　邱壑歲寒姿。北窗下，羲黃上，古人期。俗人疑。束帶真難事，賦歸
　　去，吾廬好，斜川路，攜筇杖，看雲飛。六翮冥冥高舉，青霄外、矰
　　繳何施。且流行坎止，人世任相違。」
〔3〕李白休歌蜀道難：唐李白曾做七言樂府〈蜀道難〉詩，李白以此詩描
　　寫秦蜀棧道之險阻和世故人情險惡、叵測。。唐韋莊〈焦崖歌〉詩：「李
　　白曾歌蜀道難，長聞白日上青天。」
〔4〕林壑靜：林壑：山林幽深之所。南朝宋謝靈運〈石壁精舍還湖中作〉
　　詩：「林壑斂暝色，雲霞收夕霏。」宋歐陽修〈醉翁亭記〉：「其西南諸
　　峰，林壑尤美。」宋張炎〈江神子〉詞（孫虛齋作四雲庵俾余賦之：
　　兩雲之間。奇峰相對接珠庭。）下片：「此中幽趣許誰鄰。境雙清。人
　　獨清。采藥難尋，童子語山深。絕似醉翁遊樂意，林壑靜、聽泉聲。」
　　宋王安石〈獨臥有懷〉詩：「午鳩鳴春陰，獨臥林壑靜。」
〔5〕水雲寬：宋辛棄疾〈江神子〉詞（和陳仁和韻。寶釵飛鳳鬢驚鸞。）
　　上片：「寶釵飛鳳鬢驚鸞。望重歡。水雲寬。腸斷新來，翠被□香殘。
　　待得來時春盡也，梅著子，筍成竿。」
〔6〕十年無夢到長安：唐白居易〈無夢〉詩：「漸銷名利想，無夢到長安。」

宋謝枋得〈武夷山中〉詩：「十年無夢得還家，獨立青峰野水涯。」

〔7〕霜風惡：宋陸游〈自嘲〉詩：「北窗燈暗霜風惡，且置孤愁近酒樽。」

〔8〕千尺青松：金元好問〈鷓鴣天〉詞（拍塞車箱滿載書）下片：「蒼玉硯，古銅壺。坐看兒輩了耕鋤。年年此日如川酒，千尺青松盡未枯。」

三十六、〈鷓鴣天〉

立春後數日，盛寒不出，因賦鄙語，敬呈遯菴尊兄一笑四首之三。

那得茅齋一餉〔1〕閑。地爐敲火試龍團〔2〕。頭從白後彈冠〔3〕懶，腳自頑來應俗難。　　塵世窄〔4〕，酒杯寬〔5〕。百年轉首一槐安〔6〕。是非臧穀〔7〕何時了，隱几〔8〕西窗月色寒。

【箋注】

〔1〕一餉：片刻、暫時。唐韓愈〈醉贈張秘書〉詩：「雖得一餉樂，有如聚飛蚊。」

〔2〕龍團：宋時專供皇帝飲用之上等茶。將茶製成圓餅狀，上印龍鳳圖紋。或稱為龍鳳茶。

〔3〕彈冠：整理帽冠。語出《漢書王吉傳》：「吉與貢禹為友，世稱『王陽在位，貢公彈冠』。言其取捨同也。」比喻準備出仕做官。《三國志魏書楊俊傳》：「自初彈冠，所歷垂化。」晉左思〈招隱〉詩：「結綬生纏牽，彈冠去埃塵。」

〔4〕塵世窄：**塵世**：凡俗之世界。指人間。唐王維〈愚公穀三首〉詩之三：「寄言塵世客，何處欲歸臨？」宋陸游〈題丈人觀道院壁〉詩：「偶駕青鸞塵世窄，閑吹玉笛洞天寒。」

〔5〕酒杯寬：唐杜甫〈遣悶戲呈路十九曹長〉詩：「晚節漸於詩律細，誰家數去酒杯寬。」宋辛棄疾〈鷓鴣天〉詞（子似過秋水。秋水長廊石間）下片：「窮自樂，懶方閑。人間路窄酒杯寬。看君不了癡兒事，又似風流靖長官。」

〔6〕槐安：應指南柯一夢之典。廣陵人淳於棼於夢中為大槐安國國王招為駙馬，任南柯郡太守，歷盡人生窮通榮辱。及醒，躺於大槐樹下，而一切夢境均發生於樹旁之蟻穴。典出唐李公佐〈南柯太守傳〉。比喻人生如夢，富貴得失無常。

〔7〕臧穀：應指臧穀亡羊。臧、穀二人共同牧羊，其一專心於讀書，另一
則專注於賭博，後皆丟失放牧之羊。典出《莊子‧駢拇》。後比喻凡有
虧職守，不論理由，均難逃失職之責。

〔8〕隱幾：倚靠幾案。《孟子公孫醜下》：「坐而言，不應，隱幾而臥。」唐
上官昭容〈游長寧公主流杯池二十五首〉詩之十二：「漱流清意府，隱
幾避囂氛。」唐杜甫〈同元使君春陵行〉詩：「呼兒具紙筆，隱幾臨軒
楹。」

三十七、〈鷓鴣天〉

立春後數日，盛寒不出，因賦鄙語，敬呈遯菴尊兄一笑四首之四。

堂上幽人〔1〕睡正閑。門前聲利〔2〕聚為團。花香惱夢尋無處，
詩句撩人〔3〕寫復難。　　空自歎，倩餘寬。驚烏三繞幾時安〔4〕。
青山隔岸迎人笑〔5〕，舊有盟言且莫寒〔6〕。

【箋注】

〔1〕幽人：幽隱山林之人。唐許敬宗〈遊清都觀尋沈道士得清字〉詩：「幽
人蹈箕穎，方士訪蓬瀛。」

〔2〕聲利：唐賈島〈感秋〉詩：「喧喧徇聲利，擾擾同轍跡。」

〔3〕撩人：逗引人、引動人。

〔4〕驚烏三繞幾時安：唐李白〈贈柳圓〉詩：「還同月下鵲，三繞未安枝。」
宋李彌遜〈感皇恩〉詞（次韻尚書兄老山堂作。入夜月華清。）上片：
「入夜月華清，天方好。更著山光兩相照。星稀雲淨，玉樹驚烏三繞。
廣寒風露近，秋光老。」

〔5〕青山隔岸迎人笑：宋陳與義〈題水西周三十三壁二首〉詩之一：「青山
隔岸迎人去，白鷺沖煙送酒來。」

〔6〕舊有盟言且莫寒：宋柳永〈集賢賓〉詞（小樓深巷狂遊遍）下片：「近
來雲雨忽西東。詆惱損情悰。縱然偷期暗會，長是匆匆。爭似和鳴偕
老，免教斂翠啼紅。眼前時、暫疏歡宴，盟言在、更莫忡忡。待作真
個宅院，方信有初終。」

三十八、〈鷓鴣天〉

上巳日會飲衛生襲之家園。(其一)

千古蘭亭〔1〕氣象豪。當時座上盡英髦〔2〕。林藏修竹〔3〕依山靜，花逐流觴〔4〕信水漂〔5〕。　　悲往事，樂今朝。雖無絲竹〔6〕有風騷〔7〕。回頭一笑還塵跡，莫厭尊前醉泃醪〔8〕。

【箋注】

〔1〕千古蘭亭：應指蘭亭會，東晉穆帝永和九年（353）三月三日，王羲之與謝安、孫綽等四十一人，會於會稽山陰的蘭亭，眾人賦詩，羲之當場以繭紙、鼠鬚筆書寫詩序，著名的〈蘭亭集序〉。

〔2〕盡英髦：**英髦**：才俊之士。此處應指參加蘭亭會者。南朝梁劉孝標〈辯命論〉：「昔之玉質金相，英髦秀達。」唐姚合〈裴大夫見過〉詩：「湖南譙國盡英髦，心事相期節義高」

〔3〕林藏修竹：**修竹**：長竹。唐王維〈沈十四拾遺新竹生讀經處同諸公之作〉詩：「閒居日清靜，修竹自檀欒。」宋蘇軾〈是日宿水陸寺寄北山清順僧二首〉詩之一：「草沒河堤雨暗村，寺藏修竹不知門。」

〔4〕流觴：古人於暮春三月修禊日列坐曲水之旁，斟酒羽觴浮于上游，任其順流而下，取而飲之。此一活動原有除不祥之義，後世則發展為文士之雅事。如：曲水流觴。

〔5〕信水漂：隨水漂。信：隨意、任憑。

〔6〕雖無絲竹：**絲竹**：琴瑟與簫管等。泛指樂器。《漢書徐樂傳》：「金石絲竹之聲，絕於耳。」宋辛棄疾〈鷓鴣天〉詞（席上子似諸公和韻。翰墨諸君久擅場。）片：「翰墨諸君久擅場。胸中書傳許多香。苦無絲竹銜杯樂，卻看龍蛇落筆忙。」

〔7〕有風騷：**風**，詩經國風。**騷**，楚辭離騷。風騷指詩文之事。唐高適〈同崔員外綦毋拾遺九日宴京兆府李士曹〉詩：「晚晴催翰墨，秋興引風騷。」唐齊己〈與崔校書靜話言懷〉詩：「出世朝天俱未得，不妨還往有風騷。」

〔8〕莫厭尊前醉泃醪：**醪**：混含渣滓之濁酒。《說文解字》：「醪，汁滓酒也。」唐武元衡〈秋燈對雨寄史近崔積〉詩：「相逢莫厭尊前醉，春去秋來自不知。」劉伶〈酒德頌〉：「先生於是方捧罌承槽，銜杯漱醪。」

三十九、〈鷓鴣天〉

上巳日會飲衛生襲之家園。（其二）

殢酒償春〔1〕笑二豪。題詩品物愧時髦。心如幽鳥忘機〔2〕靜，身似虛舟〔3〕到處漂。　　須富貴，是何朝〔4〕。一杯聊慰〔5〕楚人騷〔6〕。逢花堪賞應須賞〔7〕，座有佳賓尊有醪〔8〕。

【箋注】

〔1〕殢酒償春：**殢酒**：困於酒。宋黃庭堅〈戲答王定國題門兩絕句〉之一：「非復三五少年日，把酒償春頰生紅。」

〔2〕忘機：不存心機，淡泊無爭。唐李白〈下終南山過斛斯山人宿置酒〉詩：「我醉君復樂，陶然共忘機。」

〔3〕身似虛舟：唐白居易〈詠懷〉詩：「心似虛舟浮水上，身同宿鳥寄林間。」

〔4〕須富貴，是何朝：宋辛棄疾〈最高樓〉詞（吾擬乞歸，犬子以田賦未置止我，賦此罵之。吾衰矣。）上片：「吾衰矣，須富貴何時。富貴是危機。暫忘設醴抽身去，未曾得米棄官歸。穆先生，陶縣令，是吾師。」宋辛棄疾〈臨江仙〉詞（和王道夫信守韻，謝其為壽，時作閩憲。記取年年為壽客。）上片：「記取年年為壽客，只今明月相隨。莫教弦管便生衣。引壺觴自酌，須富貴何時。」

〔5〕一杯聊慰：宋陸游〈冬夜舟中作〉詩：「兩紙忽驚殘歷盡，一杯聊慰旅懷情。」

〔6〕楚人騷：屈原之憂愁。**楚人**：應指屈原，屈原（343B.C.～？)名平，又名正則，字靈均，戰國時楚人。曾做左徒、三閭大夫，懷王時，遭靳尚等人讒謗，被放逐於北，於是作離騷表明忠貞之心。頃襄王時被召回，又遭上官大夫譖言而流放至江南，終因不忍見國家淪亡，懷石自沉汨羅江而死。重要著作有〈離騷〉、〈九章〉、〈天問〉等賦，對後代文學影響極大。**騷**：憂愁。《史記屈原賈生傳》：「離騷者，猶離憂也。」宋陳與義〈連雨書事〉詩：「相悲更相識，滿眼楚人騷。」

〔7〕逢花堪賞應須賞：唐〈相和歌辭‧金縷衣〉：「花開堪折直須折，莫待無花空折枝。」

〔8〕座有佳賓尊有醪：南唐李璟〈保大五年元日大雪同太弟景遂汪王景邊齊王景逷進士李建勳中書徐鉉勤政殿學士張義方登樓賦〉：「坐有賓朋尊有酒，可憐清味屬儂家。」

四十、〈鷓鴣天〉

和答尋正道

鵬翼翩翩去路遙[1]。歸來羞費楚詞招[2]。讀書未免終投閣[3]，
沽酒何妨暫過橋。　　風與月[4]，不須邀。時來閑處伴推敲[5]。
兒童也笑翁慵甚，睡起床頭日已高[6]。

【箋注】

〔1〕去路遙：唐許棠〈送張員外西川從事〉詩：「迎驛應相續，懸愁去路遙。」
宋辛棄疾〈鷓鴣天〉詞（代人賦。撲面征塵去路遙。）上片：「撲面征
塵去路遙。香篝漸覺水沈銷。山無重數周遭碧，花不知名分外嬌。」

〔2〕楚詞招：楚詞，應同於楚辭：戰國時代南方楚國之詩歌。楚懷王時的
賢臣屈原，被讒而遭流放，作〈離騷〉以自傷，後人如宋玉、唐勒等
人仿屈原文體而作，名篇備出，成為極重要的文學作品。而此類文體
之作，通稱為《楚辭》。《楚辭》為南方文學之代表，用句多是六言七
言參差，描寫個人情懷，富有浪漫神秘氣息，其用韻而長篇鋪敍，開
漢賦先河。漢劉向彙集屈原、宋玉、賈誼等人作品，輯成《楚辭》。王
逸為之注釋，名為《楚辭章句》。宋陸游〈得季長書追懷南鄭幕府慨然
有作〉詩：「惆悵流年又如許，羈魂欲仗楚詞招。」宋高觀國〈浣溪沙〉
詞（偷得韓香惜未燒）下片：「吹絮繡簾春澹澹，隔香羅帳夜迢迢。楚
魂須著楚詞招。」

〔3〕投閣：漢王莽由於符命之事殺甄豐父子，並放逐劉歆之子劉棻。當時
揚雄校書天祿閣，恐被牽連，於是自閣上跳下，幾乎摔死。後來事白
得免。見《漢書卷揚雄傳下》。後以投閣譏諷文人不甘寂寞而遭禍殃。
唐李白〈古風五十九首〉詩之八：「投閣良可歎，但為此輩嗤。」

〔4〕風與月：宋歐陽修〈玉樓春〉詞（尊前擬把歸期說）上片：「尊前擬把
歸期說。未語容容先慘咽。人生自是有情癡，此恨不關風與月。」

〔5〕推敲：唐賈島之詩句「僧敲月下門」，第二字本用推，又欲改敲，思慮
良久，引手做推敲狀。韓愈語之：「作敲字佳。」遂定稿之故事。見《苕
溪漁隱叢話引劉公嘉話錄》。後引喻為思慮斟酌。

〔6〕睡起床頭日已高：唐白居易〈賣炭翁‧苦官（一作宮）市也賣〉詩：「牛
困人饑日已高，市南門外泥中歇。」宋陸游〈冬晴〉詩：「春回山圃梅

爭發，睡足茆簷日已高。」

四十一、〈臨江僊〉

奉繼遯菴先生韻二首之一。

十載龍門山下路〔1〕，夢魂不到〔2〕，京華。此身著處便為家〔3〕。窮通吾有命，不樂復何耶。　　萬事尊前供一笑，浩然逸興〔5〕無涯。詩人休更詠丘麻。東風吹酒醒〔6〕，冷眼看飛花〔7〕。

【編年】

此闋應作於元太宗十七年（1245），時成己年四十七歲。

【箋注】

〔1〕山下路：唐權德輿〈雜詩五首〉之五：「蘼蕪山下路，團扇秋風去。」

〔2〕夢魂不到：**夢魂**：心有所思，精誠入於夢中。唐白居易〈長恨歌〉詩：「聞道漢家天子使，九華帳裏夢魂驚。」唐李白〈長相思〉詩：「天長路遠魂飛苦，夢魂不到關山難。」

〔3〕此身著處便為家：宋陸游〈書感〉詩：「此身著處憑君記，萬里煙波沒白鷗。」宋蘇軾〈臨江仙〉詞（龍丘子自洛之蜀戴二侍女，戎裝駿馬。至溪山佳處，輒留，見者以為異人。後十年，築室黃岡之北，號靜安居士。作此詞贈之。細馬遠馱雙侍女。）：細馬遠馱雙侍女，青巾玉帶紅韉。溪山好處便為家。誰知巴峽路，卻見洛城花。」

〔4〕窮通吾有命：**窮通**：窮困與顯達。《魏書崔浩傳》：「其砥直任時，不為窮通改節。」或作窮達。**有命**：既定之命運。《論語顏淵》：「死生有命，富貴在天。」南朝宋劉義慶《世說新語賢媛》：「妾聞死生有命，富貴在天。修善尚不蒙福，為邪欲以何望？」唐孟浩然〈晚春臥病寄張八〉詩：「窮通若有命，欲向論中推。」唐白居易〈諭友〉詩：「窮通各問（一作有）命，不繫才不才。」

〔5〕逸興：超脫世俗之意興。唐王勃〈滕王閣序〉：「遙吟俯暢，逸興遄飛。」唐李白〈宣州謝朓樓餞別校書叔云（一作倍侍御叔華登樓歌）（一作倍侍御叔華登樓歌）〉詩：「俱懷逸興壯思飛，欲上青天覽明月。」

〔6〕東風吹酒醒：唐許渾〈下第貽友人〉詩：「花前失意共寥落，莫遣東風吹酒醒。」宋軾〈定風波〉詞（略序。莫聽穿林打葉聲。）下片：「料

峭春風吹酒醒。微冷。山頭斜照卻相迎。回首向來蕭瑟處。歸去。也無風雨也無晴。」宋楊炎正〈滿江紅〉詞（春入臺門）：「堂萱茂，庭芝馥。歌倚扇，杯持玉。共勸君一醉，滿斟醽醁。今夜東風吹酒醒，明朝萬里騎黃鵠。向九霞、光裏望宸輝，看除目。」宋陸游〈早春〉詩：「一棹悠然去，東風吹酒醒。」

〔7〕冷眼看飛花：**冷眼**：冷靜、客觀。唐方澤〈武昌阻風〉詩：「與君盡日閑臨水，貪看飛花忘卻愁。」

四十二、〈臨江僊〉

奉繼遯菴先生韻二首之二。

四十六年彈指過〔1〕，蒼顏換卻春華〔2〕。在家居士〔3〕已忘家。誰人知此意〔4〕，袖手向毗耶〔5〕。　　世故驅人〔6〕何日了，漂流不見津涯〔7〕。軟腸一缽有胡麻〔8〕。紛紛身外事〔9〕，渺渺眼中花。

【編年】

此闋應作於元太宗十七年（1245），時成己年四十七歲。

【箋注】

〔1〕彈指過：**彈指**：比喻時間過得極快。宋劉過〈念奴嬌〉詞（七夕。並肩樓上）上片：「並肩樓上，小闌干、獨記年時憑處。百歲光陰彈指過，消得幾番寒暑。鵲去橋空，燕飛釵在，不見穿針女。老懷淒斷，夜涼知共誰訴。」

〔2〕春華：春日之花朵。比喻盛時。《文選蘇武詩四首》之三：「努力愛春華，莫忘歡樂時。」曹植〈贈王粲〉詩：「樹木發春華，清池激長流。」

〔3〕居士：一說爲隱居者。《韓非子外儲說左上》：「齊有居士田仲者，宋人屈穀見之。」一說爲佛教稱在家佛教徒。《維摩詰所說經卷上》：「以我等與此居士有法樂，我等甚樂，不復樂五欲樂也。」

〔4〕誰人知此意：**誰人**：何人、甚麼人。唐白居易〈睡後茶興憶楊同州〉詩：「不見楊慕巢，誰人知此味。」唐裴說〈經杜工部墳〉：「惆悵寒江上，誰人知此情。」

〔5〕袖手向毗耶：**袖手**：手藏於袖裏。比喻在一旁觀看而不肯參與其事。

毗耶：佛教語，梵語 Vaisali 之譯音，指維摩詰菩薩。唐呂巖〈促拍滿路花〉詞（西風吹渭水）下片：「任萬釘寶帶貂蟬，富貴欲熏天。黃粱炊未熟，夢驚殘。是非海裏，直道作人難。袖手江南去，白蘋紅蓼。又尋盈浦廬山。」

〔6〕世故驅人：宋陳與義〈陪粹翁舉酒于君子亭下海棠方開〉詩：「世故驅人殊未央，聊從地主借繩床。」

〔7〕津涯：邊際、範圍。《書經微子》：「今殷其淪喪，若涉大水，其無津涯。」唐高適〈三君詠三首〉詩之二：「代公實英邁，津涯浩難識。」

〔8〕胡麻：植物名。胡麻科胡麻屬，一年生草本。高達一點五公尺，莖方形，基部木質化。葉長呈橢圓形或卵形，對生或互生。花通常單生於葉腋，表面有毛，向側方下垂；花萼小，花冠呈脣形筒狀，色白。果實爲長橢圓形之蒴角，熟後縱裂，種子小而扁平，有白色及黑色等數種。嫩葉可食，種子則可供食用或榨油。產於中國、印度、非洲等地。亦稱爲芝麻、脂麻、油麻。

〔9〕紛紛身外事：紛紛：多而雜亂貌。《孟子滕文公上》：「何爲紛紛然，與百工交易。」唐高適：〈酬裴員外以詩代書〉詩：「脫略身外事，交遊天下才。」

四十三、〈臨江僊〉

田間閑步偶成

管領韶華〔1〕成老醜，有情爭似無情〔2〕。芒鞋竹杖葛衣輕〔3〕。悠悠身外事〔4〕，寂寂水邊行〔5〕。　　眼底光陰猶是夢，何須身後虛名〔6〕。仰天一笑絕冠纓〔7〕。東風歸路穩，十里暮山青〔8〕。

【箋注】

〔1〕韶華：青春年華。唐李賀〈嘲少年〉詩：「莫道韶華鎭長在，發白麵皺無相待。」

〔2〕有情爭似無情：爭似：怎似。唐韋莊〈長干塘別徐茂才〉：「纔喜相逢又相送，有情爭得似無情。」宋柳永〈清平樂〉詞（繁華錦爛）下片：「不堪尊酒頻傾。惱人轉轉愁生。□□□□□□，多情爭似無情。」

〔3〕芒鞋竹杖葛衣輕：葛衣：葛布製成之衣服。《史記太史公自序》：「夏日

葛衣，冬日鹿裘。」宋蘇軾〈定風波〉詞（三月七日沙湖道中遇雨，
雨具先去，同行皆狼狽，余獨不覺。已而遂晴，故作此。莫聽穿林打
葉聲。）上片：「莫聽穿林打葉聲。何妨吟嘯且徐行。 竹杖芒鞋輕勝馬 。
誰怕。一蓑煙雨任平生。」宋辛棄疾〈永遇樂〉詞（送陳光宗知縣。
紫陌長安。）下片：「 芒鞋竹杖 ，天教還了，千古玉溪佳句。落魄東歸，
風流贏得，掌上明珠去。起看清鏡，南冠好在，拂了舊時塵土。向君
道，雲霄萬里，這回穩步。」金段克己〈滿庭芳〉詞（雪夜用前韻。
萬籟收聲。）下片：「梅梢新月上， 芒鞋竹杖 ，爛賞林間。便銷金低唱，
欲換應難。勳業何須看鏡，蓬窗底、空臥袁安。君須記，遊魚失水，
那可上長竿。」

〔4〕悠悠身外事：**悠悠**：眾多。《後漢書朱穆傳》：「記短則兼折其長，貶惡
　　則並伐其善。悠悠者皆是，其可稱乎！」唐高適〈酬裴員外以詩代書〉
　　詩：「脫略身外事，交遊天下才。」

〔5〕寂寂水邊行：**寂寂**：寂靜無人聲。左思〈詠史詩八首〉之四：「寂寂楊
　　子宅，門無卿相輿。」唐〈雜曲歌辭・胡渭州（商調曲）〉：「亭亭孤月
　　照行舟，寂寂長江萬里流。」唐白居易〈晚夏閒居絕無賓客欲尋夢得
　　先寄此詩〉詩：「欲為窗下寢，先傍水邊行。」

〔6〕何須身後虛名：**身後**：死後。陸機〈豪士賦序〉：「遊子殉高位于生前，
　　志士思垂名於身後。」唐李白〈少年行三首〉詩之三：「看取富貴眼前
　　者，何用悠悠身後名。」

〔7〕仰天一笑絕冠纓：**仰天一笑**：仰望天空笑。**纓**：繫帽的帶子。《史記滑
　　稽傳淳於髡傳》：「淳於髡仰天大笑，冠纓索絕」唐李白〈南陵別兒童
　　入京〉詩：「仰天大笑出門去，我輩豈是蓬蒿人。」宋陸游〈白首〉詩：
　　「白首元無一事成，朝來大笑絕冠纓。」

〔8〕暮山青：唐白居易〈登西樓憶行簡〉詩：「引愁天末去，數點暮山青。」

四十四、〈臨江僊〉

李山人壽

濁酒一杯歌一曲〔1〕，大家留住秋光。片雲輕護曉來霜〔2〕。殷
勤籬下菊〔3〕，滿意為君香。　　四海干戈猶未定〔4〕，此身底
處安〔5〕藏。醉中聞說有真鄉。便從今日數，三萬六千場〔6〕。

【箋注】

〔1〕濁酒一杯歌一曲：唐白居易〈橫吹曲辭‧長安道〉詩：「花枝缺處青樓開，豔歌一曲酒一杯。」

〔2〕曉來霜：宋陳著〈糖多令〉詞（雁陣曉來霜。）上片：「雁陣曉來霜。鴉村夕照黃。滿人間、風景淒涼。幸有菊窗堪一醉，爭又滯、水雲鄉。」

〔3〕籬下菊：唐張九齡〈九月九日登龍山〉詩：「且泛籬下菊，還聆郢中唱。」

〔4〕四海干戈猶未定：唐徐鉉〈貶官泰州出城作〉詩：「浮名浮利信悠悠，四海干戈痛主憂。」唐杜甫〈遣興〉詩：「干戈猶未定，弟妹各何之。」

〔5〕安：何處、那裏。《史記項羽本紀》：「項王曰：『沛公安在？』良曰：『聞大王有意督過之，脫身獨去，已至軍矣。』」

〔6〕三萬六千場：宋蘇軾〈滿庭芳〉詞（蝸角虛名）上片：「蝸角虛名，蠅頭微利，算來著甚幹忙。事皆前定，誰弱又誰強。且趁閑身未老，須放我、些子疏狂。百年裏，渾教是醉，三萬六千場。」

四十五、〈臨江僊〉

暮秋有感四首之一

濁酒一杯歌一曲〔1〕，世間萬事悠悠。閑來乘興〔2〕一登樓。西風吹葉〔3〕脫，盡見四山秋〔4〕。　　自古興亡天不管〔5〕，屈原枉葬江流〔6〕。寸心禁得多少愁。莞然成獨笑，白鷺起滄洲。

【編年】

此闋應作於元太宗十六年（1244），時成己年四十六歲。

【箋注】

〔1〕濁酒一杯歌一曲：唐白居易〈橫吹曲辭‧長安道〉詩：「花枝缺處青樓開，豔歌一曲酒一杯。」

〔2〕乘興：趁著興致好之時。《晉書王羲之傳》：「本乘興而行，興盡而返，何必見安道邪！」

〔3〕西風吹葉：唐張祜〈題靈徹上人舊房〉詩：「秋風吹葉古廊下，一半繩床燈影深。」

〔4〕盡見四山秋：曹鄴〈江西送人〉詩：「攜酒樓上別，盡見四山秋。」

〔5〕興亡天不管：唐包佶（一說沈彬）〈再過金陵〉詩：「江山不管興亡事，

一任斜陽伴客愁。」

〔6〕屈原枉葬江流：指屈原投汨羅江之事。屈原（343B.C～？）名平，又名
正則，字靈戰國時楚人。曾做左徒、三閭大夫，懷王時，遭靳尚等人
讒謗，被放逐於漢北，於是作〈離騷〉表明忠貞之心；頃襄王時被召
回，又遭上官大夫譖言而流放至江南，終因不忍見國家淪亡，懷石自
沉汨羅江而死。

四十六、〈臨江僊〉

暮秋有感四首之二

轉眼榮枯驚一夢〔1〕，百年光景〔2〕悠悠。浮生擾擾〔3〕笑何樓。
試看雙鬢上，衰颯不禁秋〔4〕。　　古往今來多少事〔5〕，一時
分付東流〔6〕。五更枕上〔7〕調清愁。笛聲何處起〔8〕，明月蓼花
〔9〕洲。

【編年】

此闋應作於元太宗十六年（1244），時成己年四十六歲。

【箋注】

〔1〕轉眼榮枯驚一夢：**榮枯**：比喻人事之興衰、窮通。《後漢書馮異傳》：「軼
本與蕭王首謀造漢，結死生之約，同榮枯之計。」唐白居易〈寄李相
公崔侍郎錢舍人寄李相公崔侍郎錢舍人〉詩：「榮枯事過都成夢，憂喜
心忘便是禪。」

〔2〕百年光景悠悠：**百年光景**：長久歲月。**悠悠**：渺遠無盡貌。《詩經墉風
載馳》：「驅馬悠悠，言至於漕。」唐陳子昂〈登幽州臺歌〉詩：「念天
地之悠悠，獨愴然而涕下。」宋陸游〈東窗遣興〉詩：「百年光景輸欹
枕，萬里風煙入倚樓。」宋辛棄疾〈臨江仙〉詞（老去渾身無著處）
上片：「老去渾身無著處，天教只住山林。百年光景百年心。更歡須歎
息，無病也呻吟。」

〔3〕浮生擾擾：人生紛亂不已。**浮生**：人生。語本《莊子刻意》：「其生若
浮，其死若休。」唐李白〈春夜宴從弟桃李園序〉：「而浮生若夢，為
歡幾何？」**擾擾**：紛亂貌。國語晉語六》：「唯有諸侯，故擾擾焉。唯
有諸侯，故擾擾焉。」唐劉言史〈題茅山仙台藥院〉詩：「擾擾浮生外，

華陽一洞春。」宋趙希蓬〈滿江紅〉詞（縞兔黔烏）上片：「縞兔黔烏，送不了、人間昏曉。問底事、紅塵野馬，浮生擾擾。萬古未來千古往，人生得失知多少。歎榮華、過眼只須臾，如風掃。」

〔4〕試看雙鬢上，衰颯不禁秋：宋王千秋〈水調歌頭〉詞（九日。壯日遇重九。）上片：「壯日遇重九，躍馬□歡遊。如今何事多感，雙鬢不禁秋。目斷陵臺路，無復臨高千騎，鼓吹簇輕裘。霜露下南國，淮漢繞神州。」

〔5〕古往今來多少事：唐白居易〈放言五首〉詩之一：「朝眞暮僞何人辨，古往今來底事無。」

〔6〕分付東流：宋賀鑄〈浪淘沙〉詞（一葉忽驚秋）上片：「一葉忽驚秋。分付東流。殷勤爲過白蘋洲。洲上小樓簾半卷，應認歸舟。」

〔7〕五更枕上：宋陳善〈滿江紅〉詞：「三月風前花薄命，五更枕上春無力。」（其餘詞句已佚。）

〔8〕笛聲何處起：唐司馬紮〈南徐夕眺〉詩：「岸影幾家柳，笛聲何處船。」唐歐陽炯〈西江月〉詞（月映長江秋水。）下片：「扁舟倒影寒潭，煙光遠罩輕波。笛聲何處響漁歌，兩岸蘋香暗起。」

〔9〕蓼花：蓼之花朵。唐柳宗元〈田家三首〉詩之三：「蓼花被堤岸，陂水寒更綠。蓼花被堤岸，陂水寒更綠。」

四十七、〈臨江僊〉

暮秋有感四首之三

走遍人間〔1〕無一事，十年歸夢悠悠〔2〕。行藏〔3〕休更倚危樓。亂山明月曉〔4〕，滄海冷雲秋〔5〕。　　詩酒功名〔6〕殊不惡，箇中未減風流〔7〕。西風吹散兩眉愁〔8〕。一聲長嘯〔9〕罷，煙雨暗汀洲〔10〕。

【編年】

此闋應作於元太宗十六年（1244），時成己年四十六歲。

【箋注】

〔1〕走遍人生：宋蘇軾〈江城子〉詞（陶淵明已正月五日遊斜川，臨流班坐，顧瞻南阜，愛曾城之獨秀，乃作斜川詩，至今使人想見其處。元

豐壬戌之春、余躬耕於東坡，築雪堂居之。南挹四望亭之後丘，西控北山之微泉，慨然而歎，此亦斜川之遊也。乃作長短句，以江城子歌之。夢中了了醉中醒。）上片：「夢中了了醉中醒。只淵明。是前生。走遍人間，依舊卻躬耕。昨夜東坡春雨足，烏鵲喜，報新晴。」

〔2〕十年歸夢悠悠：宋蘇軾〈歸宜興留題竹西寺〉詩：「十年歸夢寄西風，此去眞爲田舍翁。」宋李芸子〈木蘭花慢〉詞（秋意。占西風早處。）下片：「觸緒繭絲抽。舊事續何由。奈予懷渺渺，羈愁鬱鬱，歸夢悠悠。生平不如老杜，便如它、飄泊也風流。寄語庭柯徑竹，甚時得棹孤舟。」

〔3〕行藏：出處、動向。晉潘嶽〈西征賦〉：「孔隨時以行藏，蘧與國而舒卷。」

〔4〕亂山明月曉：唐商山客死書生〈述懷〉詩：「白草寒露裏，亂山明月中。」

〔5〕冷雲秋：唐岑參〈祁四再赴江南別詩〉詩：「山驛秋雲冷，江帆暮雨低。」

〔6〕詩酒功名：宋辛棄疾〈破陣子〉詞（硤石道中有懷子似。宿麥畦中雉鶃。）下片：「莫說弓刀事業，依然詩酒功名。千載圖今古事，萬石溪頭長短亭。小塘風浪平。」

〔7〕未減風流：唐徐鉉〈送鍾德林郎中學士赴東府〉詩：「政成頻一醉，亦未減風流。」

〔8〕兩眉愁：宋晏殊〈浣溪沙〉詞（紅蓼花香夾岸稠。）下片：「漁父酒醒重撥棹，鴛鴦飛去卻回頭。一杯銷盡兩眉愁。」

〔9〕一聲長嘯：唐曹唐〈小遊仙詩九十八首〉詩之十九：「饑即餐霞悶即行，一聲長嘯萬山青。」宋辛棄疾〈霜天曉角〉詞（赤壁。雪堂遷客。）下片：「望中磯岸赤。直下江濤白。半夜一聲長嘯，悲天地、爲予窄。」

〔10〕煙雨暗汀洲：汀洲：水中砂土積成之小平地。北朝周庾信〈哀江南賦〉：「就汀洲之杜若，待蘆葦之單衣。」宋吳潛〈水調歌頭〉詞（奉別諸同官。便作陽關別）上片：「便作陽關別，煙雨暗孤汀。浮屠三宿桑下，猶自不忘情。何況情鍾我輩，聚散匆匆草草，眞個是雲萍。上下四方客，後會渺難憑。」

四十八、〈臨江僊〉

暮秋有感四首之四

自笑荒才非世用〔1〕，功名都付〔2〕悠悠。斷腸怕上夕陽樓〔3〕。

蕭蕭楓葉下〔4〕，漠漠〔5〕葦花〔6〕秋。　　日月不知忙底事，東生又復西流〔7〕。古人不見使人愁〔8〕。秋蘭無處采，流水滿芳洲〔9〕。

【編年】

此闋應作於元太宗十六年（1244），時成己年四十六歲。

【箋注】

〔1〕非世用：唐錢起〈長安落第作〉：「散才非世用，回音謝雲蘿（一作羅）。」

〔2〕功名都付：宋辛棄疾〈念奴嬌〉詞（登建康賞心亭呈史致道留守。我來弔古）下片：「卻憶安石風流，東山歲晚，淚落哀箏曲。兒輩功名都付與，長日惟消棋局。寶鏡難尋，碧雲將暮，誰勸杯中綠。江頭風怒，朝來波浪翻屋。」

〔3〕夕陽樓：唐殷堯藩〈九日〉詩：「萬里飄零十二秋，不堪今倚夕陽樓。」

〔4〕蕭蕭楓葉下：唐杜甫〈登高〉詩：「無邊落木蕭蕭下，不盡長江滾滾來。」唐皎然〈山中月夜寄無錫長官〉詩：「別葉蕭蕭下，含霜處處流。」宋陸游〈秋夜獨過小橋觀月〉詩：「湖上蕭蕭葉落頻，小橋東畔岸綸巾。」

〔5〕漠漠：密佈羅列之貌。唐王維〈積雨輞川莊作〉詩：「漠漠水田飛白鷺，陰陰夏木囀黃鸝。」唐韋應物〈賦得暮雨送李曹〉詩：「漠漠帆來重，冥冥鳥來遲。」

〔6〕葦花：指蘆葦花，禾本科蘆屬，多年生草本。花穗呈紫色，下有白毛，可隨風飛散，將種子傳到遠方。多生長於溪流兩岸或沼澤、濕地等水分充足的地方。

〔7〕日月不知忙底事，東生又復西流：宋史浩〈感皇恩〉詞（除夜。結柳送窮文。）下片：「且與做些，神仙活計。鉛汞收添結靈水。跳丸日月，一任東生西委。玉顏長向此，迎新歲。」

〔8〕古人不見使人愁：唐李白〈登金陵鳳凰台〉詩：「總為浮雲能蔽日，長安不見使人愁。」

〔9〕流水滿芳洲：唐劉兼〈春晏河亭〉詩：「柳擺輕絲拂嫩黃，檻前流水滿池塘。」

四十九、〈驀山溪〉

衛生襲之壽

杏花半吐，花底香風度。楊柳嫋金絲〔1〕，拂晴波垂垂萬縷〔2〕。
東君著意〔3〕，付與有情人，山下路，水邊村〔4〕，總是堪行處〔5〕。
春光幾許〔6〕。不用忙歸去。呼取麴生〔7〕來，把閑愁一時分付。
大都是醉，三萬六千場〔8〕，遇有酒，且高歌〔9〕，.留住青春住
〔10〕。

【編年】

此闋應作於元太宗十五年（1243），時成己年四十五歲。

【箋注】

〔1〕楊柳嫋金絲：楊柳金絲搖曳不止。唐和凝〈宮詞百首〉詩之二十六：「春
　　水如藍垂柳醉，和風無力嫋金絲。」宋劉褒〈滿庭芳〉（留別。柳嫋金
　　絲）上片：「柳嫋金絲，梨鋪香雪，一年春事方中。燭前一見，花豔覺
　　羞紅。枕臂香痕未落，舟橫岸、作計匆匆。明朝去，暮天平水，雙槳
　　碧雲東。」

〔2〕拂晴波垂垂萬縷：宋高觀國〈柳梢青〉詞（柳。翠拂晴波）：「翠拂晴
　　波，煙垂古岸，灞橋春色。斜帶鴉啼，亂縈鴛夢，愁絲如織。」宋周
　　密〈拜星月慢〉詞（癸亥春，沿檄荊溪，朱墨日賓送，忽忽不知芳事
　　落鵑聲草色間。郡僚間載酒相慰薦，長歌清釂，正爾供愁，客夢栩栩，
　　已飛度四橋煙水外矣。醉餘短弄，歸日將大書之垂虹。膩葉陰清）下
　　片：「記簫聲、淡月梨花院。研箋紅、謾寫東風怨。一夜落月啼鵑，吟
　　纏。蕩歸心、已過江南岸。清宵夢、遠逐飛花亂。幾千萬縷垂楊，翦
　　春愁不斷。」

〔3〕東君著意：春神刻意。東君：春神。唐王初〈立春後作立春後作〉詩：
　　「東君珂佩響珊珊，青馭多時下九關。」著意：刻意。宋徐明仲〈水
　　調歌頭〉詞（春壽太守。遲日籠晴晝）上片：「遲日籠晴晝，新火斂餘
　　寒。東君著意，留戀春色在人間。故遣蓬瀛仙侶，來布陽和德澤，造
　　化寄毫端。麾節經行處，喜氣滿江山。」

〔4〕山下路，水邊村：唐權德輿〈雜詩五首〉之五：「蘼蕪山下路，團扇秋
　　風去。」宋辛棄疾〈最高樓〉詞（客有敗棋者，代賦梅。花知否）下
　　片：「更一箇、缺些兒底月。山下路，水邊牆。風流怕有人知處，影兒

　　守定竹旁厢。且饒他，桃李趁，少年場。」唐盧綸〈落第後歸山下舊
　　居留別劉起居昆季〉詩：「鳥歸山外樹，人過水邊村。」
〔5〕堪行處：唐白居易〈初到忠州贈李六（一作李大夫）〉詩：「更無平地
　　堪行處，虛受朱輪五馬恩。」
〔6〕春光幾許：多少春光。宋楊炎正〈賀新郎〉詞（十日狂風雨）下片：「東
　　風臺榭知何處。問燕鶯如今，尚有春光幾許。可歡一年遊賞倦，放得
　　無情露醑。爲喚取、扇歌裙舞。乞得風光遠兩眼，待爲君、滿把金杯
　　舉。扶醉玉，伴揮麈。」
〔7〕麴生：酒。宋蘇軾〈泗州除夜雪中黃師是送酥酒〉詩二首之二：「欲從
　　元放覓拄杖，忽有麴生來坐隅。」宋陸游〈初春懷成都〉詩：「病來幾
　　與麴生絕，禪榻茶煙雙鬢絲。」或稱爲麴秀才。
〔8〕三萬六千場：宋蘇軾〈滿庭芳〉詞（蝸角虛名）上片：「蝸角虛名，蠅
　　頭微利，算來著甚乾忙。事皆前定，誰弱又誰強。且趁閑身未老，盡
　　放我、些子疏狂。百年裏，渾教是醉，三萬六千場。」
〔9〕遇有酒，且高歌：唐白居易〈浩歌行〉詩：「古來（一作今）如此非獨
　　我，未死有酒且高歌。」
〔10〕留得青春住：金段克己〈漁家傲〉詞（春來春去誰作主）下片：「芳
　　草澹煙江上路。鷗鴣聲裏斜陽暮。風外榆錢無意緒。空自舞。如何買
　　得青春住。」

五十、〈蝶戀花〉

　　衛生襲之生朝，遯菴兄作歌詞以壽之。余獨無言，生執卮酒堅請
不已，勉用兄韻以答其意。

點檢東園花發未〔1〕。**蝶繞芳叢**〔2〕，**馥馥香**〔3〕**浮藥。買酒酬春**〔4〕
君有地。不妨日涉聊成趣。　　　**身世虛舟元不繫**〔5〕。**浮利浮名**〔6〕，
是甚閒情味〔7〕。**花下一杯**〔8〕**方得意，人間萬事宜姑置**〔9〕。

【編年】

　　此闋應作於元太宗十五年（1243），時成己年四十五歲。

【箋注】

〔1〕花發未：宋蘇軾〈天仙子〉詞（走馬看花花發未）上片：「走馬探花花

發未。人與化工俱不易。千回來繞百回看，蜂作婢。鶯爲使。穀雨清明空屈指。」

〔2〕蝶遶芳叢：唐李建勳〈落花〉詩：「惜花無計又花殘，獨遶芳叢不忍看。」唐毛文錫〈贊成功〉詞（海棠未坼）上片：「海棠未坼，萬點深紅。香包緘結一重重，似含羞態。邀勒春風，蜂來蝶去。任遶芳叢。」金段克己〈滿江紅〉詞（遯菴主人植菊階下，秋雨既盛，草萊蕪沒，殆不可見。江空歲晚，餘草腐，而吾菊始發數花，生意凄然，似訴余以不遇。感而賦之。因李生湛然歸，寄菊軒弟。滿園荒卉。）下片：「堂上客，頭空白。都無語，懷疇昔。恨因循過了，重陽佳節。颯颯涼風吹汝急，汝身孤立應難立。謾臨風、三嗅繞芳叢，歌還泣。」

〔3〕馥馥香：香氣濃鬱。唐盧鴻一〈嵩山十志十首・草堂〉詩：「麋蕪薜荔兮成草堂，陰陰邃兮馥馥香。」

〔4〕買酒酬春：宋陸游〈憶秦娥〉詞（玉花驄）上片：「富春巷陌花重重。千金沽酒酬春風。酬春風。笙歌圍裏。錦繡叢中。」

〔5〕虛舟元不繫：唐李白〈答高山人兼呈權顧二侯〉詩：「高士何處來，虛舟渺安繫。」

〔6〕浮名浮利：唐徐鉉〈貶官泰州出城作〉詩：「浮名浮利信悠悠，四海干戈痛主憂。」

〔7〕甚情味：宋陳允平〈花犯〉詞（報南枝）上片：「報南枝、東風試暖，亂瓊雕綴。幻姑射精神，玉蕊佳麗。壽陽宴罷妝臺倚。眉顰羞鵲喜。念誤卻、何郎歸去，清香空翠被。」蕭蕭甚情味

〔8〕花下一杯：宋史浩〈花舞〉詞（是非場）下片：「花下一杯一杯，且莫把、光陰虛度。八極神遊長壽仙，蜾蠃螟蛉休更覷。」

〔9〕人間萬事宜姑置：金元好問〈水龍吟〉詞（同德秀游盤穀。接雲千丈層崖。）下片：「我愛陂塘南畔，小川平、橫岡迴抱。野麋山鹿，平生心在，長林豐草。婢織奴耕，歲時供我，酒船花竈。把人間萬事，從頭放下，只山中老。」

五十一、〈蝶戀花〉

明日，衛生見和，復次韻。

燕子歸來〔1〕寒食未。脈脈桃花〔2〕，微露胭脂藥。回想舊遊歌

舞地〔3〕。狂詩顛酒當時趣。　　白日長繩誰可繫〔4〕。老去情
懷，事事都無味〔5〕。倦鳥知還〔6〕非有意。忙時宜用閒時置〔7〕。

【編年】

闞應作於元太宗十五年（1243），時成己年四十五歲。

【箋注】

〔1〕燕子歸來：南唐馮延巳〈采桑子〉詞（櫻桃謝了梨花發）上片：「櫻桃
　　謝了梨花發，紅白相催。燕子歸來。幾度香風綠戶開。」

〔2〕脈脈桃花：脈脈：眼神含情，相視不語之貌。唐陸希聲〈陽羨雜詠十
　　九首・桃溪〉詩：「芳草霏霏遍地齊，桃花脈脈自成溪。」

〔3〕回想舊遊歌舞地：舊遊：舊時交往之友。唐李夷簡〈西亭暇日書懷十
　　二韻獻上（一有武元衡三字）相公〉詩：「琬琰富佳什，池臺想舊遊。」
　　唐杜甫〈秋興八首〉詩之五：「回首可憐歌舞地，秦中自古帝王州。」

〔4〕白日長繩誰可繫：晉傅玄〈九曲歌〉：「歲莫景邁光絕，安得長繩繫白
　　日。」金段克己〈滿江紅〉詞（欲把長繩）上片：「欲把長繩，維白日、
　　暫留春住。親友面、一回相見，一回非舊。擾擾膠膠塵世事，不如人
　　意十常九。向斜陽、無語倚危樓，空搔首。」

〔5〕老去情懷，事事都無味：宋蔡伸〈柳梢青〉詞（子規啼月）下片：「淒
　　涼斷雨殘雲，算此恨、文君更切。老去情懷，春來況味，那禁離別。」
　　宋辛棄疾〈木蘭花慢詞（老來情味減）上片：「老來情味減，對別酒、
　　怯流年。況屈指中秋，十分好月，不照人圓。無情水、都不管，共西
　　風、只等送歸船。秋晚蓴鱸江上，夜深兒女燈前。」

〔6〕倦鳥知還：宋葉夢得〈念奴嬌〉（南歸渡揚子作，雜用淵明語。故山漸
　　近）下片：「惆悵萍梗無根，天涯行已遍，空負田園。去矣何之窗戶小，
　　容膝聊倚南軒。倦鳥知還，晚雲遙映，山氣欲黃昏。此還真意，故應
　　欲辨忘言。」

〔7〕忙時宜用閒時置：唐曹鄴〈偶題〉詩：「但能共得丹田語，正是忙時身
　　亦閑。」唐杜荀鶴〈登天臺寺〉詩：「忙時向閑處，不覺有閒情。」

五十二、〈浪淘沙〉

惜花

好箇杏花時。只怕寒欺。東君無意惜芳蕤〔1〕。雨橫風狂〔2〕都不管，盡被禁持。　　瘦損一分肌〔3〕。著甚醫治。一天春恨沒尋思〔4〕。怎得丁甯雙燕子〔5〕，說與春知〔6〕。

【箋注】

〔1〕無意惜芳蕤：唐武元衡〈長安敍懷寄崔十五〉詩：「門對長安九衢路，愁心不惜芳菲度。」

〔2〕雨橫風狂：狂風雨驟。宋歐陽修〈蝶戀花〉詞（庭院深深深幾許）下片：「雨橫風狂三月暮。門掩黃昏，無計留春住。淚眼問花花不語。亂紅飛過秋千去。」

〔3〕瘦損一分肌：杏花憔悴初謝。宋蘇軾〈紅梅三首〉詩之二：「細雨裛殘千顆淚，輕寒瘦損一分肌。」

〔4〕春恨沒尋思：尋思：反復思索。唐張綎〈寄人〉：「酷憐風月爲多情，還到春時別恨生。倚柱尋思倍惆悵，一場春夢不分明。」

〔5〕丁甯雙燕子：丁寧：囑咐。宋黃機〈水龍吟〉詞（晴江滾滾東流）下片：「須信情鍾易感，數良辰、佳期應誤。才高自歎，彩雲空詠，凌波謾賦。團扇塵生，吟箋淚漬，一觴慵舉。但丁甯雙燕，明年還解，寄平安否。」

〔6〕說與春知；宋王沂孫〈聲聲慢〉詞（催雪。風聲從臾。）下片：「休被梅花爭白，好誇奇鬥巧，早遍瓊枝。彩索金鈴，佳人等塑獅兒。怕寒繡幃慵起，夢梨雲、說與春知。莫誤了，約王猷、船過剡溪。」

五十三、〈朝中措〉

偶出見牆頭杏花，喜而賦之。

無言脈脈〔1〕怨春遲〔2〕。一種可憐枝〔3〕。最是難忘情處，牆梢微露些兒。十分細看，風流卻在，一半開時〔4〕。政要東風抬舉〔5〕，莫教吹破胭脂〔6〕。

【箋注】

〔1〕無言脈脈：眼神含情，相視不語。〈古詩十九首・迢迢牽牛星〉：「盈盈一水間，脈脈不得語。」

〔2〕怨春遲：宋韓元吉〈六州歌頭〉詞（東風著意）下片：「共攜手處。香

如霧。紅隨步。怨春遲。銷瘦損。憑誰問。只花知。淚空垂。舊日堂前燕，和煙雨，又雙飛。人自老。春長好。夢佳期。前度劉郎，幾許風流地，花也應悲。但茫茫暮靄，目斷武陵溪。往事難追。」

〔3〕可憐枝：杏花出強頭，露出一枝，作者覺其可愛，便曰可憐枝。枝唐楊衡〈題花樹〉詩：「可憐枝上色，一一爲愁開。」

〔4〕一半開時：猶言含苞待放。唐何希堯〈海棠〉詩：「著雨胭脂點點消，半開時節最妖嬈。」

〔5〕東風抬舉：請東風照顧。抬舉：照料、關照。宋葛長庚〈春〉詩：「夜雨揩磨好山色，曉風抬舉舊花枝。」

〔6〕吹破胭脂：吹落杏花，胭脂代指杏花。金元好問〈清平樂〉詞（香團嬌小）下片：「生經鬧簇枯枝。只愁吹破胭脂。說與東風知道，杏花不看開時。」

五十四、〈南鄉子〉

衛弟行之壽。

蘭玉〔1〕衛諸郎。我見白眉〔2〕子最良。說似向人人不會，何妨。靜裏誰知竹有香。　　歲月沒商量〔3〕。暗地催人兩鬢霜〔4〕。三萬六千須實數，休忙。才是東風第一場。

【箋注】

〔1〕蘭玉：芝蘭玉樹。爲對他人子弟之美稱。宋陳造〈賀二石登科〉詩：「謝家蘭玉眞門戶，蘇氏文章亦弟兄。」《幼學瓊林叔侄類》：「蘭玉，子侄之譽。」

〔2〕白眉：原指三國時馬良，其眉中有白毛，故稱爲白眉。後稱眾人中較優秀傑出人才。唐李白〈對雪奉餞任城六父秩滿歸京〉詩：「季父有英風，白眉超常倫。」

〔3〕沒商量：金元好問〈太常引〉詞（官街楊柳絮飛忙）下片：「滿城桃李，一枝香雪，不屬富家郎。風雨沒商量。快來與、梨化洗妝。」

〔4〕暗地催人兩鬢霜：宋張綱〈朝中措〉詞（前年十二月十八日三首之二：入對，遂除吏侍。今在婺州，臘月十八日也。前年初對大明宮）上片：「前年初對大明宮。寒律轉春風。幾度鄉關歸夢，催成兩鬢霜蓬。」

宋汪莘〈浣溪沙〉詞（青女催人兩鬢霜）上片：「青女催人兩鬢霜。自篘白酒作重陽。方壺老子莫凄涼。」

五十五、〈南鄉子〉

薛寶臣生朝俱用薛氏實事。

郡姓記君先。烏鵲翔飛〔1〕瑞自連。聞在兒時人已憚〔2〕，他年。又作河東一鳳傳〔3〕。　　佳政訟分縑。看賦春遊第幾篇。躡蹻〔4〕誰為門下客〔5〕，休歎。欲換先生苜蓿盤〔6〕。

【箋注】

〔1〕烏鵲翔飛：唐竇鞏〈秋夕〉詩：「護霜雲映月朦朧，烏鵲爭飛井上桐。」

〔2〕憚：怕、畏懼。《楚辭·離騷》：「豈余身之憚殃兮，恐皇輿之敗績。」《晉書·劉毅傳》：「毅幼有孝行，少厲清節，然好臧否人物，王公貴人望風憚之。」

〔3〕鳳傳：應指鳳傳歌。唐張說〈溫泉馮劉二監客舍觀妓〉詩：「鏡前鸞對舞，琴裏鳳傳歌。」

〔4〕躡蹻：應指躡蹻擔簦，腳穿草鞋，身擔雨具。指長途跋涉。《史記·范睢蔡澤傳》：「夫虞卿躡蹻擔簦，一見趙王，賜白璧一雙，黃金百鎰。」

〔5〕誰爲門下客：唐駱賓王〈樂大夫挽詞五首〉詩之一：「誰當門下客，獨見有任安。」

〔6〕苜蓿盤：苜蓿雜亂地放在盤子裡，像長欄干一般。形容教書生活之清苦。宋胡繼宗《書言故事大全·卷七·儉薄類·苜蓿盤》：「（唐）薛令之爲東宮侍讀時，官僚簡淡，以詩自悼云：『朝日上團團，照見先生盤，盤中何所有，苜蓿長闌干。』」宋蘇軾〈和子由柳湖久涸忽有水開元寺山茶舊無花今歲〉詩：「久陪方丈曼陀雨，羞對先生苜蓿盤。」

五十六、〈木蘭花〉

重陽前幾日，籬下始見菊放數花，嗅香按藥，慨然有感而作，以貽山中二三子四首之一。

人生行樂須聞早〔1〕。休惜一尊花下倒〔2〕。無情歲月不相饒〔3〕，轉首吳霜紛莫掃。　　佳時苦恨懽悰〔4〕少。鏡裏衰顏難再好。

試將離恨說渠儂，天若有情天亦老〔5〕。

【編年】

　　此闋應作於元世祖至元元年（1264），時成己年六十六歲。

【箋注】

〔1〕人生行樂須聞早：人生行樂需趁早。宋馮取洽〈摸魚兒〉詞（玉林君
　　爲遺蛻山中桃花賦也。花與主人，何幸如之，用韻和謝。歎劉郎。）
　　下片：「空枝上，時有幽禽對語。聲聲如問來否。人生行樂須聞健，衰
　　老念誰免此。吾所與。在溪上深深，錦繡千花塢。何時定去。但對酒
　　思君，呼兒爲我，頻唱小桃句。」

〔2〕一尊花下倒：酒醉倒於花下。唐趙嘏（一作許渾詩）〈汾（一作江）上
　　宴別〉詩：「一尊花下酒，殘日水西樹。」

〔3〕歲月不相饒：歲月催人老。唐杜甫〈立秋後題〉詩：「日月不相饒，節
　　序昨夜隔。」

〔4〕懽悰：心情快樂。宋蘇軾〈新運使張大夫啓〉：「矧惟雅故，尤激懽悰。」

〔5〕天若有情天亦老：宋歐陽修〈減字木蘭花〉詞（傷懷離抱）上片：「傷
　　懷離抱。天若有情天亦老。此意如何。細似輕絲渺似波。」

五十七、〈木蘭花〉

　　重陽前幾日，籬下始見菊放數花，嗅香按藥，慨然有感而作，以
貽山中二三子四首之二。

不才自合收身早。一座青山成潦倒。蒙頭贏得日高眠〔1〕，落葉
滿庭慵不掃〔2〕。　　　殺人四海知多少。留住頭皮貧亦好。年年
種菊待花開，不道看花人漸老〔3〕。

【編年】

　　此闋應作於元世祖至元元年（1264），時成己年六十六歲。

【箋注】

〔1〕日高眠：唐唐居易〈早朝思退居〉詩：「自問寒燈夜半起，何如暖被日
　　高眠。」

〔2〕落葉滿庭慵不掃：唐白居易〈長恨歌〉詩：「西宮南苑（一作內）多秋

草，宮（一作落）葉滿階紅不掃。」

〔3〕人漸老：宋歐陽修〈玉樓春〉詞（風遲日媚煙光好）下片：「池塘隱隱驚雷曉。柳眼未開梅萼小。尊前貪愛物華新，不道物新人漸老。」

五十八、〈木蘭花〉

重陽前幾日，籬下始見菊放數花，嗅香挼蕊，慨然有感而作，以貽山中二三子四首之三。

簟鱸江上秋風早〔1〕。四海狂瀾驚既倒。明知不是入時人，閉戶十年〔2〕成卻掃。　　　故人落落晨星少。紅葉黃花〔3〕依舊好。登臨信美〔4〕自無情，坐覺光風容易老。

【編年】

此闋應作於元世祖至元元年（1264），時成己年六十六歲。

【箋注】

〔1〕簟鱸江上秋風早：簟鱸：被竹簟網住之鱸魚。簟：圓形竹器。《說文解字》：「簟，圓竹器也。」段玉裁為之注：「盛物之器而圓者。」唐李白〈長干行二首〉詩之一：「苔深不能掃，落葉秋風早。」宋辛棄疾〈木蘭花慢〉詞（滁州送範倅。老來情味。）上片：「老來情味減，對別酒、怯流年。況屈指中秋，十分好月，不照人圓。無情水、都不管，共西風、只等送歸船。秋晚簟鱸江上，夜深兒女燈前。」

〔2〕閉戶十年：唐杜荀鶴〈投江上崔尚書〉詩：「閉戶十年專筆硯，仰天無處認梯媒。」

〔3〕紅葉黃花：秋天景致。唐司空圖〈重陽日訪元秀上人〉詩：「紅葉黃花秋景寬，醉吟朝夕在樊川。」

〔4〕信美：屈原〈離騷〉：「雖信美而無禮兮，來違棄而改求。」

五十九、〈木蘭花〉

重陽前幾日，籬下始見菊放數花，嗅香挼蕊，慨然有感而作，以貽山中二三子四首之四。

醉中昨夜歸來早。應怕蒼苔嗔健倒〔1〕。一尊聞健莫蹉跎，過眼光陰如電掃〔2〕。　　破除萬事〔3〕心頭少。酒自於人情味好〔4〕。醒時還醉醉還醒〔5〕，賴得此鄉容此老。

【編年】

此闋應作於元世祖至元元年（1264），時成己年六十六歲。

【箋注】

〔1〕醉中昨夜歸來早。應怕蒼苔嗔健倒：昨夜喝早歸，應怕蒼苔濕滑會跌倒。醉唐盧仝〈村醉〉詩：「昨夜村飲（一作村醉黃昏）歸，健（一作連）倒三四五。摩挲青莓苔，莫嗔（一作嗔我）驚著汝。」

〔2〕過眼光陰如電掃：光陰如電掃，比喻時間消逝極快。宋方千里〈西平樂〉詞（倦踏征塵）上片：「倦踏征塵，厭驅匹馬，凝望故國猶賒。孤館今宵，亂山何許，平林漠漠煙遮。恨過眼光陰似瞬，回首歡娛異昔，流年迅景，霜風敗葦驚沙。無奈輕離易別，千里意，制淚獨長嗟。宋陸游〈步虛〉詩：「初見姬翁禮樂新，千九百年如電掃。」

〔3〕破除萬事：猶言排除萬難。唐韓愈〈贈鄭兵曹〉詩：「杯行到君莫停手，破除萬事

〔4〕情味好：情誼甚篤。情味：情誼、恩義。《宋書王誕傳》：「素為劉鎮軍所識，情味不淺；若得北歸，必蒙任寄。」唐杜甫〈病後遇王倚飲贈歌〉：「故人情味晚無似，令我手腳輕欲漩。」宋辛棄疾〈鷓鴣天〉（萬事紛紛一笑中）下片：「情味好，語言工。三賢高會古來同。誰知止酒停雲老，獨立斜陽數過鴻。」

〔5〕醒時還醉醉還醒：唐湛然居士〈和李茂才寄景賢韻〉詩：「醒時還醉醉還醒，尚憶輪臺飲興清。」

六十、〈清平樂〉

薛子余弄璋

東君調護〔1〕。錯愛春遲暮。一葉蘭芽今始露。香滿君家庭戶〔2〕。抱看玉骨亭亭。精神秋水分明〔3〕。自是人間英物，不須更試啼聲〔4〕。

【箋注】

〔1〕調護：調養、護理。北齊顏之推《顏氏家訓‧養生》：「若其愛養神明，
調護氣息，慎節起臥，均適寒暄。」

〔2〕香滿君家庭戶：唐竇叔向〈夏夜宿表兄話舊〉詩：「夜合花開香滿庭，
夜深微雨醉初醒。」

〔3〕玉骨亭亭，精神秋水分明：玉骨亭亭不凡，神色清明。秋水：比喻清
澈之神色。唐白居易〈李都尉古劍〉詩：「湛然玉匣中，秋水澄不流。」
唐杜甫〈徐卿二子歌〉詩：「大兒九齡色清澈，秋水爲神玉爲骨。」

〔4〕自是人間英物，不須更試啼聲：英物：優秀而傑出之人物。《晉書‧桓
溫傳》：「桓溫……生未而太原溫嶠見之，曰：『此兒有奇骨，可試使啼。』
及聞其聲，曰：『眞英物也！』」

六十一、〈清平樂〉

送張君美經歷之任安西幕

雞聲戒曉，催上長安道〔1〕。賓幕雍容〔2〕年正妙。人物風流溫
嶠〔3〕。　　政成海泳江涵〔4〕，門闌剩有餘閒。公事不妨行樂，
春風韋杜〔5〕城南。

【箋注】

〔1〕雞聲戒曉，催上長安道：唐劉禹錫〈送周使君罷渝州歸郢州別墅〉詩：
「只恐鳴騶催上道，不容待得晚菘嘗。」

〔2〕雍容：溫和莊重、從容不迫之貌。《漢書‧王褒傳》：「遵遊自然之勢，
恬淡無爲之場，休徵自至，壽考無疆，雍容垂拱，永永萬年。」

〔3〕溫嶠：人名，（西元 288～329）字太眞。晉朝祁（今山西省祁縣）人。
博學有識，琨參軍，長安、洛陽陷，元帝鎮江左，以琨使奉表勸進，
其母固止之，嶠絕裾而去，既至，帝嘉而留之。明帝立，平王敦、蘇
峻之亂，拜驃騎將軍，封始安郡公，諡忠武。

〔4〕江涵：蕭繹〈望江中月影〉詩：「澄江涵皓月，水影若扶天。」

〔5〕韋杜：唐代韋氏與杜氏爲望族，故以之比喻名門貴族。唐韓愈〈遊城
南十六首‧出城〉詩：「應須韋杜家家到，祇有今朝一日閒。」《全唐
詩‧杜甫引俚語》：「城南韋杜，去天尺五。」

六十二、〈訴衷情〉

史仲恭壽

芹溪清淺舞漣漪。墜釣錦鱗肥〔1〕。黃花一尊芳酒〔2〕，萬事覺俱非。　　留晚景〔3〕，惜香霏。醉時歸〔4〕。最關情處〔5〕，迎門稚子，一笑牽衣〔6〕。

【箋注】

〔1〕墜釣錦鱗肥：唐羅鄴〈東歸〉詩：「秦樹夢愁黃（一作春）鳥囀，吳江釣憶（一作重）錦鱗肥。」

〔2〕黃花一尊芳酒：宋趙鼎〈醉蓬萊〉詞（破新正春到）下片：「誰會高情，淡然聲利，一笑塵寰，萬緣何有。解組歸來，訪漁樵朋友。華髮蒼顏，任從老去，但此情依舊。歲歲年年，花前月下，一尊芳酒。」

〔3〕晚景：傍晚時景色。唐張均〈嶽陽晚景〉詩：「晚景寒鴉集，秋風旅雁歸。」

〔4〕醉時歸：宋張孝祥〈菩薩蠻〉詞（諸客往赴東鄰之集。庭葉翩翩秋向晚）下片：「鄰翁開社甕。喚客情意重。不醉且無歸。醉時歸路迷。」

〔5〕最關情處：宋曹勛〈花心動〉詞（玉井生寒）下片：「寶檻濃開對列，蜂共蝶多情，未知花萼。愛玩置向窗幾，時時更礙，建春澆著。最是關情處，驚夢回、酒醒初覺。楚梅早，前村任他暗落。」

〔6〕迎門稚子，一笑牽衣：唐劉商〈胡笳十八拍·第十三拍〉：「童稚牽衣雙在側，將來不可留又憶。」唐杜牧〈歸家〉詩：「稚子牽衣問，歸來何太遲。」金段克己〈滿江紅〉詞（重九日，山居感興。五柳成陰。）上片：「五柳成蔭，三徑晚、宦遊無味。還自歎、迎門笑語，久須童稚。歸去來兮尊有酒，素琴解寫無弦趣。醉時眠、推手遣君歸，吾休矣。」

六十三、〈水調歌頭〉

山中偶成，用遯菴兄韻。

人生等行旅〔1〕，能費幾春秋〔2〕。元龍謾矜豪氣，百尺臥高樓〔3〕。昨日青青雙鬢〔4〕，今日星星滿鏡〔5〕，轉首歲華流〔6〕。歸去便歸去，何處覓菟裘〔7〕。　　一枝筇〔8〕，一壺酒〔9〕，

寄真遊〔10〕。姑山玉立千仞，直下看神州〔11〕。欲語幽情〔12〕誰可，賴有白鷗知我〔13〕。塵世盡悠悠。一笑對妻子〔14〕，出處不須籌〔15〕。

【箋注】

〔1〕行旅：旅途。南朝宋謝瞻〈答靈運〉詩：「歎彼行旅艱，深茲眷言情。」

〔2〕幾春秋：春秋，泛指四時。《詩經魯頌閟宮》：「春秋匪解，享祀不忒」句下鄭玄箋：「春秋猶言四時也。」漢張衡《東京賦》：「於是春秋改節，四時迭代。」宋王炎〈清平樂〉詞（兒曹耳語）下片：「客中且恁浮游。莫將事掛心頭。縱使人生滿百，算來更幾春秋。」

〔3〕元龍謾矜豪氣，百尺臥高樓：東漢陳登，字元龍，有豪氣。許汜見登，登久不與言，自上大床臥，使汜臥下床。見《三國志魏書呂布傳》。後以元龍高臥比喻怠慢客人。

〔4〕青青雙鬢：鬢髮烏青，比喻年輕。宋陸游〈桃源憶故人〉詞（中原當日三川震）下片「秋風霜滿青青鬢。老卻新豐英俊。雲外華山千仞。依舊無人問。」

〔5〕星星滿鏡：鏡中照見滿頭白髮。唐趙嘏〈東歸道中二首〉詩之二：「星星一鏡髮，草百年身。」

〔6〕歲華流：年華逝去。歲華：年華。唐劉方平〈秋夜汎舟〉詩：「歲華空復晚，鄉思不堪愁。」宋方千里〈慶春宮〉詞（宿靄籠晴）上片：「宿靄籠晴層雲遮日，送春望斷愁城。簾落堆花，簾櫳飛絮，更堪遠近鶯聲。歲華流轉，似行蟻、盤旋萬星。人生如寄，利鎖名韁，何用縈縈。」

〔7〕菟裘：城市名。春秋時魯邑，在今山東省泗水縣北。魯隱公嘗有：「使營菟裘，吾將老焉」之語。見《左傳隱公十一年》。後遂以菟裘比喻退休養老之所。

〔8〕一枝筇：筇：一種竹子。實心節高，適於作枴杖。《廣韻平聲鍾韻》：「筇，竹名。可為杖，張騫至大宛得之。」唐黃滔〈投翰長趙侍郎〉詩：「澤國雨荒三徑草，秦關雪折一枝筇。」

〔9〕一壺酒：唐方干〈送姚舒下第遊蜀〉詩：「臨邛一壺酒，能遣（一作浣）長卿愁。

〔10〕真遊：唐王勃〈忽夢遊仙〉詩：「浮識俄易歸，真遊邈難（一作魂莫）再。」

〔11〕神州：京都。唐錢起〈禁闈玩雪寄薛左丞〉詩：「玄雲低禁苑，飛雪滿神州。」

〔12〕幽情：深遠之情思。漢班固〈西都賦〉：「願賓攄懷舊之蓄念，發思古之幽情。」

〔13〕賴有白鷗知我：幸有白鷗爲知己。白鷗：鳥綱鷗科。喙纖細，濃紅色。頭黑褐色，眼周圍有一白圈。全身大部分的羽毛均爲白色，故稱爲白鷗。宋辛棄疾〈朝中措〉詞（夜深殘月過山房）下片：「朝來客話，山林鍾鼎，那處難忘。君向沙頭細問，白鷗知我行藏。」宋陸游〈迂拙〉詩：「故溪幽絕處，惟許白鷗知。」

〔14〕一笑對妻子：唐韓愈〈感春四首〉之四：「歸來歡笑對妻子，衣食自給寧羞貧。」

〔15〕籌：計算、謀劃。《史記‧留侯世家》：「臣請藉前箸爲大王籌之。」《後漢書‧皇甫規傳》：「豫籌其事，有誤中之言。」